Für Inspector Meredith geht es in diesem Kriminalfall weit in Richtung Süden. Denn seit Kurzem wird die französische Riviera mit gefälschten Tausend-Franc-Noten überschwemmt, und die lokale Polizei vermutet einen englischen Drahtzieher als Kopf der Falschgeldtruppe. Und tatsächlich: Offenbar stammen die Banknoten von Chalky Cobbett, einem Fälscher von berüchtigtem Talent. Doch nicht nur das Falschgeld bereitet Meredith Sorgen, auch eine reiche englische Witwe, die in ihrer Villa im malerischen Menton eine ganze Reihe an mysteriösen Hausgästen beherbergt, weckt sein Interesse. Nicht ganz unbegründet, wie sich herausstellt, denn kurz nach dem Eintreffen eines weiteren Gastes aus dem britischen Königreich geschieht ein Mord …

JOHN BUDE
war das Pseudonym von Ernest Carpenter Elmore (1901–1957), der mehr als dreißig Kriminalromane verfasste. Elmore war Mitbegründer der britischen Crime Writers' Association und arbeitete als Produzent und Regisseur am Theater. Der Roman »Mord an der Riviera« aus dem Jahr 1952 erschien bei Klett-Cotta zum ersten Mal auf Deutsch.

EIKE SCHÖNFELD,
geb. 1949, übersetzt seit über 30 Jahren englischsprachige Literatur, darunter von Joan Didion, Jeffrey Eugenides und Jonathan Franzen. Er wurde mehrfach ausgezeichnet, unter anderem mit dem Preis der Leipziger Buchmesse. Er lebt in Paris.

John Bude

MORD AN DER RIVIERA

Aus dem Englischen
von Eike Schönfeld

Mit einem Nachwort
von Martin Edwards

KLETT-COTTA

Klett-Cotta

www.klett-cotta.de

Die englische Originalausgabe erschien 1952 unter dem Titel
»Death on the Riviera« bei Macdonald & Co., London.
2016 wurde der Roman von der British Library,
London, wiederveröffentlicht.
© 2016 by Estate of John Bude
Nachwort © 2016 by Martin Edwards
Für die deutsche Ausgabe
© 2022, 2024 by J. G. Cotta'sche Buchhandlung Nachfolger GmbH,
gegr. 1659, Stuttgart
Alle deutschsprachigen Rechte vorbehalten
Cover: ANZINGER UND RASP Kommunikation GmbH, München
unter Verwendung einer Abbildung von © Science Museum Group
Gesetzt von Dörlemann Satz, Lemförde
Gedruckt und gebunden von CPI - Clausen & Bosse, Leck
ISBN 978-3-608-98765-2
E-Book ISBN 978-3-608-11837-7

INHALT

Kapitel 1

MISSION IM MIDI

I

Bill Dillon schlug den Kragen seines Tweedmantels hoch und schob die Hände tiefer in die Taschen. Fünf Uhr an einem frostigen Februarmorgen, dachte er, war eine elende Zeit, um von einem Schiff auf einen derart zugigen Kai gekippt zu werden. Auf dem Zollhof wartete eine Schlange von ungefähr einem Dutzend Autos auf die Aufmerksamkeit der Beamten, die unter einer nackten Glühbirne die Papiere kontrollierten. Die Nachtfähre, aus deren Maul der Zug Richtung Paris bereits ausgestoßen worden war, ragte sanft schwojend vor dem sternbesäten Himmel auf. Einige Straßenlampen und ein paar erhellte Fenster, mehr war nicht zu sehen von der zerschossenen, gemarterten Stadt jenseits des ölschwarzen Hafenwassers.

Bill zündete sich eine Zigarette an und begann, mit hallenden Schritten auf dem *pavé* hin und her zu tigern. Auch seine Gedanken schweiften, er dachte wieder an jene Nacht vor beinahe zehn Jahren, als er Dünkirchen zuletzt gesehen hatte; so viele zersplitterte Eindrücke, die in seiner Erinnerung wie Geschützblitze herausstachen. Das rote, brüllende Inferno, das die Stadt damals gewesen war, das glitzernde Netz der Leuchtspurgeschosse über Meer und Stränden, das orangefarbene Aufblühen der Bomben, der Lärm, die Hitze, die Missachtung der Gefahr aus einer Erschöpfung heraus, die die Angst nahezu betäubt hatte. Im Strudel der Niederlage war er kein Individuum mehr gewesen, nur noch ein abgenutztes, gehorsames Rädchen in einer gnadenlosen Maschinerie – Lance-Corporal Dillon von den 6th Southshires –, eines jener Staubkörnchen, die zusammen das Wunder von Dünkirchen bewirkt hatten.

Schritte näherten sich, gefolgt von einem diskreten Hüsteln.

»Etwas zu verzollen, M'sieur?«

Bill schreckte aus seinen Träumereien.

»Nein – nichts.«

Der verschlafene Beamte steckte den Kopf ins Wageninnere und leuchtete mit seiner Taschenlampe hinein. Dann öffnete er die hintere Tür der Limousine, ließ die Schlösser von Bills Koffer aufschnappen und tastete mit geübten Händen darin herum, bevor er ums Auto ging und am Griff des Kofferraums zerrte.

»Bitte, M'sieur.«

Bill zog einen Schlüsselbund hervor und schloss auf. Der Kofferraum enthielt den üblichen Kram – ein Paar Schuhe, die nicht mehr in den Koffer gepasst hatten, einen Rucksack, ein altes Gas-Cape vom Militär, einen Zwei-Liter-Kanister Öl, Staubtücher, Putzlappen und eine Luftpumpe. Der *douanier* beäugte die Sammlung, nickte und schloss sorgfältig den Deckel. Alles ging sehr höflich und routiniert vonstatten.

»*Merci, M'sieur.*«

»O. k.?«, fragte Bill.

Der Franzose strahlte.

»*Oui, oui, M'sieur.* O. k.! O. k.!« Er zeigte in Richtung des unsichtbaren französischen Hinterlands. »*En avant, M'sieur! Et bon voyage.*«

»Danke«, sagte Bill.

Innerlich seufzte er erleichtert auf. Nicht, dass er etwas zu verzollen gehabt hätte, aber ein Gegenstand war im Wagen, der vielleicht zu Bemerkungen Anlass gegeben hätte. Und wäre das Interesse erst einmal geweckt worden, konnte eventuell auch eine Erklärung verlangt werden. Und um diese unchristliche Zeit war Bill nicht geneigt, mit einem Mann, dessen Englischkenntnisse offensichtlich begrenzt waren und der die näheren Einzelheiten seiner Erläuterung wohl kaum verstanden hätte, Detailfragen zu erörtern.

II

Gleich hinter dem Kai merkte Bill, dass die frühen Morgenstunden eines bitterkalten Februartags nicht die ideale Zeit waren, um sich aus Dünkirchen hinauszuschlängeln. Die Straßen, die es hier zweifelsohne einmal gegeben haben musste, hatten vor der Feuersbrunst sicherlich auch irgendwohin geführt. Jetzt aber war da nichts als ein Labyrinth tückischer Pfade voller Schlaglöcher, die ziellos zwischen einem Netz aus Gleisen und zerbombten Gebäuden mäanderten.

Schon bald hatte Bill vollkommen die Orientierung verloren, also hielt er an und befragte seine Landkarte. Die erste größere Ortschaft auf der Strecke war Cassel. Aber wie zum Teufel sollte er die richtige Straße finden? Bislang hatte er keinen einzigen Wegweiser gesehen. Die Straße selbst hatte

er noch gut in Erinnerung. Diese lange höllische Pflaster-
piste, auf der das aufgelöste, aber unverdrossene Britische
Expeditionskorps sich zur Rettung durchgeschlagen hatte.
Und wie er so in seinem Stanmobile Ten saß, einem Vor-
kriegsmodell, das aber immer noch seinen Dienst tat, kehrte
etwas von der verzweifelten Hoffnungslosigkeit jenes Alb-
traums zurück. Die Narben der Erinnerung verheilten doch
nie ganz, dachte er.

Bremsen kreischten, und ein kleiner schwarzer Sportwagen
kam quietschend neben ihm zum Stehen. Darin ein Kopf, der
sich zu ihm herneigte.

»*Pardon, M'sieur ... à Cassel?*«

Bill, obwohl kein Linguist, erkannte sogleich einen Mit-
leidenden. Er kicherte:

»Fragen Sie mich nicht! Dort will ich ja selbst hin. Nirgends ein verdammtes Straßenschild.«

»Engländer, wie? Haben Sie eine Karte?«

»Klar«, sagte Bill.

»Ich auch. Werfen wir doch mal zusammen einen Blick
drauf.«

Bill betrachtete den Mann, der sich da zu ihm gesellt
hatte – hochgewachsen, sportlich, Adlerzüge, etwas Ent-
schiedenes in der Sprache wie in den Bewegungen, das ihn
als Mann der Tat auswies. Ein Bursche, auf den Verlass war,
wenn man in der Klemme steckte, dachte er. Sein Begleiter,
ohne Hut, in einem Regenmantel mit Gürtel, um den Hals
einen Schal, war weit jünger, wenngleich ebenso gut gebaut.
Er schien dem Älteren den Respekt entgegenzubringen, den
der Untergebene dem Vorgesetzten schuldet.

Kaum hatten sie sich über die Karte gebeugt, als ein früher

Arbeiter in einem abgewetzten Mantel und mit dem allgegenwärtigen blauen Barett von seinem Fahrrad sprang und zu ihnen trat.

»*Est-ce que je vous aide, Messieurs?*«

Bill erklärte in stockendem Französisch, dass sie die Straße nach Cassel suchten.

»Ah, das ist einfach, M'sieur. Folgen Sie mir, ich fahre voraus.«

Zehn Minuten später wurde der gutmütige Bursche, nachdem er wie ein Wilder in die Pedale getreten hatte, langsamer und zeigte mit einem heftigen Schwung des Arms in die Richtung, die sie einschlagen sollten. Bill lehnte sich aus dem Fenster, brüllte Dankesworte und schaute sogleich nach hinten, ob der andere ihm noch folgte. Ein paar hundert Meter weiter schloss dieser auf, und für kurze Zeit fuhren die beiden Wagen nebeneinander her.

»Alles o. k.?«, schrie Bill.

»Ja, danke.«

»Wohin geht's denn?«

»Paris!«, kam die gebrüllte Antwort. »Und Sie?«

»Erst mal nach Reims. Dann weiter durchs Rhonetal an die Riviera.«

»Na, dann hoffe ich, es läuft weiterhin gut für Sie. Weidmannsheil!«

»Danke. Ihnen auch.«

Mit einem anschwellenden Dröhnen setzte sich der kleine schwarze Sportwagen ab und verschwand wenige Sekunden später hinter einem riesigen *camion*, der mit aufreizender Behäbigkeit mitten auf der Landstraße dahinrumpelte.

Detective-Inspector Meredith vom CID wandte sich an seinen Beifahrer und bemerkte sarkastisch:

»Um Himmels willen, Junge, entspannen Sie sich mal. Ich bau schon keinen Unfall.«

»Das ist diese verdammte Rechtsfahrerei, Sir. Kann mich einfach nicht dran gewöhnen.«

»Das wird schon ... dauert nur noch achthundert Meilen.«

»Übrigens, Sir – was hatte das zu bedeuten, dass Sie dem Kerl sagten, wir wollten nach Paris?«

»Diskretion, Strang. Wir sind zum Arbeiten hier, falls Sie sich erinnern. Da ist es nicht klug, unser Ziel auszuplaudern.«

»Aber Sir, der fährt doch auch an die Riviera. Wenn wir ihm dort nun über den Weg laufen, das würde doch ein bisschen verdächtig wirken, meinen Sie nicht?«

Meredith lachte.

»Diese goldene Küste ist knapp fünfzig Meilen lang, Strang. Da müsste es schon mit dem Teufel zugehen, wenn wir dem noch mal begegnen. Wahrscheinlich würde er uns sowieso nicht wiedererkennen.«

»Anständiger Bursche, Sir. Nützlich in einem Rugby-Gedränge. Ich wette, den würde ich sogar in der Menschenmenge beim Epsom Derby erkennen.«

»Sie würden achtkantig rausfliegen, wenn Sie das nicht könnten«, versetzte Meredith trocken. »Vergessen Sie nicht, man hat Ihnen das Beobachten beigebracht. Vielleicht liege ich ja falsch, aber ich habe so eine Ahnung, dass Sie ein überdurchschnittliches Auge für Gesichter haben. Deshalb hat der AC Sie ja auch von der Leine gelassen.«

»Danke, Sir. Aber mir wäre verdammt wohler, wenn ...«

Meredith unterbrach ihn:

»Sie fragen sich, was das alles soll, stimmt's? O.k., Sergeant, wird wohl wirklich allmählich Zeit, dass ich Sie ins Bild setze.« Meredith nahm eine Hand vom Steuer, zog aus der Innentasche seines Sportsakkos eine Brieftasche und klatschte sie Strang auf die Knie. »In der ersten Lasche ist ein Foto. Nehmen Sie's raus und schauen Sie's sich gut an.« Strangs Neugier war geweckt, er tat, wie ihm geheißen, und betrachtete den Abzug genau. Er erkannte ihn sogleich als offizielles Bild aus dem Verbrecheralbum des Yard – die üblichen zwei Profile und die Frontalaufnahme. »Kennen Sie den?«

»Nein, Sir.«

»Tja, diese wenig anregende Visage gehört einem Knirps namens Tommy Cobbett – Chalky für seine Freunde, wegen seines leichenblassen Teints. Einer der größten Künstler der Welt, Strang.«

»Ein Maler, Sir?«

»Nicht ganz. Er ist Graveur, Junge – er sticht Scheine.«

»Sie meinen, er ist ein Geldfälscher?«

»Allerdings. Und einer der Besten, mit denen wir's je zu tun hatten. Kurz vor dem Krieg haben sie ihn eingebuchtet, nachdem er das West End mit falschen Fünfern überschwemmt hatte. Er hat sechs Jahre gekriegt und ist vor rund vier rausgekommen. Eine Zeit lang hat er sich in seinem alten Kiez im East End rumgetrieben, und optimistisch wie wir sind, dachten wir schon, er sei solide geworden. Doch dann hat er sich vor anderthalb Jahren plötzlich in Luft aufgelöst.« Meredith schnippte mit den Fingern. »Wusch! Einfach so. Uns war sofort klar, dass Chalky nicht einfach so untergetaucht ist. Wir waren uns absolut sicher, dass er wieder ›arbeitete‹. Die Frage war nur, wo und für wen.«

»Und jetzt haben Sie die Antwort, Sir?«

»Vor sechs Wochen bekamen wir von der Polizei in Nizza die Nachricht, dass eine erstklassige Fälscherbande in den Städten der Côte d'Azur ihr Unwesen treibt. Sie wissen, wie das läuft: englische Urlauber, die ihre erlaubten hundert Pfund Reisegeld erweitern wollen, und Gauner, die ihnen nur zu gern aushelfen. Der normale Umtauschkurs liegt bei rund neunhundertachtzig Franc fürs Pfund. Der Schwarzmarktkurs bei siebenhundertachtzig. Der Profit der Gauner beträgt also knapp zweihundert Franc pro umgetauschtes Pfund. Leicht verdientes Geld, Strang, auch wenn die Marge nicht gerade spektakulär ist.«

»Und Chalky Cobbett?«, fragte Strang, noch immer im Dunkeln tappend. »Wo kommt der ins Spiel? Das kapier ich nicht.«

Meredith kicherte.

»Zu dem komme ich noch. Erst muss ich Ihnen noch ein paar andere Details erklären. Diese Währungskerle nehmen Schecks von Londoner Banken an. Das müssen sie, weil man nur fünf Pfund in Scheinen außer Landes bringen darf. Daher haben die Gauner eine ausgefeilte Methode entwickelt, mit der sie die Schecks so schnell wie möglich nach London schmuggeln und einlösen. So viel dazu. Aber die französische Polizei ist unlängst auf einen neuen Kniff gestoßen. Die gesamte Côte d'Azur wurde von einer Flut gefälschter Tausend-Franc-Scheine überschwemmt, und schon bald konnten sie einige dieser Scheine zu unseren ahnungslosen Landsleuten zurückverfolgen, die den Fiskus mit dem Kauf von Schwarz-markt-Francs behumpsten. Kurz, die Währungsgauner hatten die siebenhundertachtzig Franc pro Pfund in Blüten ausgezahlt. Ergebnis: neunhundertachtzig Franc pro Pfund Profit, abzüglich der allgemeinen Unkosten sowie vermutlich des Anteils von Chalky Cobbett.«

»Aber wie zum Teufel wussten die Franzosen, dass Chalky für die falschen Scheine verantwortlich war, Sir?«

»Das wussten sie gar nicht. Und auch wir zunächst nicht. Aber unsere Falschgeldexperten haben Chalkys Stil sofort erkannt – an mikroskopisch kleinen Details seiner Handwerkskunst. Und deswegen düsen wir gerade an diesem bitterkalten Morgen gen Süden, mein Junge. Auf Bitten der französischen Polizei. Wir werden herumschnüffeln und Augen und Ohren weit offen halten, bis wir auf eine Spur von Chalkys Unterschlupf stoßen. Also schauen Sie sich das Foto gut an, Sie müssen sich Chalkys Fresse fest in Ihr Hirn einprägen, Strang. Für mich ist es einfacher. Ich habe ihn schon mehrmals gesehen. Tatsächlich war ich sogar derjenige, der ihn '39 eingebuchtet hat.«

Acting-Sergeant Freddy Strang steckte das Foto sorgsam in die Brieftasche seines Vorgesetzten zurück. Das also war der rätselhafte Auftrag, der ihn so wundersamerweise aus der Londoner Düsternis herausgezogen hatte und in die flimmernde Wärme der Mittelmeerküste befördern sollte. Verdammt anständig vom Inspector, ihn als seinen Assistenten auszuwählen. Im CID gab es keinen, mit dem er lieber zusammenarbeitete. Er sagte feierlich:

»Ich tue mein Bestes, um Sie nicht zu enttäuschen, Sir.«

»Da bin ich mir sicher, Sergeant. Aber ich habe Ihnen noch

nicht alles erzählt. Chalky ist nicht unser einziges Anliegen. Die Franzosen haben nämlich den sehr schlauen Verdacht, dass das Blütengeschäft von einer englischen Gang oder jedenfalls unter englischer Leitung betrieben wird. Sprich, sie könnten uns bereits bekannt sein. Das ist der zweite Grund, warum sie unsere Unterstützung brauchen.«

Freddy pfiff.

»Da haben wir ja ganz schön was vor der Brust, wie, Sir?«

Meredith nickte.

»Jedenfalls genug, damit Sie gar nicht erst auf die Idee kommen, Unfug zu treiben, junger Mann. Was genau ist denn Ihre Schwäche – Wein, Weib oder Gesang?«

»Gesang, Sir. Das ist das einzige Laster, das ich mir bei meinem jetzigen Gehalt leisten kann. Möchten Sie mal meine Version von *Night and Day* hören, Sir? Beim letzten Polizeikonzert hat das eingeschlagen wie eine Bombe.«

»Gott bewahre!«, hauchte Meredith inbrünstig.

Kapitel 2

DIE VILLA PALOMA

I

Nesta Hedderwick lag in einem verschossenen rosa Kimono auf einer Korb-*Chaiselongue* auf der Terrasse der Villa Paloma und schlürfte Tomatensaft. Die Wände hinter ihr, ebenfalls in einem verschossenen Rosa, waren mit den Schatten der Wedel dreier mächtiger Palmen gemustert, die aus der üppigen Vegetation des steil abfallenden Gartens aufragten. Die funkelnde Luft war angereichert vom Parfüm der Sonnenwenden und Mimosen, der Himmel wolkenlos, das Meer, das sich jenseits der Dächer der darunterliegenden Stadt erstreckte, ein unfassbar blaues Tuch.

Doch diese verschwenderische Schönheit ließ Nesta unbeeindruckt. Sie war zu vertraut, zu konstant. Ihre leicht vorstehenden Augen waren mit tiefer Abscheu auf den Inhalt ihres Glases gerichtet. Mit Schaudern dachte sie daran, wie viele Liter dieses üblen Zeugs sie ihrer Figur zuliebe bereits in sich hineingeschüttet hatte. Aber von den nörgelnden Vorwürfen ihrer Waage abgesehen, war ihr Leben perfekt. Sie hatte Geld, eine der reizendsten Villen von Menton, einen großen, schillernden Freundeskreis, war bei bester Gesundheit, mit Humor gesegnet und überaus genussbereit. Ihr Mann, ein erfolgreicher, aber magenkranker Börsenmakler, war zwischen den Kriegen an einer Leichenvergiftung gestorben. Und so hatte Nesta ihr Leben während der letzten zwölf Jahre zwischen Larkhill Manor in Gloucestershire und ihrer Villa in Menton aufgeteilt, und ihr einziges Unglück war gewesen, stetig zuzunehmen. Sie hatte alles versucht – von Vibromassage bis zu Eurhythmie, von Seilhüpfen bis zum schwedischen Drill, von türkischen Bädern bis zu den makabersten Diäten. Aufgeregt war sie von einer Kur zur nächsten getappt, ohne dass ihr Glaube dabei gelitten hätte. Doch es war sinnlos. Unerbittlich wie der Lauf der Zeit kroch der Zeiger ihrer Badezimmerwaage immer weiter nach oben. Im Eiltempo näherte sich der Augenblick – und Nesta war inzwischen sehr bereit, dies zuzugeben –, da sie alle Hoffnung fahren ließ. Von da an konnte ihre Figur zum Teufel gehen!

Gleichwohl war sie immer noch eitel genug, um ihre Nichte Dilys zu beneiden, als diese durch die Verandatür zu ihr an den Frühstückstisch kam. Denn Dilys' schlanker, gerader, braungliedriger Körper wurde zusätzlich perfekt betont durch die teure Schlichtheit ihres Kleids. Nesta hob eine Hand zum Gruß.

»Morgen, Darling. Gut geschlafen?«

»Ja, danke, Tantchen. Aber leider komme ich scheußlich spät.«

»Da bist du nicht die Einzige!«, schnob Nesta finster, und als Dilys begann, ihre Grapefruit mit Zucker zu bestreuen, beugte sie sich zu ihr und setzte vertraulich hinzu: »Weißt du, Darling, sie muss weg! Wirklich. Sie ist schon viel zu lang bei mir. Sie nutzt mich aus. Meinst du nicht auch?«

Dilys seufzte. Die Gesellschafterin ihrer Tante, Miss Pilligrew, war ein alter Zankapfel – ein holziger, ziemlich jämmerlicher kleiner Apfel, der Dilys zutiefst leid tat. Ihrer Ansicht nach hatte sich jeder, der das stürmische Temperament ihrer Tante fünfzehn Jahre lang ertragen hatte, eine Goldmedaille verdient. Besänftigend sagte sie:

»Ach, die arme kleine Pilly – sie tut doch, was sie kann. Ich finde, sie ist einfach ein Schatz. Ohne sie wärst du doch völlig verloren.«

»Ich persönlich«, antwortete Nesta, »glaube ja, dass sie trinkt!« Und weiter, indem sie heftig den Kopf umwandte: »Ah! Da bist du ja endlich. Gerade habe ich Dilys gesagt, dass du trinkst. Stimmt das, Pilly?«

Miss Bertha Pilligrew gewährte ihrer Dienstherrin ein zittriges Lächeln und trippelte seitwärts wie eine verschreckte Krabbe zu ihrem Korbstuhl. Sie kicherte mit schmeichlerischer Heiterkeit:

»Ah, gönnst du dir wieder einen kleinen Scherz, Liebes?« Und setzte fröhlich hinzu: »So ein himmlischer Morgen. Es ist wirklich eine große Sünde, dass ich so spät herunterkomme.«

»Ungehörig ist es, sehr ungehörig«, korrigierte Nesta. »Ich wollte den *Tatler*. Ausdrücklich wollte ich den *Tatler*. Und war Pilly da und hat mir den *Tatler* gebracht? Nein, natürlich nicht! Sie hat die Nachwirkungen ihrer nächtlichen Sauferei ausgeschlafen!« Miss Pilligrews ledriges, scharf geschnittenes Gesicht zerknitterte vor Freude über diese bösartige Neckerei, während Nesta fortfuhr: »Wo ist Tony? Hat heute schon jemand Tony gesehen?«

»Ich glaube, ich habe ihn mit seinem Wagen wegfahren hören«, meinte Dilys.

»Ach wirklich! Wie lange ist das her?«

»Nach meiner Uhr war das um halb sieben. Ich glaube, der Motorenlärm hat ...«

Nesta unterbrach sie ungeduldig:

»War Kitty bei ihm?«

»Nein!«, sagte eine zarte Stimme hinter ihr. »Kitty wurde ausnahmsweise mal nicht gefragt.« Eine dunkeläugige junge Frau mit rabenschwarzen Haaren, provokanter Figur und beträchtlicher Anmut kam auf die Terrasse geschlendert. Sie trug eine vorteilhaft geschnittene Hose, einen allzu engen Seidenpullover und scharlachrote Schuhe mit Keilabsatz. »Morgen, Mrs. Hedderwick. Morgen allerseits. Komme ich zu spät?«

»Scheußlich zu spät!«, rief Nesta. »Es ist ganz allein Ihre Schuld, wenn der Kaffee kalt geworden ist.« Sie griff nach ihrem Feuerzeug und zündete sich eine Zigarette an, die schon in einer Chagrinspitze steckte. »Pilly, hol mir doch jetzt meinen *Tatler*. Du hast genug gefrühstückt.«

»Aber ... aber, Nesta, Liebste ...«

»Keine Widerrede. Du isst zu viel.«

»Na gut«, murmelte Miss Pilligrew, würgte großmütig den letzten Bissen Croissant hinunter und erhob sich fügsam. »Du weißt nicht zufällig, wo ...«

»Nein. Er kam gestern mit der Post, er muss also irgendwo im Haus sein. Sei nicht so verflixt hilflos.«

»Nein, Liebste.«

Kaum war Miss Pilligrew davongeflattert, wandte sich Nesta an Kitty.

»Was ist denn nur in Tony gefahren? Wirklich seltsam, um das Mindeste zu sagen. Woher diese plötzliche Leidenschaft, so früh aufzustehen?«

»Nächste Frage, Mrs. Hedderwick. Das ist jetzt schon das dritte Mal diese Woche, dass er sich noch vor dem Frühstück mit dem Wagen verdrückt hat.«

»Pff! Verstohlen. Das gefällt mir nicht. Tony ist ein Rohling. In letzter Zeit sagt er mir gar nichts mehr. Sie haben einen schlechten Einfluss auf ihn, Kitty.«

Dilys lächelte in sich hinein. Die arme Tante Nesta. Tony Shenton war einer der zahlreichen achtlosen jungen Männer, denen sie seit dem Tod ihres Gatten ihre mütterliche Fürsorge angedeihen ließ. Einer ihrer »lieben Jungs«, wie sie sie kollektiv nannte. Vor einem halben Jahr war Tony von weiß der Himmel wo für ein langes Wochenende aufgetaucht und nicht mehr gegangen. Dilys verachtete seinen schmierigen Charme und sein erdrückendes Geprahle. Offenbar hatte er in der Zuneigung ihrer Tante die Stelle eingenommen, die von Rechts wegen ihr zustand, denn nachdem ihre Eltern im Krieg bei einem Luftangriff ums Leben gekommen waren, war Tante Nesta ihr Vormund geworden. Und seit Dilys nicht mehr auf das Mädchenpensionat in der Schweiz ging, war die Villa Paloma praktisch ihr Zuhause.

Eigenartigerweise wusste niemand, warum Tony überhaupt eingeladen worden war. Als Dilys ihre Tante fragte, wo sie ihn kennengelernt hatte, wurde sie verschlossen wie eine Auster. Dabei gab sie sich keine Mühe, ihre Schwärmerei für Tony zu verhehlen. Dilys, noch Opfer einer konventionellen Erziehung, fand diese Beziehung ungesund. Sie war schockiert von der lockeren Vertrautheit, den schamlosen, wenngleich spielerischen Liebkosungen, den neckischen Zärtlichkeiten. Tony war achtundzwanzig. Ihre Tante mindestens dreißig Jahre älter. Überdies machte die verachtenswerte, beiläufige Art, in der Tony die nicht nachlassende Freigebig-keit ihrer Tante annahm, Dilys wütend. So wie er Nesta be-handelte, musste jeder denken, dass sie sich geehrt fühlte, ihn im Haus zu haben, dass er ihr, indem er sie ins Casino oder gelegentlich einmal ins Ballett oder Theater begleitete, einen Gefallen erwies. Wohl war ihre Tante schroff bis zur Grob-heit, schwierig und unberechenbar, im Herzen aber war sie nett und großzügig, und Dilys fand es schlimm, wenn jemand seinen Vorteil daraus zog.

Drei Wochen davor war dann auch noch Kitty Linden in der Villa aufgetaucht, offenbar auf Tonys Einladung hin. Ob er das mit seiner Gastgeberin abgesprochen hatte, wusste Dilys nicht genau. *Eines* aber stand fest – Tante Nesta war verärgert. Und das nicht ohne Grund, denn von Anfang an hatte Tony aus seiner Haltung Kitty gegenüber keinen Hehl gemacht. Soweit Dilys wusste, waren er und Kitty sich wäh-rend des Krieges begegnet, als er Flying-Officer bei der Air Force war und sie Corporal beim weiblichen Fliegerkorps. Offenbar hatten sie sich seitdem mehrmals gesehen und spo-radisch miteinander korrespondiert. Am Abend vor Kittys Eintreffen hatte Tony ihr erzählt:

»Das arme Ding hat eine schwere Zeit hinter sich. Deshalb dachte ich, eine Luftveränderung täte ihr gut. Geht doch nichts über ein bisschen *dolce far niente*, wenn die Nerven blank liegen. Sie ist ein liebes Mädchen. Glauben Sie mir, die ist nicht ohne. Hat mal auf der Bühne gestanden.«

Während dieser letzten drei Wochen hatte Dilys eine leb-hafte Bewunderung für ihre Tante entwickelt. Wie sie ihre wahren Gefühle verbarg und Kitty wie jedes andere Mitglied des Zirkels in der Villa behandelte, war beeindruckend. Herrlich direkt, wie immer, aber nie auch nur ein Wort oder ein Blick der Eifersucht, die sie doch verzehren musste.

Und Kitty ... Nun, eine Frau ihres Alters und mit ihrer Erfahrung hätte nicht so dumm sein dürfen. Wie sie sich Tony an den Hals warf, war nachgerade unanständig und töricht. Sollte Dilys sich je verlieben, dann würde sie sich ganz sicher nicht wie eine närrische Sechstklässlerin aufführen, die hoffnungslos in ihren Musiklehrer verknallt ist!

II

An dieser Stelle in Dilys' Reflexionen kam Tonys karmesinrote Vedette (ein Geburtstagsgeschenk von Nesta) auf dem Garagenhof hinter der Villa brummend zum Stehen. Ihr entstieg ein breitschultriger, blonder junger Mann in einem hellblauen Trikothemd und dunkelblauen Shorts. Beim ersten Hinsehen wirkte Tony wie einer jener anständig lebenden, wohl proportionierten jungen Engländer, die die Seiten von Frauenzeitschriften schmückten oder muskelbetont in Anzeigen für Herrenunterwäsche posierten. Eine eingehendere Musterung jedoch hätte diese Illusion Lügen gestraft. Wie immer Tonys Konstitution mit einundzwanzig gewesen war, mittlerweile befand sie sich eindeutig auf dem absteigenden Ast. Gutes Leben, kräftiges Trinken, lange Nächte und mangelnde Bewegung hatten sich in den sonnengebräunten Körper eingeschrieben. Seine Gesichtszüge offenbarten deutlich die Verheerungen seiner Zügellosigkeit. Dennoch hatte Tony fraglos etwas Besonderes. Wenn er sich anstrengte, konnte er ebenso kenntnisreich wie unterhaltsam sein. Seine Technik bei reichen Frauen mittleren Alters war eine Offenbarung.

Bei Nesta Hedderwick jedenfalls wirkte sie perfekt, denn obwohl sein Charme gekünstelt war, hatte er ihm bei ihr eine sehr ordentliche Dividende eingetragen.

Als er nun auf die Terrasse geschlendert kam, saß Kitty allein am Frühstückstisch. Sie schaute auf und lächelte.

»Hallo, Darling. Netten Ausflug gehabt?«

»Und ob, danke.«

»Schon gefrühstückt?«

»Nein – ich bin am Verhungern.« Er warf einen gefräßigen Blick auf den Tisch. »Großer Gott! Zwei Brötchen, ein Klacks Butter und ein Schälchen Marmelade. Nur weil Nesta auf Diät ist, müssen wir anderen doch nicht hungern. Wie ist der Kaffee?«

»Lauwarm, Darling.«

»O. k. Da kümmern wir uns drum.« Er drückte einen Klingelknopf neben der Verandatür und ließ sich mit einem Seufzer der Verzweiflung auf Nestas *Chaiselongue* fallen. Die Armlehne tätschelnd schnurrte er: »Du siehst dort auf der anderen Tischseite nicht gerade anschmiegsam aus, Süße. Kommst du rüber zu mir?«

»Ach, ich weiß nicht«, sagte Kitty langsam.

Tony setzte sich ruckartig auf und sah sie verblüfft an.

»Hallo. Was ist denn mit *dir* los? Hat etwa jemand dein süßes Köpfchen gegen mich aufgehetzt?«

»Nein, natürlich nicht.«

»Was ist denn dann, verdammt?«

»Tony?«

»Ja?«

»Wohin bist du heute früh geschlichen? Du könntest mir gegenüber schon ehrlich sein. Schließlich habe ich ...«

Lisette, das Dienstmädchen, erschien in der Verandatür. Tony drehte sich mit einem Ausruf der Befriedigung zu ihr.

»Hören Sie, Lisette, seien Sie ein Engel und machen Sie eine frische Kanne Kaffee, ja? Die Plörre hier kann man ja nicht trinken. Und vielleicht auch noch zwei Spiegeleier und etwas dünnen, knusprigen Toast. Sie wissen doch, wie ich's mag. Geht das, *chérie?*«

»Aber selbstverständlich, M'sieur.«

»Großartig!«

Als Lisette sich zurückgezogen hatte, meinte Kitty:

»Also wirklich, Tony, man könnte grad meinen, das alles hier gehört dir, so wie du das Personal rumscheuchst. Dass Nesta das mitmacht.«

Tony kicherte.

»Ein Wunder, wie? Man muss eben nur nett sein. Aber lassen wir Nesta da raus. Du wolltest mich gerade zur Minna machen. Dann bring's auch zu Ende.«

»Diese Ausfahrten frühmorgens – was hat's damit auf sich, Darling?«

»Angeln«, sagte Tony knapp.

»Das glaube ich dir nicht!«

»O.k., dann eben nicht.«

»Du bist sicher ... du bist ganz sicher, dass du nicht bei einer anderen Frau bist?«

»Großer Gott! Vor dem Frühstück? Sei doch nicht verrückt.«

»Warum hast du mich dann nicht gefragt, ob ich mitkommen will?«

»Weil ich nie gedacht hätte, dass dich Angeln interessiert. Normalerweise langweilen sich Frauen dabei zu Tode.«

»Stimmt. Aber so eine Frau bin ich nicht. Wenn du dich also das nächste Mal in aller Früh davonschleichst, Darling, nimmst du mich mit. Versprochen?«

»Tut mir leid, mein Engel. Daraus wird nichts.«

»Aber Tony ...«

»Ach, Himmelherrgott!«, rief Tony, plötzlich verärgert. »Lassen wir das jetzt bitte. Wenn ein Mann angeln geht, will er sich konzentrieren. Und wie zum Donner soll ich mich konzentrieren, wenn du dabei bist? Können wir's dabei belassen und uns nicht die Laune verderben?«

»Na gut, wenn du's so haben willst«, sagte Kitty mürrisch. »Entschuldige, dass ich so ein Mühlstein um deinen Hals bin. Mir war nicht klar ...«

»Ach, hör doch auf damit! Du bist kein Mühlstein. Sei jetzt mal vernünftig und gib mir einen Kuss.«

»Eventuell«, sagte Kitty, etwas erweicht.

»Nichts da ›eventuell‹«, beschloss Tony nachdrücklich. »Du *tust* es!«

Kapitel 3

DAS MÄDCHEN IN DER GALERIE

I

Der verbleibende Gast in der Villa Paloma war nicht zum Frühstück erschienen, denn wenn Nesta einen Künstler im Haus hatte, erwartete sie von ihm auch das entsprechende Benehmen. Paul Latour mühte sich jedenfalls nach Kräften, dem Bild der *fin de siècle*-Bohème zu entsprechen, auf dem sie ihre romantischen Vorstellungen des Genres errichtet hatte. Ihm kam entgegen, dass er mit seiner hochgewachsenen, leicht gebeugten Gestalt, den ungebärdigen dunklen Haaren, dem struppigen Bart und den schmalen, hungrigen Zügen diesem Bild ohnehin exakt entsprach. Und ansonsten achtete er sorgfältig auf einen gänzlich überzeugenden Auftritt. Er kleidete sich nachlässig in kupferrotem Kord, weiter blauer Bluse, gepunktetem Halstuch und Sandalen. Er stand spät auf, legte sich im Morgengrauen schlafen, flirtete mit den Hausmädchen, schnippte Asche auf den Teppich, strafte die Philister mit Verachtung und zersetzte den Ruf seiner Künstlerkollegen mit der Säure seines Tadels.

In die Villa eingeführt hatten ihn Nesta Hedderwicks alte Freunde, Colonel und Mrs. Malloy. Die Malloys lebten ein Stück weiter die Küste entlang in Beaulieu und kamen einmal die Woche zum Bridge – ein Spiel, bei dem Nesta mehr

Begeisterung als Können an den Tag legte. Der Colonel war in einem Café in Nizza mit Paul über gemeinsame Interessen ins Gespräch gekommen und hatte ihn zum Abendessen zu sich nach Hause eingeladen. Als er erfuhr, dass Paul mehr oder weniger pleite war, reichte er ihn eiligst an Nesta weiter, da er deren Vorliebe für romantische junge Männer mit mehr Charme als Geld nur zu gut kannte. Wie erwartet, verfiel Nesta ihm auf der Stelle. Sie ließ eines der Mansardenzimmer zum Atelier umbauen, gab Paul eine kleine, aber angemessene Dotation und langweilte ihre einflussreicheren Freunde mit verquasten Erklärungen seines besonderen Genies. Sie hoffte, sie würden seine Bilder kaufen. Einer oder zwei taten es auch und versteckten diese Meisterwerke heimlich im Keller.

Seit einem halben Jahr machte Paul es sich nun schon in der Villa Paloma bequem. Er war sozusagen der zweitälteste Bewohner. Vielleicht nicht ganz so fest etabliert wie Tony Shenton, aber beschweren konnte er sich nicht. Spielte er seine Karten klug aus, gab es keinen Grund, warum ihm die Villa nicht zum Dauerwohnsitz werden sollte. Oder wenigstens so lange, bis er finanziell unabhängig war und sich eine eigene Villa leisten konnte.

II

An jenem Vormittag lag er noch auf seinem ungemachten Diwan in einer Ecke des Ateliers und betrachtete voller Widerwillen eine große, eindrucksvolle Leinwand, die mitten im Zimmer auf einer Staffelei stand. Während der letzten zwanzig Minuten hatte er sich mit der Frage gequält, was das

Bild eigentlich darstellen sollte. Nestas Forderungen, sein neuestes Meisterwerk zu sehen, wurden immer drängender, und er konnte sie nicht länger vertrösten. Und wenn Nesta ein Bild betrachtete, wollte sie als Erstes wissen, was es *aussagte*. Ihrer Meinung nach erzählten die besten Bilder eine Geschichte oder trugen wenigstens ein klares und angemessenes Etikett.

Aber *mon Dieu!*, ein Kabeljaukopf, der auf einem nackten Frauentorso hockte, der auf zwei Kaktusblättern balancierte, garniert mit einem *motif* aus Zitronen und Spaghetti ... Paul zuckte hoffnungslos die Schultern.

Dann sprang er auf eine plötzliche Eingebung hin auf, schnappte sich sein Barett von einem Wandhaken, schlich sich die Hintertreppe hinunter und durch ein Tor in der Gartenmauer auf die Straße. Fünf Minuten später bog er nach der Hälfte der Avenue de Verdun in die Rue Partouneaux ein. Dort erklomm er die Stufen zwischen den engen, krummen Gässchen der Altstadt und lief gebückt unter einem mächtigen Torbogen hindurch in einen kleinen Hof, der von verschlungenem Rebengewirr beschattet wurde. Ohne zu klopfen, stieß er eine wacklige grüne Tür auf und stieg eine ebenso wacklige Treppe hinan, die direkt in ein Zimmer führte.

Als sich seine Augen an das Dunkel gewöhnt hatten, erkannte er eine trollartige Gestalt, die vor einer grob gezimmerten Staffelei auf einer umgedrehten Kiste kauerte. Als der Zwerg Paul sah, sprang er mit einem Schrei der Verblüffung auf.

»M'sieur Latour!«

Paul lächelte boshaft.

»Mich hast du jetzt nicht erwartet, wie, Jacques?«

»Nein, M'sieur. Ihr Bild ist noch nicht fertig. Ich habe Ihnen doch gesagt, nächste Woche. Davor ist es unmöglich. Sie müssen verstehen, ich bin keine Maschine ...«

Paul unterbrach ihn brüsk:

»*Eh bien!* Kein Grund zu jammern, du Trottel. Ich bin nicht wegen des Bildes da.«

»Nicht, M'sieur?«

»Nein, mein Freund. Ich wollte nur mit dir reden.«

»Sie sind mit meiner Arbeit nicht zufrieden – ist es das, M'sieur?« Der kleine Kerl schlug sich auf die deformierte Brust und platzte zornig heraus: »Sogar für mich gibt es Grenzen des Erträglichen, M'sieur. Sie verstehen nicht. Der Wert dessen, was ich Ihnen gebe ...«

»Mir geben!« Paul lachte sarkastisch. »Sag, Jacques, wie viel habe ich dir für dein letztes unvergleichliches *chef-d'œuvre* gezahlt?«

»Zweitausend Franc, M'sieur.«

»Genau. Zweitausend Franc für ein grauenhaftes Bild, das keine zwei Sou wert ist. Wer zum Teufel würde dein Zeug schon kaufen, wenn nicht ich?«

Der Bucklige zuckte verzweifelt die Achseln.

»*Hélas, M'sieur* ... es ist nicht einfach heutzutage ...«

»Eben. Wenn ich also weiter von dir kaufen soll, dann keine Grausamkeiten mehr. Verstehst du, du Idiot? Nichts mehr von diesem abstrakten, surrealistischen Quatsch. Von jetzt an will ich Bilder, die auch ein Kind verstehen kann. Keine Kabeljauköpfe und Spaghetti mehr.«

»Nein, M'sieur.«

Paul zeigte auf die Leinwand, die vor ihm auf der selbst gebastelten Staffelei stand.

»Das neue Bild da ... was soll das darstellen?«

»Das ist eine Landschaft, M'sieur.« Unterwürfig trat er beiseite. »Gefällt es Ihnen?« Er gestikulierte. »Die Komposition, M'sieur?«

Paul betrachtete das halb fertige Gemälde mit kritischem Blick.

»Das ist schon besser. Ich kann Zypressen, eine Kirche und eine Steinmauer erkennen.«

»Das ist *Le Monastère de l'Annonciade*, M'sieur.«

»Schön. Bei so einem Bild weiß ich, woran ich bin. Aber das andere ... dieses Grauen ... was soll das bedeuten? Was soll ich den Leuten sagen, wenn sie mich fragen, was das sein soll? Kannst du mir das verraten, du Knallkopf?«

Der Bucklige überlegte kurz, kratzte sich in den dunklen, fettigen Haaren und spuckte kräftig durch das offene Fenster auf den Hof. Dann dehnten sich seine bräunlichen Züge unter der Hakennase zu einem breiten Grinsen.

»Das ist einfach, M'sieur. Nennen Sie's *Le Cauchemar*, der Albtraum. Denn als das wird es den Unwissenden und Dummen zweifellos erscheinen. Sagen wir vielleicht, Ihren Freunden, M'sieur? Für diejenigen unter uns aber, die die Vision besitzen ...«Jacques Dufil schüttelte traurig den Kopf. »Wegen Ihres neuen Bildes kommen Sie nächste Woche?«

»Ja, nächste Woche«, nickte Paul.

Der Bucklige hob drei Finger in die Luft und blickte Paul fragend an. Der schüttelte finster den Kopf und hielt dem kleinen Burschen mit einer beleidigenden Gebärde zwei Finger vors Gesicht.

Mit einem aus viel Ungemach entstandenen Fatalismus hob Jacques Dufil die gequälten Schultern und breitete die

Arme aus. Das unterwürfige Lächeln war wieder in seine verzerrten Züge zurückgekehrt, doch als er an die ignoranten Bemerkungen dieses Hampelmanns über seine schönen Bilder dachte, war in seinem Herzen nur schwarzer Hass!

III

Da Paul bei dem Buckligen war, erhielt Dilys keine Antwort, als sie an die Ateliertür klopfte. Sie hatte für den Vormittag einen Besuch der *Exposition de Peinture Méditerranéenne* geplant und wollte in der Annahme, Pauls professionelle Kritik werde lehrreich sein, dass dieser sie begleitete. Dilys wusste nur wenig über Malerei, da sie aber eine ernste junge Frau war, wollte sie ihr Wissen unbedingt erweitern. Nur weil ihre Tante sie partout ihrem Müßiggang überlassen wollte, sah sie keinen Grund, ihren Horizont nicht zu erweitern.

Die Galerie, die auf Mentons gepflegte, exotische Parkanlagen blickte, war nicht besonders voll. Ein paar wenige Urlauber schlenderten mit jenem frömmelnden Blick umher, der zumeist Kirchen und historischen Stätten vorbehalten war. Ein Wächter saß auf einem Louiss-Quinze-Stuhl und beobachtete das Geschehen mit der luchsäugigen Sorge eines Privatdetektivs, der über eine wertvolle Sammlung von Hochzeitsgeschenken wacht. Dilys begriff nicht ganz, warum, denn die meisten Gemälde hätte man ohne die Hilfe einer Handkarre niemals aus dem Gebäude gebracht.

Sie kaufte einen Katalog und studierte die Bilder mit der für sie typischen Gewissenhaftigkeit in der richtigen numerischen Reihenfolge. Ein paar Namen waren ihr bekannt – darunter Matisse, Bonnard, Dufy und Utrillo. Das waren

32

die Starkünstler, vor deren Werken sie ernst und feierlich beeindruckt stehen blieb. Aber was sollte sie von den kleineren Lichtern halten? Sollte sie Belustigung, Zorn, Entsetzen oder Freude zeigen? Das alles war sehr schwierig, und sie wünschte, Paul wäre dabei, um sie sicher durch dieses ästhetische Labyrinth zu leiten. Besonders geschätzt hätte sie seine Kommentare zu diesem riesigen, lebhaften *Fiesta-Bild*, auf dem eine Schar Wasserspeier mit magentaroten Fratzen in einem Hain aus monströsen smaragdgrünen Kohlköpfen vor einem wilden purpurnen Himmel tranken und tanzten. Da bemerkte sie plötzlich einen hochgewachsenen, breitschultrigen Mann, der über ihre linke Schulter hinweg verständnislos die Leinwand anstarrte. Er war es auch, der ihre eigene instinktive Reaktion auf das Werk mit bewundernswerter, kraftvoller Kürze in Worte fasste.

»Mein Gott!«

Nur das – klar und energisch in einem Englisch ausgesprochen, das gemeinhin als »gebildet« bezeichnet wurde. Erfreut drehte sie sich um.

»Ach, ich bin ja so froh, dass Sie meiner Meinung sind! Ich habe immer schreckliche Angst, etwas über ein Bild zu sagen, falls es von jemandem ist, den ich eigentlich mögen sollte. Ich kenne mich in diesen Dingen grässlich wenig aus.«

»Ich auch. Aber ich hätte das nicht so herausposaunt, wenn ich gewusst hätte, dass Sie Engländerin sind.«

»Ach, schon gut. Sind *Sie* denn auch Künstler?«

Der junge Mann errötete.

»Großer Gott, nein! Sehe ich denn aus wie einer?«

Dilys musterte die eins achtzig große Männlichkeit in Tweedjackett und Flanellhose.

»Nein, eigentlich nicht. Aber heutzutage ist das so schwer zu sagen. Ich kenne einen Modeschöpfer, der aussieht wie ein Berufsboxer. Machen Sie hier Urlaub?«

»Äh ... mehr oder weniger. Und Sie?«

»Nein. Ich lebe hier bei meiner Tante.«

»Sie leben hier? Meine Güte! Manche Leute haben wirklich Glück. Was für ein herrliches Fleckchen Erde. Ich fasse es kaum, dass das alles echt ist.«

»Vieles ist es ja gar nicht. Bloß Tünche, Pappe und Flitter, wie die meisten unerträglichen Freunde meiner Tante. Eigentlich finde ich es hier sogar ziemlich langweilig. So ist das eben nach einiger Zeit.« Dilys nahm die angebotene Zigarette dankbar nickend an und fuhr mit der hinreißenden Neugier einer ungezwungenen Neunzehnjährigen fort. »Wenn Sie kein Künstler sind, was arbeiten Sie denn *dann*? Ich hoffe doch, Sie haben Arbeit.«

»Oh ja. Ich ... äh ... ich arbeite in einer Art Büro.«

»Sie meinen, Sie sind so was wie ein Angestellter?«

»Hm, ja ... so was Ähnliches«, sagte er vage.

Dann merkten sie auf einmal, wie dümmlich dieser Austausch war, und schauten sich lachend an.

»In London?«, drängte Dilys dennoch weiter.

»Äh ... ja. In London.«

»*Pardon, Madame! Pardon, M'sieur!*« Sie wirbelten herum und sahen einen aufgebrachten Museumswärter vor sich. »*Je regrette, mais il est defense de fumer ici.*«

»Oh, entschuldigen Sie, alter Knabe«, sagte der junge Mann heiter und drückte seine Zigarette auf der Schuhsohle aus. »Böse Sache, hm? *Un mal spectacle. Comprenez-vous?*« Und an Dilys gewandt: »Er sagt, dass man hier nicht rauchen darf.

Das Bisschen Französisch habe ich in Eisenbahnwaggons aufgeschnappt.« Dann wurde er sich seiner unverzeihlichen Anmaßung bewusst, schlug sich auf den Schenkel und sagte entschuldigend: »Ach, großer Gott! Ich habe ganz vergessen, dass Sie hier leben. Sie sprechen Französisch doch bestimmt wie eine Einheimische.«

»So halbwegs«, lächelte Dilys. »Sagen wir, ausreichend, aber nicht perfekt. Wollen wir uns noch die übrigen Bilder ansehen?«

»Ja, gern. Ist viel netter jetzt, wo ich Ihnen begegnet bin.«

Sie bummelten durch die Galerie, plapperten wie die Elstern, erinnerten sich gelegentlich, wo sie waren, und blieben dann einen Augenblick stehen, um ein Bild zu betrachten. So erfuhren sie binnen zehn Minuten eine ganze Menge voneinander und waren beide der Meinung, dass es eine prima Idee wäre, sich am nächsten Vormittag auf der Terrasse des Casinos auf einen *apéritif* zu treffen.

»Ich kann es allerdings nicht hundertprozentig versprechen«, sagte der junge Mann bedauernd. »Wissen Sie, ich bin nicht ganz Herr meiner Zeit. Ich spiele hier quasi nur den Handlanger eines anderen. Aber wenn es mir möglich ist, komme ich auf jeden Fall.«

»Na, und wenn nicht«, meinte Dilys nach kurzer Überlegung, »könnten Sie ja *anrufen*.«

»Unbedingt, nach dem Vormittag wäre es verrückt, wenn wir uns aus den Augen verlieren. Es war einfach ...« Er brach ab und setzte besorgt hinzu: »Was haben Sie denn? Stimmt was nicht?«

»Das Bild da – das ist von einem Freund von mir«, sagte Dilys und ergänzte eilig: »Also, eigentlich kein Freund. Er ist sogar ziemlich unausstehlich. Meine Tante war so anständig, ihm in ihrer Villa ein Atelier einzurichten.«

Der junge Mann merkte sich die Ziffern auf dem Rahmen und blätterte im Katalog nach dem Bild.

»Ja, da ist es. *Le Filou* ... Was zum Henker ist denn ein ›Filou‹?«

»Ich glaube, ein Taschendieb. Steht da auch der Name des Malers?«

»Ja ... Jacques Dufil.«

»Jacques Dufil!«, wiederholte Dilys verblüfft. »Das muss ein Fehler sein. Das sieht genauso aus wie Pauls Arbeiten. Das ist ja unheimlich. Bestimmt haben sie die Namen verwechselt oder so.«

»Machen Sie sich da mal keine Sorgen.«

»Das sicher nicht!«, erklärte Dilys und schaute auf die Uhr. »Momentan habe ich nur eine einzige Sorge. Wenn ich nicht sofort loslaufe, komme ich viel zu spät zum Mittagessen.«

»Kann ich Sie ... äh ... nach Hause begleiten?«

Dilys zögerte.

»Nein – ich glaube, es wäre diskreter, wenn Sie's nicht täten. Wenn Sie nichts dagegen haben, verabschieden wir uns lieber hier«, sagte sie dann und setzte freundlich lächelnd hinzu: »Bis morgen, hoffe ich.«

»Na klar ... bis morgen.« Er hielt ihr seine kräftige Hand hin und packte die ihre so begeistert, dass sie zusammenzuckte. »Ganz schöne Portion Glück, dass ich hier reingehopst bin, um einen Blick auf diese Klecksereien zu werfen, Miss ... Ja, wie *heißen* Sie eigentlich?«

»Dilys Westmacott. Und Sie?«

Der junge Mann schluckte.

»Ich? Ach, ich ... heiße schlicht John Smith. Ziemlich blöd, zugegeben, aber mehr kann ich Ihnen leider nicht bieten.«

Dilys bedachte ihn mit einem misstrauischen Blick.

»Das klingt ja ganz grässlich nach einem Decknamen. Sie nehmen mich aber nicht auf den Arm, oder?«

»Gott bewahre!«

»Na dann ... auf Wiedersehen.«

»Auf Wiedersehen, Miss Westmacott.«

Als er ihr nachblickte, wie sie durch die Pendeltür ins strahlende Sonnenlicht trat, erfasste den jungen Mann Reue. Er täuschte so ein reizendes Mädchen nur sehr ungern, aber was blieb ihm unter diesen Umständen anderes übrig? Denn was hatte Meredith ihm eingebläut, seit sie in diesem Play-boy-Paradies angekommen waren?

»Egal wo Sie sind und was Sie tun, mein Junge, bedenken Sie, Sie sind immer im Dienst.«

Genau! Und Acting-Sergeant Freddy Strang gehörte nicht zu denen, die Anweisungen auf die leichte Schulter nahmen. Egal was passierte, er musste sein Inkognito wahren!

Kapitel 4

ZWEITE BEGEGNUNG

I

An jenem Morgen war Inspector Meredith zum Polizeipräsidium in Nizza gefahren, um sich dort mit seinem Kollegen, Inspector Blampignon, zu beraten. Seit er und Strang eine Woche zuvor in ihrem bescheidenen Hotel in Menton abgestiegen waren, hatten sie sich schon ein paarmal getroffen. Trotz unterschiedlicher Sprachen und Temperamente waren die beiden Männer bereits gute Freunde geworden. Zum Glück beherrschte Blampignon Englisch recht ordentlich, und auch Meredith hatte noch ein paar Brocken Schulfranzösisch behalten. Daher konnten sie nach anfänglichen Verlegenheiten mittlerweile ziemlich flüssig parlieren.

Inspector Blampignon nahm das Leben, wie es kam, und akzeptierte das, was es ihm bot, mit kolossalem Genuss. Mit seinen dunklen, fröhlichen Augen, der rundlichen Figur und seiner lässigen, donnernden Lache war er ein Provenzale, wie er im Buche stand. Doch hinter diesem toleranten, behaglichen Wesen lauerten eine flinke Intelligenz und ein listiger Sinn fürs Praktische. Wenn es sein musste, konnte sich Blampignons plumper, schlaffer Körper mit verblüffender Agilität zu entschlossener Tat aufraffen.

Als Meredith ihn in dem kühlen Büro mit den halb geschlossenen Jalousien im zweiten Stock des massigen Gebäudes begrüßte, spürte er sogleich, dass Blampignon in Sorge war. Und nach wenigen Augenblicken trat auch die Ursache dieser Sorge an die Oberfläche. Im Lauf der letzten Tage waren Informationen über das Wiederaufleben einer wohlerprobten Gaunerei hereingekommen, die Blampignon und seine Kollegen schon für endgültig erledigt betrachtet hatten. Die Angelegenheit an sich sei simpel, so der Inspector. Amerikanische Zigaretten, die man in Algier und anderen nordafrikanischen Häfen für gerade mal sechs Pence die Schachtel kaufen konnte, wurden mit Schnellbooten übers Mittelmeer an ruhige Buchten geschmuggelt und dann an der Côte d'Azur für vier Schilling pro Päckchen verkauft. Der Profit einer einzigen Fahrt konnte sich so auf bis zu zehn Millionen Franc belaufen – rund zehntausend Pfund!

»*Hélas!*«, seufzte Blampignon. »Bisher haben wir nur herausgefunden, dass die Ware irgendwo zwischen hier und der italienischen Grenze an Land gebracht wird.«

»Sie meinen, dass diese Yankee-Zigaretten nur an diesem Küstenabschnitt verhökert werden?«

Blampignon nickte.

»Das ist wie bei diesen falschen Scheinen, *mon vieux*. Die tauchen auch nur in den östlichen Städten des Midi auf. Aus dem Grund habe ich Sie ja auch in Menton einquartiert.«

»Ob die beiden Gaunereien wohl von ein und derselben Bande gesteuert werden?«, fragte Meredith.

»Nein, das glaube ich nicht. Die Sache mit dem Falschgeld erfordert ein festes Hauptquartier an Land – einen Ort, wo die Druckmaschine stehen kann. Die andere Geschichte dagegen ...«, Blampignon warf die Hände auf, »... die ist – wie sagen Sie? – flüssig. Und etwas Flüssiges mit etwas Festem verbinden, das geht nicht. Meinen Sie nicht auch, M'sieur?« Der Inspector ging zu seinem Schreibtisch, zog eine Schublade auf und klatschte Meredith ein Bündel Scheine in die Hand. »Sehen Sie, *mon ami*, unsere kleine Sammlung ist gewachsen. Die meisten dieser Scheine kommen aus Monte Carlo. Wir haben den ... den ...«, Blampignon schnippte gereizt die Finger, »... *boutiquiers* gesagt, sie sollen auf solche Tausend-Franc-Scheine achten.«

»Den Ladenbesitzern, meinen Sie?« Meredith untersuchte die Scheine genauestens und nickte bewundernd. »Schöne Arbeit – das müssen wir zugeben. Bis auf die beiden mikroskopisch kleinen Abweichungen, die Ihre Laborratten in Lyon entdeckt haben, sehen die verflixten Dinger verdammt echt aus.«

Blampignon kicherte und schnappte sich schwungvoll ein Blatt Papier vom Schreibtisch.

»Das ist die Liste der Ladenbesitzer, die uns diese Scheine übergeben haben. Wir haben sie der Reihe nach befragt, und in allen Fällen sieht es so aus, als hätten sie sie von englischen Kunden bekommen. Und bei zwei haben wir viel Glück gehabt. Denn nachdem wir dem Ladenbesitzer die kleinen Fehler gezeigt haben, konnte er sie mit der Zeit selbst erkennen. Also sagt er zu seinem Kunden: ›Bitte geben Sie mir Ihren Namen und Ihre Adresse, die Polizei will herausfinden, wie Sie in den Besitz dieses Scheins gekommen sind.‹ Und da habe ich mir gedacht, das ist doch ein ... eine ... *une besogne* für Meredith. Am besten wäre es, wenn er diese Engländer befragt. Deshalb habe ich Sie heute früh hergebeten. Ist es Ihnen möglich, das zu tun?«

»Mein lieber Blampignon«, lachte Meredith, »deswegen bin ich ja hier! Überlassen Sie die Adressen mir. Ich fahre sofort nach Monte.«

11

Bis Mittag war es Meredith gelungen, die beiden Engländer zu befragen, die in aller Unschuld versucht hatten, mit den falschen Scheinen zu bezahlen. Anfangs waren sie nicht zu einer Aussage bereit, denn schließlich war der Ankauf von Francs an der Schwarzen Börse streng genommen ein Vergehen, und sie konnten sich nicht sicher sein, wie weit Meredith gehen würde. Doch ein paar deutliche Worte beschwichtigten sie schnell. Der französischen Polizei sei sehr daran gelegen, die Bande, die die falschen Scheine in Umlauf brachte, dingfest zu machen. Wie Meredith mit einem vernichtenden Blick betonte, interessierte sie sich nicht für ein paar dämliche, unpatriotische Engländer, die ohnehin ordentlich über den Tisch gezogen worden waren. Daraufhin bekam er seine Informationen, und sogleich erkannte er, dass sie den ersten wichtigen Hinweis enthielten.

Die beiden Engländer, die einander nicht kannten und in verschiedenen Hotels wohnten, hatten ihre Schwarzmarkt-Francs beim selben Mann gekauft, und in beiden Fällen hatte dieser Mann sie in einer der zahlreichen Cocktailbars der Stadt in ein Gespräch verwickelt. Er sprach fließend Englisch, mit einem starken ausländischen Akzent. Doch keiner der beiden Männer hielt ihn für einen Franzosen. Der eine meinte, er sei Deutscher gewesen, der andere, Holländer. Davon abgesehen stimmte ihre Beschreibung exakt überein – hochgewachsen, gebeugt, eisengraue, kurz geschnittene Haare, mondartiges Gesicht, tiefe Stimme, urbanes Wesen und makellos gekleidet.

Nachdem Meredith sich die Beschreibung notiert hatte, rief er Blampignon in Nizza an und fragte ihn, ob dieser Holländer oder Deutsche polizeibekannt sei, ob man zufällig schon einmal mit ihm zu tun gehabt habe oder er in Verdacht geraten sei. Blampignon reagierte bedrückt. An der ganzen Küste gebe es keinen einzigen großen Ganoven, der ihm nicht bekannt sei – was natürlich eine starke Behauptung war, aber vielleicht doch nicht allzu weit von der Wahrheit entfernt –, dieser sei ihm allerdings noch nie über den Weg gelaufen. Daher, so Blampignon, war der Mann entweder ein Lockvogel, ein angeheuerter Niemand, der für die großen Tiere arbeitete, oder er war erst kürzlich aus seinem Land an die französische Riviera gekommen.

»Das reicht mir«, sagte Meredith. »Überlassen Sie das mir. Ich bin in den nächsten ein, zwei Tagen in Monte und schaue mich in den infrage kommenden Bars um. Mit einer so detaillierten Beschreibung wäre es doch gelacht, wenn wir den Burschen nicht erwischen. Und mit etwas Glück ...«

Blampignon unterbrach ihn mit einem kehligen Kichern:

»*Ah, précisement!* Wie sagt man? Der Pilotfisch könnte uns zum Hai führen, wie?«

III

Zwanzig Minuten später war Meredith nach einer flotten Fahrt die Moyenne Corniche entlang wieder im Hotel Louis, wo er sich mit Strang verabredet hatte. Um dem Hotelessen zu entgehen, aßen sie häufig auswärts, und heute wollten sie ihr Glück im *Le Poisson d'Or* versuchen, einem Café in der Nähe, das ihnen ein anderer Gast im Louis empfohlen hatte. Es erwies sich als zwangloses, reizendes Lokal mit bunt bemalten Tischen und Stühlen in einem schattigen Innenhof, in dessen Mitte ein übergroßes Aquarium mit Goldfischen stand. Meredith, der sich allmählich in den örtlichen Speisekarten zurechtfand, bestellte eine Flasche Château de Crémat und setzte dann den Sergeant bei ihrer Bouillabaisse über die Geschehnisse des Vormittags in Kenntnis.

»Während der nächsten ein, zwei Tage treiben wir uns in den schickeren Bars von Monte Carlo herum. Was dagegen, mein Junge?«

»Nein, Sir, natürlich nicht«, sagte Freddy, wobei ihm sauer aufstieß, dass seine Verabredung mit Miss Westmacott damit im Eimer war. »Das gehört schließlich zum Beruf.« Doch zögernd setzte er hinzu: »Aber haben wir denn ... äh ... die Abende frei?«

»Selbstverständlich nicht!«, bellte Meredith.

»Nein, Sir ... absolut, Sir«, sagte Freddy eilig. »Ich habe nur gefragt, weil ...« Er brach ab und schaute über den strahlend sonnigen Hof hinweg, als hätte er ein Gespenst gesehen. »Na, da soll mich doch ...!«

»Was haben Sie denn, verdammt?«, fragte Meredith gereizt.

»Sehen Sie mal da drüben, Sir, an dem Tisch unter dem Orangenbaum. Sehen Sie, was ich sehe?«

Meredith blickte unauffällig hin, verbarg hastig seine Verblüffung und räumte kichernd ein:

»O.k., Sergeant – Sie haben gewonnen! Sie haben gesagt, wir laufen ihm über den Weg, und durch einen dieser irren

Zufälle, die sich in dieser aberwitzigen Existenz immer mal wieder ergeben, ist es auch so gekommen. Oh, jetzt hat er *uns* entdeckt. Lassen Sie mich reden, mein Junge. Da kommt er schon.«

»Na, so was!«, rief Bill Dillon fröhlich. »Hätte nie gedacht, Sie beide jemals wiederzusehen. Wollten Sie nicht nach Paris?«

»Dort waren wir auch ...«, sagte Meredith aalglatt. »Aber dann haben uns die Geschäfte aufgrund unerwarteter Ereignisse hierher geführt.« Er zeigte auf den freien Stuhl an ihrem Tisch. »Setzen Sie sich doch, Mr. ...?«

»Dillon – Bill Dillon.« Er schaute Meredith fragend an. »Komisch, aber irgendwie kommt mir Ihr Gesicht bekannt vor. Das dachte ich schon an dem Morgen in Dünkirchen. Sind Sie vielleicht einer von denen, die ständig Schlagzeilen machen?«

»Großer Gott, nein! Handelsvertreter in Sachen Maschinenbau – das bin ich. Meredith, mein Name. Und das ist mein Assistent, Mr. Strang.«

»Maschinenbau!«, rief Dillon aus. »In der Branche bin ich auch. Welche Firma?«

»Äh ... Whitley-Pilbeam's«, sagte Meredith, wobei er den ersten Namen nannte, der ihm einfiel. »Kennen Sie die?«

»Und ob ich die kenne. Die besten Ingenieure in der Heimat.«

»Danke«, sagte Meredith trocken. »Und Sie ... bei wem sind Sie ...?«

Dillon fiel ihm ins Wort:

»Ach, seit dem Krieg war ich in der Forschungsabteilung von Hawland Aircraft. Soweit keine schlechte Stelle. Aber kaum Aufstiegsmöglichkeiten. Also bin ich da jetzt raus. Will mir was Eigenes aufbauen, wenn ich zurück bin. Eine Autowerkstatt oder so was. Hauptsache, ich bin mein eigener Herr.«

»Und bis dahin gönnen Sie sich hier einen feudalen Urlaub, wie?«

»So ungefähr«, nickte Dillon. »Auch wenn ich es mir eigentlich nicht leisten kann. Das erste Mal nach meiner Entlassung aus dem Militär '46, dass ich im Ausland bin.« Unvermittelt stand er auf und hielt ihnen die Hand hin. »Freut mich, Sie wiedergesehen zu haben. Wie lange bleiben Sie?«

»Kommt drauf an, wie die Geschäfte laufen«, sagte Meredith vage. »Zwei Wochen – vielleicht mehr, vielleicht weniger.«

»Vielleicht treffen wir uns ja mal auf ein Bier. Ich wohne im Bandol. Sollten Sie abends mal nichts mit sich anzufangen wissen, kommen Sie doch vorbei.«

»O. k.«, nickte Meredith. »Machen wir.«

»Dann mal tschüs.«

»Tschüs«, sagte Meredith.

»Tschüs«, sagte auch Strang, womit er das erste Mal, seit Dillon sich zu ihnen gesetzt hatte, den Mund aufmachte.

IV

Vom *Poisson d'Or* kehrte Bill Dillon auf direktem Weg zum Bandol zurück und ging auf sein Zimmer. Dort zündete er sich eine Pfeife an und setzte sich an den Tisch am Fenster, um einen Brief zu schreiben. Eine ganze Woche lang hatte er das vor sich hergeschoben in der Hoffnung, Kitty irgendwo in der Stadt über den Weg zu laufen. Doch obwohl er auf der

Promenade und in den eleganteren Einkaufsstraßen die Augen offen gehalten hatte, war ihm kein Glück beschieden gewesen. Nachdem er ihre Adresse herausgefunden hatte, hatte er sich sogar mehrmals in der Nähe der Villa Paloma herumgetrieben, für den Fall, dass sie zufällig einmal herauskam. So wäre es besser gewesen, fand er – eine lockere, unerwartete Begegnung ... allein. Doch wenn es auf diese Weise nicht klappte, dann musste er eben verdammt noch mal die Festung stürmen und mit den Folgen leben.

Schließlich hatte er diese Spritztour ans Mittelmeer hauptsächlich Kittys wegen unternommen. Zugegeben, auch das bergige Hinterland hatte etwas damit zu tun. Er brauchte diese Berge, aber noch mehr brauchte er Kitty. Durch eine flüchtige Unterhaltung mit einem gemeinsamen Freund in London hatte er ihren gegenwärtigen Aufenthaltsort erfahren. Es war ein glücklicher Zufall, dass Kitty, als sie aus seinem Leben verschwand, beschloss, in Nesta Hedderwicks Mentoner Villa einzuziehen. Glücklich deshalb, weil er Nesta Hedderwick kannte, glücklich aber auch, weil sich gleich hinter Menton die Alpes Maritimes erhoben. Und da seine Zukunft untrennbar mit Kitty und hohen Bergen verbunden war, glaubte er, mit seiner Reise nach Menton zwei Fliegen mit einer Klappe geschlagen zu haben.

Nach einem Moment des Nachdenkens griff er zum Füller und schrieb:

Liebe Mrs. Hedderwick,
ich weiß nicht, ob Sie sich noch an mich erinnern. Ich gehörte zu der Luftlandeeinheit, die '44 in der Nähe von Larkhill Manor stationiert war und wochenends immer bei Ihnen einfiel. Die tolle

Zeit, die Sie uns bereitet haben, werde ich so schnell nicht verges-
sen. Ihre Gastfreundschaft war ungeheuer und Ihre Geduld un-
erschöpflich! Vermutlich erinnern Sie sich noch an den verrückten
Abend, als die Jungs von der RAF aus Landsdown da waren und
wir in Ihrem Salon mit einem Kissen Rugby gespielt haben. Zur
Halbzeit sah man vor lauter Federn nicht mehr durchs Zimmer!
Ich erinnere mich, dass Sie mir sagten, Sie hätten eine Villa in
Menton, und dass Sie nach dem Krieg Larkhill aufgeben und
dauerhaft an der Riviera leben wollten. Sie waren so freundlich,
mir anzubieten, Sie zu besuchen, sollte ich je in der Gegend sein.
Nun, gerade habe ich die Gelegenheit ergriffen, auf einen Kurz-
urlaub herzukommen. Ich wohne im Bandol. Sollte Ihr Angebot
noch gelten, rufen Sie mich doch bitte einmal an, dann könnten
wir alles Weitere besprechen.
Ich würde mich freuen, Sie nach all den Jahren wiederzusehen.
Mit freundlichen Grüßen
Bill Dillon

P. S. Ich war der blonde, recht stämmige Kerl mit den drei Ster-
nen auf der Schulter, dem einmal das Malheur unterlief, Ihnen
ein Glas Sherry übers Kleid zu kippen.

v

Am folgenden Morgen verkündete Nesta beim Frühstück auf
der sonnengesprenkelten Terrasse:

»Heute Abend kommt ein junger Mann zum Essen. Und
ich möchte, dass ihr alle dabei seid. So ein netter Junge. Ich
habe ihn während des Krieges in Larkhill kennengelernt.« Sie
warf Miss Pilligrew einen Blick zu, die sich gerade eine kleine

Schwäche gönnte, indem sie verstohlen an einem Stück Zucker knabberte. »Du musst der Köchin einschärfen, dass sie sich heute besonders anstrengt. Verstanden, Pilly?«

»Ja, meine Liebe.«

»Mein Vorschlag wäre *Soupe au Pistou* und danach *Ratatouille*.«

»Ja, meine Liebe.«

»Nicht, dass mich das groß interessiert, natürlich.« Nesta stieß ein hohles Lachen aus. »Ich sitze dann einfach nur dabei und sehe anderen Leuten zu, wie sie die Früchte meiner Gastfreundschaft genießen. *Mon Dieu!* Was für ein Leben. Es ist doch ein Leben, nicht wahr, Pilly?«

»Oh, unbedingt, meine Liebe.«

»Dann könnten wir noch, sagen wir ... *Estocaficada* servieren. Und als Dessert ...«

»Wie wär's mit *Tourta de Blea*, meine Liebe?«, schlug Miss Pilligrew zaghaft vor.

»So ein Blödsinn! Du bist nicht sehr hilfreich, Pilly. Mir schweben eher *Robina-Beignets* vor, und ...«

»Ach, Himmelherrgott!«, fiel Tony mürrisch ein. »Was soll dieser Aufstand? Ist das denn einer, den wir beeindrucken müssen?«

»Sei nicht so grässlich, Tony. Natürlich nicht. Aber er hat mir so einen reizenden Brief geschrieben, da ist es doch das Mindeste ...«

»Kenne ich den Burschen?«

»Nein, mein Schatz, ich glaube nicht. Er heißt Mellon oder Dillon oder so ähnlich.«

»Dillon!«, rief Kitty aus und lief unter ihrer Bräune plötzlich rot an.

»Ja – Captain Bill Dillon.« Nesta seufzte. »So ein schönes Geschöpf, und er hatte so einen niedlichen, borstigen Bart, der ...«

»Bill Dillon!«, ächzte Kitty. »Aber ... aber ...«

»Erzählen Sie mir nicht, dass Sie ihn *kennen!*«, rief Nesta, und ein Schatten der Enttäuschung glitt über ihre noch immer hübschen Züge.

»Nein, natürlich nicht. Aber ... aber ich kannte mal einen Bill Dorman, und irgendwie hat mich der Name an ihn erinnert. Sie verstehen, Mrs. Hedderwick? Dillon. Dorman. Das klingt irgendwie ähnlich, und ... für einen kurzen Moment ...« Leise kichernd wandte sich Kitty an Tony. »Hast du mal eine Zigarette, Tony? Oh, danke. Also, wenn ihr mich jetzt bitte entschuldigen wollt ... Ich muss ein paar Briefe schreiben. Bis später, Tony.«

Eine kurze Stille entstand, als Kitty eilig ins Haus floh. Nesta wechselte reihum bedeutungsvolle Blicke und bemerkte schroff:

»Sehr seltsam. Sie schien mir ganz aufgewühlt. Der unausgeglichene, neurotische Typus. Die müsste mal zum Psychiater. Meinst du nicht, Tony?«

»Nein, keineswegs!«, sagte Tony knapp. »Kitty hat eine schwere Zeit hinter sich, die Ärmste.« Er leerte seine Kaffeetasse und stand abrupt auf. »Na, dann bis später ... Ich muss noch was an der Vedette reparieren. Mittags esse ich auswärts. Kitty und ich wollen nach Monaco.«

Und nach einem forschen Nicken schritt er durch den Garten davon Richtung Garage.

Kapitel 5

OMINÖSES TREFFEN

1

Dilys langweilte sich in der nutzlosen Existenz, in die ihre Tante sie gezwängt hatte. Die gestrige Begegnung mit dem jungen Mann hatte ihr die Leere ihres Lebens jäh und mit verheerender Klarheit vor Augen geführt. Ein paar Stunden lang hatte ihr das vereinbarte Treffen auf der Casino-Terrasse ein Hochgefühl verschafft. Dann aber hatte er kurz vor dem Mittagessen angerufen und das Treffen abgesagt. Es tue ihm schrecklich leid, doch es sehe nun bedauerlicherweise so aus, als könnten sie sich während der nächsten Tage überhaupt nicht sehen. Es sei nicht seine Schuld, vielmehr machten es ihm die Umstände unmöglich.

Das war alles. Keine echte Erklärung dafür, warum er sie versetzte. Lediglich die vage Andeutung, er werde in naher Zukunft wieder anrufen. Dilys' Hochstimmung war dahin. Sie betrachtete die Begegnung in der Galerie nun mit einem nüchterneren Blick. Hatte dieser Mr. John Smith nicht etwas Merkwürdiges? In jedem Fall weigerte sie sich zu glauben, dass Smith sein richtiger Name war. Es war offensichtlich, dass er mit dem erstbesten Namen, der ihm eingefallen war, herausgeplatzt war. Aber warum? Weil er seine wahre Identität geheim halten wollte. Und warum wollte er seine wahre

Identität geheim halten? Nun, die meisten Menschen nahmen einen Decknamen an, weil sie etwas zu verbergen hatten – und das war meistens etwas Kriminelles.

Dilys erschauerte. Konnte sie ihm *überhaupt* etwas glauben, was er ihr erzählt hatte? War er wirklich Angestellter in einem Londoner Büro? Und dieser andere, den er erwähnt hatte – war das womöglich eine *Freundin?*

Und als Dilys dann nach einer ruhelosen Nacht an den Frühstückstisch trat, war sie bereit, Mr. John Smith aus ihrem Gedächtnis zu streichen. Sollte er tatsächlich die Dreistigkeit besitzen, noch einmal anzurufen, würde sie ihm höflich, aber nachdrücklich mitteilen, dass sie ihn nicht mehr zu sehen wünsche.

Diese ganzen unfrohen Überlegungen noch im Kopf, erinnerte sich Dilys erst wieder an das Bild, als sie Paul Latour auf dessen spätem Weg die Treppe hinab begegnete.

»Oh, hallo, Paul. Gestern waren Sie aber schon früh unterwegs. Ich hatte Sie fragen wollen, ob Sie mich zu der Ausstellung begleiten und mir Ihr professionelles Wissen angedeihen lassen. Aber so musste ich eben allein hin.«

»Keine sehr gute Schau, wie ich höre. Zu *recherché*, meinen Sie nicht auch?«

»Also, um das zu beurteilen, bin ich nicht qualifiziert genug. *Ich* fand sie … interessant. Besonders ein Bild mit dem Titel … na, wie war der noch gleich? Ah – *Le Filou.*« Dilys achtete scharf auf seine Reaktion, doch Pauls Züge waren noch stumpfer als sonst. »Das hatte einen ganz eigenen Stil, Paul.«

»Ach ja? Von wem ist es denn?«

»Also, ehrlich gesagt dachte ich, es sei von Ihnen.«

Paul schaute sie verblüfft an.

»Von mir? *Mir? Mon Dieu!* Eher würde ich mir die Kehle durchschneiden, als eines meiner Werke in Gesellschaft dieser mediokren Schwachköpfe auszustellen!«

»Aber es war exakt Ihr Malstil, Paul. Geradezu gespenstisch.«

»Aber *ma petite*, Sie haben doch sicher den Katalog gekauft, oder?«

»Ja, natürlich – aber ich dachte, vielleicht stellen Sie das Bild ja unter einem Pseudonym aus.«

»Einem Pseudonym? Wie meinen Sie das? Was denn für ein Pseudonym?«

»Ach, Jacques sowieso.«

»Jacques?«

»Ja – jetzt fällt's mir wieder ein. Jacques Dufil.«

II

Bill Dillon stand in seinem Hotelzimmer vor dem Garderobenspiegel und musterte seine Erscheinung mit einem letzten kritischen Blick. Gar nicht so schlecht. Nur gut, dass er daran gedacht hatte, seine Smokingjacke einzupacken, auch wenn sie ein wenig straff um die Schultern war. Kein Zweifel, in den letzten zwei Jahren hatte er zugenommen. Kein Zweifel auch, dass die heftigen, ungewohnten Übungen der letzten beiden Jahre seine Muskeln gekräftigt hatten.

Am Nachmittag hatte er in einem alten Buschhemd und Khaki-Shorts, einen Rucksack auf dem Rücken, seine tägliche Wanderung in den Bergen unternommen. Er war über Castillon und Sospel hinaufgefahren, hatte den Wagen am Col de Braus geparkt und zu Fuß dessen wilde zerklüftete

Umgebung erkundet. Zum dritten Mal schon hatte er diese Route genommen, um zwischen den niedrigeren Gipfeln des bis zu dreitausend Meter hohen Gebirgszugs herumzukraxeln. Dort oben war die Luft kristallklar, die Sonne brannte aus einem wolkenlosen Himmel herab, und die Hitze wurde von dem nackten, schimmernden Fels zurückgeworfen. Gewiss hatte sein Teint unter diesem Ausflug gelitten. Da führte kein Weg dran vorbei – momentan war sein Gesicht keines, das an einer Speisetafel gut aussah. Doch das ließ Bill unberührt. In den Bergen hatte er endlich die Antwort auf ein wesentliches Problem gefunden, eine quälende Unsicherheit, die ihm die letzten zwei Jahre oder noch länger den Seelenfrieden geraubt hatte.

Er schlang sich einen Seidenschal um den Hals, schloss das Zimmer ab und ging zu seinem Wagen. Nun, da sein Besuch in der Villa Paloma unmittelbar bevorstand, wuchs Bills Besorgnis. Den ganzen Tag war er aktiv gewesen und hatte es so vermocht, die schicksalhafte Begegnung mit Kitty zu verdrängen. Doch als er jetzt durch die kühler werdenden Straßen fuhr, das kräftige Parfüm der Mimosen in der Nase, fragte er sich, was wohl dabei herauskommen würde. Irgendwie musste er Kitty beiseitenehmen und allein mit ihr sprechen. Das würde nicht einfach sein, da Kitty in ihrer gegenwärtigen Stimmung alles unternehmen würde, um ihm diese Gelegenheit zu vermiesen. Er wusste nur zu gut, wie störrisch und eigensinnig sie sein konnte. Dieses Wissen jedoch trug nichts zur Minderung der leidenschaftlichen Sehnsucht bei, die ihn bewegte, wenn er an Kitty dachte. Gleich, was in der Vergangenheit geschehen war, Bill wusste, dass die Zukunft ohne sie ziemlich unerträglich sein würde.

Ja, irgendwie musste er im Verlauf des Abends eine letzte verzweifelte Anstrengung unternehmen, sie zurückzugewinnen. Das mochte eine unvernünftige Hoffnung sein, doch ein verliebter Mann, dachte Bill ironisch, gründet seine Hoffnungen nicht auf Vernunft.

III

»Mein lieber, lieber Junge!«, dröhnte Nesta, ergriff Bills Hand und schüttelte sie hektisch. »Als *würde* ich mich nicht an Sie erinnern!« Sie trat einen Schritt zurück und musterte ihn mit schamloser Neugier. »Seit unseren lustigen Tagen in Larkhill sind Sie ja doch etwas breiter geworden. Wahrscheinlich bekommen Sie nicht genügend Bewegung. Und wo ist Ihr Schnurrbart abgeblieben? Sie hatten doch mal einen. Eins dieser borstigen kleinen Armeedinger. So männlich.« Wieder diese forschende, leicht spitzbübische Betrachtung. »Wissen Sie, ich habe Sie immer gemocht, Bill. Sehr subtil sind Sie ja nicht gerade, dafür aber auch ohne jeden verdammten Schnickschnack. Dann kommen Sie mal, ich stelle Sie den anderen vor. Wir sind ein kunterbunter Haufen, aber ich glaube, Sie werden Ihren Spaß haben.«

Sie führte ihn in den Salon und verkündete ausgelassen: »Hallo, alle miteinander! Das ist Bill!«

Er sah Kitty sofort, und kurz blieb ihm das Herz stehen. Sie saß, reizend und begehrenswert wie immer, auf der Armlehne eines Sofas, ein Cocktailglas in der Hand, und ihre Lippen umspielte ein nervöses Lächeln. Mit der gebieterischen Gebärde einer Schuldirektorin, die dem visitierenden Gouverneur eine Viertklässlerin vorstellt, winkte Nesta sie zu sich.

»Das ist Kitty – Kitty Linden. Sie ist hier zu Besuch«, sagte sie und setzte mit einem bösen Blick hinzu: »Nur ein *kurzer* Besuch, was, Darling?«

Kitty, die nie so recht wusste, wie sie diese vernichtenden Sticheleien auffassen sollte, lächelte Nesta schief an und gewährte Bill ein distanziertes Nicken, um sich gleich darauf und plötzlich wieder lebhaft Tony Shenton zuzuwenden, der hinter ihr aufgetaucht war. Sie hakte sich bei ihm ein, und Bill bemerkte rasch, dass diese vertraute, besitzergreifende Geste keinen Zweifel an der Beziehung zwischen ihnen zuließ. Es hatte also doch einen anderen gegeben – genau, wie er immer vermutet hatte. Er fragte sich, wer dieser verfluchte Kerl war und wo Kitty ihn kennengelernt hatte. Ein ausgemachter Lump, wie es den Anschein hatte. Bills Kiefer spannte sich. Mit jäher Verzweiflung erkannte er, dass dieser Mann ein zusätzlicher Knoten in einer ohnehin schon verworrenen Situation war.

Ohne so recht zu wissen, was er sagte, wurde er Dilys, Miss Pilligrew und Latour vorgestellt. Dann packte Nesta Tony an der Krawatte und zerrte ihn wie ein bockendes Pferd hinter sich her. Und da erlitt Bill einen Schock. Es bestand nicht der geringste Zweifel – irgendwo, irgendwann *war er diesem aalglatten Schuft schon einmal begegnet!*

IV

Erst als sie nach dem Essen auf die mondbeschienene Terrasse gewechselt waren, schaffte Bill es, Kitty von der übrigen Gesellschaft loszueisen. Tony war ans Telefon gerufen worden, und die anderen saßen noch am Couchtisch, also ergriff

Bill die Gelegenheit beim Schopfe, indem er Kitty am Arm packte und sie hinter eine glyzinienumrankte Säule zerrte. Er sagte drängend:

»Ich muss dich irgendwann allein sehen. Wir müssen gründlich über alles sprechen. So kann es nicht weitergehen.«

Wütend riss sie ihren Arm los und fragte:

»Warum bist du hier? Wie hast du rausgefunden, dass ich in Menton bin? Warum kannst du mich nicht einfach in Ruhe lassen?«

»Das weißt du ganz genau. Weil ich dich immer noch liebe, Kit. Seit du mich verlassen hast, bin ich vor Einsamkeit fast verrückt geworden. Begreifst du denn nicht ...«

»Sprich um Himmels willen leiser!«

»Wann können wir uns treffen? Diese Ungewissheit ist schrecklich. Wir müssen uns ein für allemal aussprechen. Siehst du das denn nicht, Kit?«

»Ach, na schön«, sagte sie verzweifelt. »Wenn's denn sein muss. Wenn du gehst, warte im Wagen unten am Hang. Ich versuche dann, mich für ein paar Minuten zu dir rauszuschleichen.«

»In Ordnung, Darling. Ich werde dort sein.« Er wollte ihr schon den Arm um die Hüfte legen, doch mit einem knappen, aber heftigen Kopfschütteln wich sie von ihm. Bill zuckte kläglich die Achseln. »Schön – wie du willst ...«

»Na, ihr zwei beiden!«, rief Nesta mit neckischer Anzüglichkeit. »Was flüstert ihr denn so? Kitty, wie können Sie es wagen, sich dem armen Captain Dillon derart aufzudrängen. Was sind Sie nur für ein schamloses Flittchen!«

»Entschuldigen Sie, Mrs. Hedderwick. Ich habe ihm nur

den Blick über die Stadt gezeigt. Im Mondlicht ist er noch himmlischer.«

Als sie zu den anderen zurückkehrten, gurrte Nesta weiter: »Bill, Darling, spielen Sie Bridge?«

»Ich bin zwar kein Culbertson, aber ...«

»Hervorragend! Sie müssen der vierte Mann sein. Nächsten Freitag, mein Lieber – also übermorgen. Um halb neun. Tragen Sie das in Ihren Kalender ein.«

»Ich ...«, stammelte Bill. »Ich weiß nicht recht, ob ich ...«

»Schön! Ich wusste es. Colonel Malloy und seine grässliche kleine Frau kommen dann von Beaulieu rüber. Wir spielen jeden Freitag.« Nesta blitzte ihre leidgeprüfte Gefährtin an. »Bill kann *deinen* Platz einnehmen, Pilly. Du bist schrecklich. Keine Finesse, meine Liebe, und viel zu schwatzhaft.«

»Ja, meine Liebe«, nuschelte Miss Pilligrew unterwürfig.

»Und nun, Dilys, Darling, setz dich mal neben Bill. Er will sich bestimmt unbedingt mit dir unterhalten. Wo ist Tony? Und Paul? Das ist verdammt ungehörig, wie die einfach nur essen und sich dann verziehen. Aber so sind die Männer eben. Solange sie nur ihre gröberen Gelüste befriedigen können ... Nein, Sie natürlich nicht, Bill. Ihre Manieren waren schon immer wunderbar. Ich freue mich so sehr, dass Sie mich beim Wort genommen haben. Wir möchten Sie hier noch sehr oft zu Besuch haben – nicht wahr, Dilys?«

»Ja, Tantchen«, murmelte Dilys beklommen.

»Ab sofort also kein Zeremoniell mehr. Verstehen Sie, mein Lieber? Schauen Sie einfach jederzeit rein, wenn Sie ...« Mit dramatischer Geste schlug sich Nesta die Hände an den Kopf und stieß einen wilden Schrei aus. »Bill, mein Lieber, wo *habe* ich nur meinen Kopf! Das muss die Altersschwäche sein. Warum in aller Welt ist mir das nicht gleich eingefallen? Sie müssen hier *wohnen*. Aber natürlich! Das Bandol ist doch eine schmuddelige kleine Absteige. Und wir würden uns ...«

»Aber ... aber das geht doch nicht«, stammelte Bill mit einem furchtsamen Blick auf Kitty, da er an die explosive Lage dachte, in der sie sich befanden. »Das ist ungeheuer nett von Ihnen, aber ...«

»Nun seien Sie nicht so verflucht obstinat! Morgen packen Sie Ihre Sachen und ziehen hier ein. Versprochen, Bill?«

Kitty murmelte verzweifelt:

»Aber vielleicht möchte Captain Dillon lieber im Hotel bleiben, Mrs. Hedderwick. Das wollen Männer öfters.«

Nesta fuhr ihr mit einem verächtlichen Schnauben über den Mund:

»Reden Sie nicht so einen Unsinn, Darling. Niemand bei Verstand will im Bandol wohnen, wenn er nicht muss. Wie ich höre, ist das Wasser dort immer lauwarm und das Essen absolut grauenhaft. Selbstverständlich würde er lieber hier wohnen. Oder etwa nicht, Bill?«

Erneut warf er Kitty einen Blick zu und sagte dann leise:

»Also, ich ... Ich weiß nicht recht, was ich ...«

»Dann wäre das also geregelt!«, kreischte Nesta und strahlte die kleine Gruppe begeistert an. »Ihr habt's alle gehört – Bill kommt! Wir erwarten Sie dann morgen zum Mittagessen. Ich bin ja so froh, dass mir das noch ...«

Doch da hörte Bill schon nicht mehr zu. Tony Shenton war zurück auf der Terrasse, und da fiel Bill plötzlich wieder ein, wo er dem Burschen schon einmal begegnet war. Es war 1943 auf einem Flugplatz irgendwo in Lincolnshire. Er hatte nach dem Abendessen in der Messe neben ihm an der Bar gestanden und ein paar Worte mit ihm gewechselt. Nicht viele, denn Shenton hatte da schon kräftig einen in der Krone und war zu einer zusammenhängenden Unterhaltung praktisch nicht mehr fähig. Später am Abend kamen ihm dann noch gewisse, nicht allzu erbauliche Dinge über Flying-Officer Shentons Ruf zu Ohren. Es gab Fragen zu einer vermissten Brieftasche, die Shenton, als er nach seinen Zigaretten kramte, versehentlich aus der Tasche zog. Darin waren fast vierzig Pfund, doch um der Schwadron willen wurde die Sache unter den Teppich gekehrt.

Und mit so einem Kerl war Kitty nun zusammen – einem gemeinen Taschendieb, einem Tunichtgut, einem Halunken, einem Playboy! Großer Gott, das war eine Tragödie. Kein Zweifel – wenn er diese faule Geschichte nicht beendete, bevor er Menton verließ, steuerte die arme Kitty blindlings auf eine Katastrophe zu!

v

Doch als sie rund zwanzig Minuten, nachdem er von der Villa abgefahren war, zu ihm in den geparkten Wagen stieg, wurde ihm schnell klar, dass Kitty nicht die Absicht hatte, mit sich reden zu lassen. Sie war wütend, dass er wieder in ihr Leben getreten war. Wütend auf den gemeinsamen Londoner Freund, der ihm verraten hatte, wo sie war. Wütend, weil er durch einen seltsamen Zufall Nesta kannte und sich so eine Einladung in die Villa Paloma verschafft hatte. Hinsichtlich Tony Shenton wurde sie geradezu frech:

»Ich habe ihn lange vor dir kennengelernt. Wir haben in all den Jahren Kontakt gehalten. Das macht dich jetzt fertig, was? Und wenn Tony mich fragt, dann heirate ich ihn auch, verdammt!«

»Ihn heiraten!« Bill war wie vom Donner gerührt. »Aber Herrgott, Kit, weiß er's denn nicht? Hattest du nicht den Anstand, es ihm zu sagen?«

»Ihm was zu sagen?«

»*Dass du schon mit mir verheiratet bist!*«

Kitty lachte böse.

»Ach, natürlich muss ich ihm das irgendwann sagen. Sogar *ich* weiß das. Aber ich sag's ihm, wann *ich* will.«

»Himmelherrgott, Kit!«

»Was macht das schon? Ich liebe dich nicht. Wahrscheinlich habe ich dich nie geliebt. Unsere Ehe war so ziemlich der schlimmste Fehler, den ich je gemacht habe. Den ganzen Tag in der engen Wohnung in Kensington rumhocken, während du im Büro bist ... Was für ein aufregendes Leben!« Kitty lachte immer schriller. »Ich sollte doch nur dein braves kleines Frauchen spielen, das Däumchen dreht, bis der liebe Herr Gemahl müde und gereizt von der Arbeit kommt. Sei nicht so naiv, Bill. Ohne Tony wäre ich verrückt geworden.«

»Aber mein Gott, Kit – du willst doch nicht etwa sagen, dass du und Tony ...?«

»Ach, werd endlich erwachsen! Erzähl mir nicht, dass du's nicht schon vermutet hast. An dem Abend nach unserem letzten Krach, als ich für immer gegangen bin ... Tja, da hat Tony schon unten auf mich gewartet. Du verschwendest deine Zeit, Bill. Es ist sinnlos. Ich komme nicht zurück!«

»Aber verflucht noch mal, du bist meine Frau!«, rief Bill. »Glaubst du denn, ich sehe einfach zu, wie du dich mit einem widerlichen Schmarotzer wie Shenton wegwirfst?«

»Das will ich sehen, wie du mich aufhältst. Wenn Tony mir einen Antrag macht, wirst du in die Scheidung einwilligen.«

»Von wegen! Ich bin Shenton im Krieg begegnet, und schon da hat sein Ruf zum Himmel gestunken.«

»Klar, dass du ihn mit Dreck bewirfst, wenn er nicht da ist, um sich zu verteidigen ...«

Kitty öffnete die Wagentür und stellte ein seidenumhülltes Bein auf den Boden. Fluchend zerrte Bill sie zurück und zog die Tür wieder zu.

»Jetzt pass mal auf, Kit – damit das klar ist. Ich wusste, was du dachtest, als Mrs. Hedderwick mit ihrer Einladung ankam. Dass ich sie unmöglich annehmen konnte. Und ja, vorhin dachte ich das auch noch, obwohl mir keine Ausrede für die Gute eingefallen ist. Aber jetzt habe ich meine Meinung geändert, und ob es dir passt oder nicht, ich erscheine morgen in der Villa. Und wenn Mrs. Hedderwick einverstanden ist, dann bleibe ich dort verdammt noch mal die gesamten restlichen drei Wochen meines Urlaubs. Dagegen kannst du rein gar nichts machen. Wenn du glaubst, ich ziehe den Schwanz ein und verdrücke mich aus deinem Leben, bloß weil du dir einbildest, Shenton sei deine große Liebe, dann bist du verrückt! Ich gebe dir drei Wochen, um zur Vernunft zu kommen. So, jetzt weißt du, wie die Dinge liegen.«

»Von mir aus«, erwiderte Kitty hitzig. »Dann komm halt in die Villa. Das macht mir nichts aus. Es wird mir bestimmt nicht das Herz brechen, dir aus dem Weg zu gehen. Aber krieg das eine in deinen Kopf: Ich lasse mich nicht überreden. Du kannst sagen und tun, was du willst, das ändert bei mir nichts. Ich werde Tony heiraten, und du wirst es ermöglichen. Das ist mein letztes Wort.«

»Und woher weißt du das so genau?«

»Wenn du's unbedingt wissen musst, ich kriege ein Kind, und es ist *nicht* von dir, Bill. Na, lachst du jetzt immer noch?«

»Kit! Das ist nicht wahr.«

»Ach ja? Warte noch zwei Monate, dann glaubst sogar *du* mir.«

Einen Augenblick saß Bill reglos, sprachlos da, dann drehte er sich plötzlich verzweifelt zu Kitty und ergriff ihre Handgelenke. Selbst in diesem Moment der Desillusionierung empfand er keine wahre Feindschaft gegen Kitty. Sie hatte ihr Leben verpfuscht – weiter nichts. Sie hatte sich gelangweilt und war einsam gewesen, und er hatte es nicht gemerkt. Und Shenton? Inwieweit sollte er an dieser armseligen Lage schuld sein, wenn er nicht einmal wusste, dass sie verheiratet war?

Flehentlich sagte er:

»Kit, Darling – das ist mir egal ... wenn du nur zu mir zurückkommst. Wir vergessen diese ganze üble Geschichte einfach. Was kümmert's mich, wenn das Kind nicht ...«

»Lass mich los – hörst du? Lass mich raus!« Mit einem jähen Ruck riss sie sich los und verpasste ihm eine schallende Ohrfeige. »Wenn du jetzt nicht sofort die Tür aufmachst und mich gehen lässt, schreie ich um Hilfe!«

»O. k.«, sagte Bill trübsinnig. »O. k.«

Er langte hinüber und öffnete die Tür. Sie kletterte hinaus und blieb noch kurz stehen, um sich die Haare zu richten und den Rock glatt zu streichen. Dann drehte sie sich auf ihren absurd hohen Absätzen um und stöckelte den Hang hinauf. Er schaute ihr nach, wie sie sich durch das gescheckte Mondlicht und die Schatten der Palmwedel entfernte, bis sie nicht mehr zu sehen war. Merkwürdig, aber selbst in diesem melancholischen Augenblick war sein Herz voller Mitleid mit ihr.

Während er dann langsam durch die verlassenen Straßen zu seinem Hotel zurückfuhr, fasste er seinen nächsten Schritt in dieser unseligen Situation ins Auge. Er musste Shenton zur Rede stellen und herausfinden, was seine Absichten waren. Und wenn er bereit wäre, das Anständige zu tun … Bill zuckte die Achseln. Na, er wusste, wann er verloren hatte. Aber bei Gott, Shenton musste sich ehrenhaft verhalten, sonst …

Kapitel 6

MEREDITH IN MONTE CARLO

I

»Hören Sie, Sir«, protestierte Sergeant Freddy Strang, »Pflicht ist Pflicht und so weiter, aber wenn Sie mir noch eine Flasche von diesem verflixten Vichy-Wasser aufzwingen, gehe ich in die Luft!«

»Tut mir leid, Sergeant«, kicherte Meredith. »Sie haben mein Mitgefühl, aber wir können in diesen Lokalen nicht herumsitzen, ohne etwas zu bestellen. Und wenn Sie glauben, ich lasse Sie den ganzen Tag doppelte Brandys kippen und sie auf die Spesenliste setzen, dann sind Sie ein noch größerer Optimist als ich.«

»Aber schon drei Tage, Sir! Ich kriege keinen Schluck von diesem Giftzeug mehr runter. Und wir kommen ja nicht mal voran, nicht einen Schritt. Keine Spur von dem Kerl, den wir suchen. Das ist absolut deprimierend.«

»Tja, so läuft's eben manchmal. Aber Ungeduld bringt uns auch nicht weiter. Eines kann ich Ihnen allerdings versprechen. Wenn wir bis heute Abend um zehn kein Kaninchen aus dem Hut gezaubert haben, blasen wir die Jagd ab.«

»Finde ich sehr in Ordnung, Sir«, sagte Freddy und legte sich rasch eine Hand auf den Mund, um eine Indiskretion zu verbergen, die ihn bereits plagte, seit sich dieses Monte-

Carlo-Karussell in Bewegung gesetzt hatte. »Tut mir leid, Sir. Lässt sich nicht vermeiden. Gerät leider ein bisschen außer Kontrolle.«

Obwohl Meredith sehr darauf geachtet hatte, es seinem Untergebenen nicht zu zeigen, war auch er ziemlich niedergeschlagen. In den letzten Tagen waren sie in den exklusiveren, von ausländischen Touristen frequentierten Cocktailbars und Cafés unterwegs gewesen. Blampignon hatte seinen englischen *confrères* eine entsprechende Liste angefertigt. Besonders das Manhattan und das Mirimar behielt Meredith im Auge, jene Bars, in denen der glattzüngige Ausländer mit den zwei Engländern Kontakt aufgenommen hatte. Dennoch war der Ertrag dieser öden Stunden lediglich eine Handvoll Informationen gewesen. Diskrete Erkundigungen beim Personal hatten immerhin ergeben, dass der Holländer oder Deutsche in sechs dieser Etablissements vom Sehen bekannt war, darunter auch im Manhattan und im Mirimar. Die meiste Zeit hatten Meredith und Strang getrennt gearbeitet und sich nur zu den Mahlzeiten getroffen, um ihre Ergebnisse abzugleichen.

Momentan aber – es war gegen sechs Uhr am dritten Abend ihrer Wache – saßen sie einander gegenüber, an einem kleinen Glastisch in einer hinteren Ecke der Bar Mirimar. Wenige Minuten zuvor hatte Meredith im Gespräch mit einem der vielen *garçons* des Lokals einen eigentümlichen Hinweis erhalten. Dem Burschen zufolge war der mondgesichtige Herr am vorigen Donnerstag in der Bar gewesen. Und wenn er es sich genau überlegte, war er bereit zu schwören, dass dieser Herr *ausschließlich* donnerstags ins Mirimar kam. Zur Erklärung seiner Behauptung ergänzte er:

»Sehen Sie, M'sieur, wir können uns Gesichter gut merken. Das gehört zu unserer Arbeit. Und dieser Herr, nun ... der bestellt immer Wodka. Im Mirimar wird nicht oft Wodka bestellt, deshalb denke ich, wenn er reinkommt: ›Ah, da ist der Herr, der immer Wodka trinkt.‹ Also geh ich schnell zu ihm und sage: ›Wodka, wie immer, M'sieur?‹ Und *naturellement* ist er so geschmeichelt, dass er mir ein großzügiges Trinkgeld gibt. *Mais oui* – immer donnerstags, M'sieur. Sie werden sehen, dass ich recht habe ... vielleicht später ... Sie verstehen, M'sieur?«

Meredith verstand vollkommen. Er erinnerte sich, dass die Aussagen der beiden Engländer in seiner Brieftasche steckten, also nahm er sie heraus und überflog sie rasch. Er lächelte. Genau! Auch die beiden waren dem Burschen an einem Donnerstag begegnet. Bedeutete das nicht, dass er die Bars von Monte Carlo *nur* an diesem Wochentag abklapperte?

II

Ungefähr eine halbe Stunde später sahen sie ihn hereinkommen. Seine Identität war nicht zu verkennen. Jedes Detail seiner Erscheinung stimmte genau mit der Beschreibung der beiden Engländer überein. Meredith warf Strang einen raschen bedeutungsvollen Blick zu und raunte:

»O. k., mein Junge. Es geht los. Bleiben Sie hier. Ich versuche mal, mir einen Hocker neben ihm zu krallen.«

Erfolglos. Nachdem der Mann sein übliches Glas Wodka bestellt hatte, blickte er links und rechts den Tresen entlang und setzte sich nach einem kleinen Zögern auf einen freien Hocker zwischen einem schneehaarigen, stutzerhaften alten

Lebemann, der bei einer halb leeren Flasche Veuve Clicquot vor sich hin dämmerte, und einer messinghaarigen Frau mittleren Alters, die Meredith als Engländerin einschätzte. Er schlängelte sich vorsichtig durch die Menge und stellte sich so dicht an die Gruppe, wie er es wagen konnte.

Fünf Minuten lang geschah nichts. Dann stieß der mondgesichtige Ausländer unvermittelt mit dem Ellbogen gegen den Arm der Engländerin, als diese gerade einen Schluck von ihrem Cocktail trinken wollte. Die Flüssigkeit schwappte auf die Theke. Sogleich entschuldigte sich der Kerl überschwänglich, zog ein großes Seidentuch hervor und tupfte die Brühe auf, und schon wenige Sekunden später führten die beiden eine lebhafte Unterhaltung. Da er zu weit entfernt war, um zu verstehen, was sie sagten, wartete Meredith in aller Ruhe ab. Das, so wurde ihm klar, war lediglich der erste Schritt in dem kleinen Spiel, das sich gerade vor seiner Nase entspann.

Der Mann bestellte neue Getränke, und die Unterhaltung wurde noch lebhafter und vertraulicher. Zehn Minuten später bestand die Engländerin nach sichtlichen Protesten ihres Begleiters darauf, die nächste Runde zu bezahlen. Daraufhin senkten sie die Stimmen zu einem verschwörerischen Gemurmel, und ihre Köpfe rückten immer näher aneinander, bis sie sich beinahe berührten.

Dann schien das ungleiche Paar plötzlich eine Entscheidung getroffen zu haben. Mit einer eleganten Bewegung legte der Mann ihr die paillettierte Stola um die feisten, nackten Schultern und geleitete sie servil durch die Drehtüren.

Blitzartig drehte sich Meredith zu Strang, der noch am selben Tisch in der Ecke saß, und zeigte mit dem Kopf zum Ausgang. Strang stand auf und folgte seinem Vorgesetzten wortlos hinaus auf den breiten, mondbeschienenen Platz. Die Laternen glommen bereits zwischen den exotischen Bäumen und blühenden Büschen, hinter denen die herrlich gepflegten Gärten zu den fantastischen Türmen und Kuppeln des hell erleuchteten Casinos abfielen. Die warme, zärtliche Luft war erfüllt vom Duft von Sonnenwenden, und irgendwo in dem Halbdunkel unter den Palmen plätscherte ein Brunnen. Doch der romantische Zauber der mediterranen Nacht ließ Meredith kalt. Sein Blick war allein auf das Paar geheftet, das ein Stück vor ihnen gemächlich Richtung Casino schlenderte.

»Sieht ganz so aus, als wollten sie einen draufmachen, was, Strang?«

»Würde mich nicht überraschen, Sir. Versuchen womöglich ihr Glück am Spieltisch.«

»Nein – halt!«, rief Meredith überrascht aus. »Die gehen ja gar nicht ins Casino, sondern zu dem Parkplatz links vom Haupteingang. Legen wir einen Zahn zu, Junge, sonst hängen sie uns ab.«

Die beiden Beamten beschleunigten ihre Schritte und sahen gerade noch, wie ihre Beute auf die Rückbank eines Ehrfurcht gebietenden, altmodischen Rolls-Royce kletterte, der am Bordstein parkte. Aufgeregt sagte Meredith zu Strang:

»Sie haben unseren Wagen doch irgendwo in der Nähe abgestellt, nicht?« Strang nickte. »O. k. Dann laufen Sie los und fahren Sie ihn hierher, auf die andere Straßenseite. So können wir ihnen folgen, sollten sie losfahren. Kapiert?«

»Ja, Sir. Und was mache ich so lange?«

»Bleiben Sie am Steuer und lassen Sie den Motor laufen.«

Nachdem Strang abgezogen war, schlenderte Meredith betont lässig an dem Rolls vorbei und bezog nicht weit davon unter einer Straßenlaterne Stellung. Er zog eine Zeitung aus der Tasche und tat, als läse er aufmerksam darin. Wie Meredith vorausgesehen hatte, warf das Licht der Laterne einen Widerschein ins Innere des Wagens, sodass er alles, was auf der Rückbank vor sich ging, deutlich erkennen konnte. Es war ganz wie erwartet. Die Frau zog ein Scheckbuch aus ihrer voluminösen, glitzernden Handtasche, während ihr Begleiter einen Füller zückte und ihn ihr geradezu in die ausgestreckten Finger stieß. Die Frau füllte den Scheck aus, und der Mann übergab ihr ein dickes Bündel Scheine, das sie eilig zählte. Wenig später war der Handel abgeschlossen, und der Mann öffnete die Tür und half der Frau mit einer kleinen Verbeugung beim Aussteigen. Nachdem er den Hut geschwenkt, sich erneut kurz verbeugt und sich dabei verstohlen umgeschaut hatte, sprang der Mann auf den Fahrersitz, knallte die Tür zu und ließ den Motor an.

In dem Moment sah Meredith den kleinen schwarzen Sportwagen auf der anderen Straßenseite anhalten. Wenige Sekunden später hatte er den Sergeant vom Steuer verdrängt, und die Jagd begann.

III

Es war ein aufregendes, um nicht zu sagen haarsträubendes Erlebnis, durch die Kurven der gewundenen Straße zu schlittern, und das mit ganzen fünfzehn Zentimetern Bordstein zwischen vergleichsweiser Sicherheit und definitivem Tod. Zuweilen schien die Corniche de Littoral, wenn sie um eine Felsnase herumführte, geradezu über dem Meer zu schweben. Meredith dankte seinem Glücksstern, dass der Rolls nicht eine der höher gelegenen Corniche-Straßen genommen hatte, denn der Bursche vor ihnen steuerte seinen Wagen mit absoluter Präzision. Mehr als einmal zog ihnen der Rolls auf einem der geraden Abschnitte davon. Doch jedes Mal gelang es Meredith, der mit grimmiger Anspannung lenkte, aufzuholen und den Wagen erneut in den Bereich seiner Scheinwerfer zu bringen.

»Donnerwetter, Sir!«, hauchte Freddy, der krampfhaft die Füße gegen das Bodenblech stemmte. »Der hat's aber wirklich eilig. Dabei fallen mir Filme ein ...«

»Nur zu, wenn Sie wollen«, blaffte Meredith. »Ich habe zu tun.«

»Was meinen Sie, wohin er will, Sir?«

»Nizza, so wie's aussieht. Vielleicht auch Beaulieu. Wir kommen gerade in die Vororte.« Meredith spähte nach vorn und rief plötzlich aus: »Himmel noch mal, ja – er wird langsamer. Sieht ganz so aus, als würde er gleich abbiegen.«

Meredith trat auf die Bremse und schaffte es so eben noch, den Sportwagen von der Hauptstraße auf die lange Platanenallee zu bugsieren, wo der Rolls inzwischen angehalten hatte. Der Inspector fuhr rechts ran, schaltete Motor und Scheinwerfer aus und sagte:

»Kommen Sie, Strang – wir machen einen kleinen Spaziergang. Zünden Sie sich eine Zigarette an und reden Sie wie der Teufel. Beachten Sie den Kerl auf keinen Fall, wenn wir an dem Wagen vorbeigehen. Aber sehen Sie um Gottes willen zu, dass Sie den Namen des Hauses erkennen.«

»In Ordnung, Sir.«

Auf Freddys Anregung hin begannen sie eine Erörterung

der Vorzüge des englischen Cricket-Teams, das gerade durch Australien tourte. Der Fahrer war inzwischen ausgestiegen und öffnete das Tor zu einer recht ansehnlichen Villa, die ein wenig von der Straße zurückgesetzt auftragte. Auf den Stucksäulen am Eingang war deutlich der Name zu erkennen – Villa Valdeblore. Zwanzig Meter weiter blieb Meredith stehen und schaute zurück, während der Rolls durch das offene Tor verschwand.

Zehn Minuten später war Meredith auf der Polizeiwache von Beaulieu und testete sein Schulfranzösisch an einem verwirrten und argwöhnischen Beamten, der sich standhaft weigerte, von den offiziellen Papieren des Inspector beeindruckt zu sein. Bei der Erwähnung Blampignons wurde die Haltung des Mannes allerdings etwas weicher, und er erklärte sich einverstanden, dass Meredith mit dem Diensttelefon die Direktion in Nizza anrief.

Weitere zehn Minuten später, nachdem Blampignon ein paar knappe Sätze mit dem diensthabenden Sergeant gewechselt hatte, fraß der Mann Meredith aus der Hand. Zum Glück verstand er Französisch weit besser, als er es sprach, sodass ihm zumindest das Wesentliche nicht entging.

Mais oui, die Villa Valdeblore – die kenne er gut. Sie stehe in der Avenue de la Palisse und gehöre einem gewissen Colonel Malloy.

»Ein Landsmann von Ihnen, Inspector, und in der Stadt sehr geachtet. Ich glaube, er hat die Villa 1946 gekauft.«

Soweit der Sergeant wusste, lebte er dort mit seiner Frau. *Mais oui*, bis aufs Personal *allein* mit seiner Frau. Gehöre nicht vielleicht auch ein Holländer oder Deutscher zum Haushalt? Der Sergeant lächelte.

»Ah, Sie denken vermutlich an den Chauffeur, Nikolai Bourmin. Der ist Weißrusse. Ich weiß das, weil er sich als Ausländer regelmäßig hier melden muss. Nein – kennen tue ich ihn kaum. Er benimmt sich. Er trinkt nicht, stiehlt nicht und bringt auch niemanden um. Mehr kümmert mich nicht. Ja – vor ungefähr einem halben Jahr ist er nach Beaulieu gekommen. Ich hoffe doch, dass Sie nichts über ihn herausgefunden haben, was ich selbst hätte entdecken müssen. Falls er Böses im Schilde führt, würde es nicht gut aussehen, wenn ich das nicht gemerkt hätte, Inspector. Aber ich kann nicht glauben, dass sich ein Mann wie Colonel Malloy so einfach täuschen ließe. Es sähe ihm nicht ähnlich, einen Schurken einzustellen. Falls *Sie* der Meinung sind, dass dieser Nikolai Bourmin ein Spitzbube ist ...« Der Sergeant zuckte die Achseln und setzte hoffnungsfroh hinzu: »*Eh bien*, dann haben Sie vielleicht unrecht, M'sieur. Halten Sie das auch für möglich?«

Meredith hätte sich nun lang und breit über die Fehlbarkeit von Mutmaßungen, die nicht auf bewiesenen Fakten gründeten, auslassen können, doch sicherheitshalber sagte er einfach nur abschließend:

»*Peut-être, mon ami.*«

Strang fixierte seinen Vorgesetzten mit schierer Bewunderung.

IV

Auf ihrer eher gemächlichen Fahrt die Küstenstraße entlang nach Menton war Meredith schweigsam. Freddy sah, dass er wieder einmal eine seiner »Brütlaunen« hatte, wie er sie nannte, und unternahm daher vernünftigerweise nicht den Versuch, ein Gespräch zu beginnen. Und tatsächlich dachte Meredith wie wild und analysierte die Hinweise, die ihm im Verlauf dieses ereignisreichen Abends zugefallen waren.

Dann war dieser Bourmin also nicht der Besitzer des Rolls-Royce – er war lediglich der Fahrer dieses pensionierten Colonel Malloy. Da fiel die Erklärung leicht, dass Bourmin nur donnerstags in den Bars von Monte Carlo »arbeitete«. Zweifellos war das sein halber freier Tag. Ebenso sicher schien, dass sein Arbeitgeber ihm dafür den Wagen überließ. Das sprach natürlich für ein ziemlich freundschaftliches und vertrauensvolles Verhältnis zwischen den beiden Männern. Doch durfte man deshalb annehmen, dass Malloy selbst mit dem Blütenhandel zu tun hatte? Hm – schwer zu sagen, ohne die Gelegenheit gehabt zu haben, den Charakter des Mannes persönlich zu durchleuchten. Der Sergeant von Beaulieu hatte ihn als »in der Stadt sehr geachtet« bezeichnet, aber das war ja nur eine allgemeine Meinung. Sie brauchten dringend ein klareres Bild von Malloys Vergangenheit und gegenwärtigem Verhalten.

Vorerst dürfte es wohl besser sein, bezüglich des Russen nichts weiter zu unternehmen, außer ihn an seinen freien Donnerstagen von Strang beschatten zu lassen, falls er Kontakt mit anderen Mitgliedern der Bande aufnahm. Als Ausländer, der sich regelmäßig auf der Polizeiwache melden musste, bestand kaum Gelegenheit, dass Bourmin ihnen durch die Lappen ging, selbst wenn sein Argwohn geweckt war. Irgendwo musste der Fahrer die falschen Scheine schließlich abholen, wenn sie aus der Druckmaschine kamen. Vielleicht führte er sie sogar direkt zu Chalkys Versteck.

Was diesen Colonel Malloy anging, war Meredith entschlossen, unverzüglich den Yard zu kontaktieren. Dort
wiederum konnte man sich an das Archiv des Kriegsminis-
teriums wenden und ihm die wesentlichen Informationen
bezüglich der Aufrichtigkeit des Mannes und seiner Vergangenheit in der Armee telegrafieren. Erwies der Colonel sich
als redlich, wäre es vielleicht vernünftig, ihn ins Vertrauen zu
ziehen. Denn als Bourmins Arbeitgeber war er hervorragend
geeignet, ein Auge auf die Aktivitäten seines Chauffeurs zu
haben. Andererseits durfte Meredith die Vermutung Blampignons, der Gangsterring werde von einem Engländer an-
geführt, nicht außer Acht lassen. Und sich als pensionierter
Colonel der britischen Armee auszugeben war genau das,
was einem Kriminellen in einem fremden Land gute Dienste
leisten würde. Das hatte etwas Grundsolides und Vertrauen-
erweckendes, ja fast schon Sakrosanktes, zumal wenn noch
eine Gattin, eine ansehnliche Villa und ein Rolls samt Fahrer
dazukamen!

Kapitel 7

KARTEN AUF DEN TISCH

I

Die freitägliche Bridge-Runde in der Villa Paloma war aus Nesta Hedderwicks Warte ein Erfolg gewesen. Am Ende des Abends hatten sie und Bill den Malloys nach einem wackligen Beginn runde zehntausend Franc abgenommen. Der Colonel und seine Gattin, eine forsche, redselige kleine Frau mit blassroten Haaren, hatten ihre Niederlage mit der Seelenruhe eines Paars hingenommen, für das zehntausend Franc ein Klacks sind. Sie verabschiedeten sich in einer Aura lautstarken und Armagnac-getränkten Frohsinns, wonach Nesta und Bill sich einer selbstzufriedenen Spielanalyse hingaben.

Bill hatte es nicht eilig, sich schlafen zu legen. Kitty und Tony waren unmittelbar nach dem Abendessen zum Casino aufgebrochen, um dort ihr Glück zu versuchen, und da es inzwischen nach Mitternacht war, würden sie jeden Moment zurück sein. Dilys und Miss Pilligrew, die viel Wert auf ihren Schlaf legten, waren dagegen schon lange zu Bett gegangen. Es war allerdings nicht Kitty, die Bill zu sehen hoffte. Er ging ohnehin davon aus, dass sie sich, wenn sie sah, dass er noch im Salon war, sogleich zurückziehen würde. Nein, er war vielmehr auf eine persönliche und offene Unterredung mit dem ehemaligen Flying-Officer Tony Shenton aus.

Und so trank Bill gerade noch »einen für die Treppe«, als er die Vedette heranrauschen hörte. Nesta schaute auf die Uhr.

»Zwanzig vor eins! Verdammt rücksichtslos, Bill. Die kleine Linden ist mir vielleicht eine. Ihnen ist ja wohl klar, dass sie in Tony vernarrt ist?«

Bill sagte düster:

»Das ... das hatte ich schon vermutet.«

»Das Kind ist natürlich ein Dummchen. Wenn Sie mich fragen, hat er sie allmählich satt, aber sie ist zu blind vor Liebe, um es zu kapieren. Das ist bei ihm immer so. Tonys Frauen sind heute hier und morgen fort. Seit dieser herzlose Kerl hier wohnt, zieht eine ständige Prozession ernüchterter Frauen durchs Haus. Eines schönen Tages bekommt er dadurch noch richtig Ärger.«

»Ärger? Wie meinen Sie das, Mrs. Hedderwick?«

»Na, irgendwann schlägt eine dieser abgewiesenen Frauen mal zurück, und zwar hart. Wenn Tony nicht aufpasst, tut ihm so eine süße Maus noch mal eine Prise Arsen ins ...« Die Tür ging auf, und Tony blinzelte eulenhaft ins helle Licht. Sofort änderte sich Nestas Miene. Mit einem albernen Lächeln sagte sie: »Na, Tony, Darling, habt ihr die Bank gesprengt? Hattet ihr Spaß? Wo ist Kitty?«

»Die ist schon ins Bett.« Beiläufig nickte er Bill zu. »Oh, hallo Dillon. Wie wär's mit einem Cognac?«

»Ich bin schon versorgt, danke.«

»Bestens, da schließe ich mich doch an.«

Nesta zwängte gähnend ihre neunzig Kilo aus dem Sessel, in dem sie praktisch eingekeilt gewesen war, und stand schwankend auf.

»Na, ihr Männer könnt ja durchmachen, aber ich brauche meinen Schönheitsschlaf. Gute Nacht, Bill. Passen Sie auf, dass er nicht zu viel trinkt.« Sie hielt Tony die Arme hin. »Gute Nacht, du Schuft. Mach nicht zu lange. Du siehst müde aus.«

Tony küsste sie pflichtschuldig auf beide Wangen und schob sie mit spielerischer Vertrautheit zur Tür. Nesta, die vor lauter Dankbarkeit für diese kleine Aufmerksamkeit fast schon gurrte, revanchierte sich, indem sie dem jungen Mann ins Ohr kniff. Tony verzog das Gesicht.

»He! Das hat wehgetan.«

»Geschieht dir ganz recht«, empörte sich Nesta. »Seit einiger Zeit bist du ziemlich grässlich zu mir. Seit das kleine Luder da aufgetaucht ist, ignorierst du mich völlig. Du bist ein gemeiner Kerl, Tony. Stimmt doch, oder, Bill? Ein garstiger, achtloser, egozentrischer Kerl!«

»Ach, Herrgott ...«, setzte Tony verärgert an.

Doch da war Nesta schon hinausgestapft und hatte die Tür hinter sich zugeknallt.

II

Bill sagte in ruhigem Ton:

»Auf diese Gelegenheit habe ich gewartet, Shenton. Sie und ich führen jetzt mal eine kleine Unterhaltung.«

»Ach ja? Das wäre mir neu, alter Knabe. Worüber denn?«

»Ihr Techtelmechtel mit Kitty Linden.«

Tony, der sich breitbeinig aufs Sofa gefläzt hatte, sprang hitzig auf. Rote Flecken erschienen auf seinem blassen Gesicht, als er losbellte:

»Was zum Donner hat das denn mit Ihnen zu tun?«

»Eine ganze Menge. Ich möchte wissen, was für Absichten Sie haben.«

»Soso«, höhnte Tony und stellte zittrig sein halb leeres Cognacglas ab. »Damit das klar ist, Dillon. Weder Sie noch sonst wer steckt seine Nase in meine Privatangelegenheiten.«

Er ging einen Schritt auf Bill zu, reckte das Kinn und ballte drohend die Fäuste. Woraufhin sich Bill in der Annahme, er werde gleich zuschlagen, ebenfalls anspannte, um sich verteidigen zu können, sollte der Bursche Amok laufen. Schnell erkannte er, dass alles für ihn sprach, falls tatsächlich die Fäuste flogen. Auch wenn sie sich hinsichtlich Größe und Statur nichts nahmen, war er nach seinen jüngsten Bergtouren bestens in Form. Shenton dagegen hatte keine Kondition und war schlaff wie ein nasser Schwamm. Daher sagte Bill unverblümt:

»Sie geben mir besser eine klare Antwort, Shenton.«

»Ach ja?« Tony lachte sarkastisch. »Hat Nesta Sie auf diesen Trichter gebracht hat? Die ist weiß Gott eine grünäugige alte Hexe. Aber sollte das der Fall sein, können Sie's vergessen. Ich bin Nesta keine Rechenschaft ...«

»Mit Mrs. Hedderwick hat das nichts zu tun«, schnitt Bill ihm das Wort ab.

»Womit denn dann, verdammt ...? Erzählen Sie mir nicht, dass Sie in sie verknallt sind. Verflucht, Sie haben sie doch gerade erst kennengelernt.«

Bill sagte ein weiteres Mal:

»Ich will wissen, welche Absichten Sie bei Kitty verfolgen. Und ich habe einen sehr guten Grund für diese Frage.«

»Ach wirklich«, sagte Tony leichthin, »welchen denn?«

»Rein zufällig ist sie nämlich meine Frau!«

Tony starrte Bill völlig verdattert an. Dann griff er nach seinem Glas, leerte es in einem Zug und sagte kichernd:

»Sind Sie übergeschnappt? Erwarten Sie ernsthaft, dass ich Ihnen das glaube? Kitty Ihre Frau! Von wegen, mein Alter.«

»Na, dann glauben Sie's mir eben nicht, wenn Sie nicht wollen. Trotzdem ist es wahr. Kitty dachte, Sie würden sich sofort aus dem Staub machen, wenn Sie es wüssten. Als Sie daher vor zwei Monaten in London aufgetaucht sind, hat sie es für sich behalten und sich von Ihnen ausführen lassen, bis sie sich eine Einladung hierher geangelt hat. Schlau von ihr, was?«

»Aber wie zum ...«

»Moment! Ich bin noch nicht fertig. Kitty glaubt, sie ist verliebt in Sie. O. k. - wenn das wirklich so ist, dann kann ich nichts dagegen tun. Ich habe sie gebeten, zu mir zurückzukommen, aber das will sie nicht. Das hat sie ziemlich deutlich gemacht, und ich glaube nicht, dass ich irgendetwas sagen oder tun kann, was ihre Meinung ändert. Aber bevor ich wieder nach Hause fahre, kann ich doch zumindest *eines* tun ... und das *werde* ich verdammt noch mal auch.«

»Ach ja - was denn?«

»Dafür sorgen, dass Kitty anständig behandelt wird.«

»Von mir?«, höhnte Tony.

»Ja, von Ihnen!«, sagte Bill scharf. »Kitty bekommt ein Kind. *Ihr* Kind, Shenton, nicht meins. An der Vaterschaft besteht kein Zweifel, Sie können sich da also nicht rauswinden. Sehen Sie jetzt, worauf ich hinauswill?«

»Sie meinen ...«, stammelte Tony verblüfft, »ich soll ...?«

»Sie machen Kitty auf der Stelle einen Antrag. Verstanden?

Gott weiß, mit einem Ganoven wie Ihnen verheiratet zu sein, ist das Letzte auf der Welt, das ich ihr wünsche. Aber sie liebt Sie nun mal und will Sie auch heiraten ...«

»Und Sie würden sich dann von ihr scheiden lassen, wie?«

»So ist es.«

»Und falls ich Ihr äußerst großzügiges Angebot, eine Frau zu nehmen, für die Sie keine Verwendung mehr haben, nicht annehme?«

Bill packte Tony am Handgelenk, zerrte ihn zu sich und hob die geballte Faust.

»Bei Gott, dafür würde ich Sie am liebsten niederschlagen! Kitty bedeutet mir alles. Ich würde sie sofort zurücknehmen, Kind hin oder her, wenn sie mich nur wollte. Und je schneller Sie das in Ihren dämlichen Schädel kriegen, desto besser. Ich liebe Kitty, seit ich sie zum ersten Mal gesehen habe. Und das wird auch immer so bleiben. Nur um ihretwillen bitte ich Sie, sich anständig zu verhalten und sie zu heiraten.«

»Und wenn nicht?«, fragte Tony spöttisch. »Was dann, hm?«

»Dann kann ich für nichts garantieren, Gott ist mein Zeuge! Ich warne Sie, Shenton. Mit anderen Frauen mögen Sie Ihre Spielchen getrieben haben, aber verdammt will ich sein, wenn Sie das mit Kitty machen. Wenn Sie auch nur ein bisschen Grips haben, überlegen Sie sich gut, was Sie tun. Mehr sage ich nicht.«

III

Kitty saß aufrecht im Bett und feilte sich die Fingernägel, als die Tür sachte aufging und Tony hereinkam. Sie war nicht sonderlich überrascht. Es war keineswegs das erste Mal, dass

Tony auf dem Weg zu seinem Zimmer bei ihr vorbeischaute. Diese ausgedehnten »Gute-Nacht-Besuche« waren in ihrer lockeren, leichtfertigen Beziehung inzwischen ein akzeptiertes Ritual. Erst als Kitty seine angespannte Miene sah, erkannte sie, dass etwas nicht stimmte, und erzitterte beklommen. Dieser Besuch hatte offensichtlich nichts mit irgendeiner Form amourösen Geturtels zu tun.

Nervös begann sie:

»Tony, Darling, was ist los? Stimmt was nicht?«

Er schloss rasch, aber vorsichtig die Tür, trat zu ihr ans Bett und blaffte finster los:

»Ich hatte gerade eine kleine Unterredung mit Dillon – weiter nichts.«

Sie sog scharf die Luft ein.

»Ach ja? Worüber denn?«

Düster sagte Tony:

»Als wüsstest du das nicht!«

»Aber Darling«, protestierte Kitty mit leicht verwirrter Gebärde, »*woher* soll *ich* das denn wissen? Möchtest du mir nicht ...«

Er unterbrach sie scharf:

»Warum hast du mir das denn nicht offen und ehrlich gesagt, verdammt?«

»Ich ... ich weiß nicht, was du meinst, Tony. Wirklich nicht.«

»Herrgott noch mal, spiel jetzt nicht die Unschuldige. Warum hast du mir nicht gesagt, dass du mit diesem Idioten verheiratet bist, als wir uns in London wiedersahen?«

»Aber Tony, Darling ...«

Mit wachsendem Groll sagte er:

»O. k., dann sag ich's dir. Weil du verdammt gut wusstest, dass ich dich dann niemals hierher eingeladen hätte. Zugegeben, du hast deine kleine Geschichte perfekt erzählt. Das einsame, alleinstehende Mädchen, was? Völlig abgebrannt und ohne einen Freund auf der Welt. Und ich bin drauf reingefallen wie der letzte Trottel!«

»Tony, das ist gemein von dir, und das weißt du auch. Ich wollte dir von Bill erzählen, ganz bestimmt.«

»Klar, jetzt, wo dir die Lage zu heiß geworden ist.«

Sie flehte verzweifelt:

»Darling, hör mir bitte einen Augenblick zu. Ich wollte dich wirklich nicht täuschen. Ich wollte es dir gleich sagen, als ich herkam. Aber dann ... na ja, dann war mit uns alles so wunderbar, dass ich es einfach nicht fertiggebracht habe ...«

Wütend unterbrach er sie:

»Und das soll ich dir glauben, nachdem du mich so oft angelogen hast?«

»Warum denn nicht? Es ist die Wahrheit.«

»Die Wahrheit!« Tony lachte verächtlich. »Dummerweise für dich war Dillon vorhin ziemlich gesprächig. Er hat mir so einiges erzählt. Schade, dass du seinem Beispiel nicht folgen konntest.«

»Worüber denn?«, fragte Kitty matt.

Mit brutaler Direktheit sagte er:

»Über den Balg, den du im Bauch hast.«

»Das hat Bill dir gesagt?«, ächzte Kitty. »Er hat dir gesagt, dass ich ein Kind bekomme?«

»Ja, und das ist noch nicht alles. Du hast ihm gesagt, dass *ich* dafür verantwortlich bin.«

»Aber Tony, Darling, das stimmt doch auch. Ich wollte nur

so lange warten, bis ich ganz sicher bin. Es ist *unser* Kind, Tony. Das verstehst du doch, oder?«

»Aha. Und jetzt willst du sicher, dass Dillon sich von dir scheiden lässt, damit ich so anständig sein und dich heiraten kann. Ach, Herrgott, das brauchst du gar nicht abzustreiten. Dillon hat dieselbe tolle Idee. Aber ihr seid verrückt – alle beide! Darauf falle ich nicht rein, das kannst du vergessen.«

»Du meinst, selbst wenn Bill bereit zur Scheidung ist, willst du mich *nicht* heiraten?«

»Ich heirate weder dich noch sonst eine. Punkt.«

»Aber Tony, du kannst mich doch nicht einfach so sitzen lassen!«, heulte Kitty verzweifelt. »Wo wir doch jetzt ein Kind bekommen.«

»So, kann ich nicht? Dann pass mal auf!«

»Aber was ist mit mir? Wo soll ich denn hin?«

»Geh doch zu deinem edelmütigen Gatten zurück. Der überschlägt sich doch vor Freude, wenn sein Schäfchen wieder da ist.«

»Lieber sterbe ich, als zu ihm zurückzugehen.«

»Na gut, wenn du das so siehst ...« Er zuckte die Achseln. »Aber erwarte nicht, dass ich dir aus deinem Schlamassel helfe. Das hast du dir selbst zuzuschreiben. Ich habe dich nicht gezwungen herzukommen, also kannst du mir auch nicht die Schuld geben für das, was passiert ist. Weiß Gott nicht! Wenn du nicht so verdammt unvorsichtig gewesen wärst, würdest du jetzt auch nicht so in der Patsche stecken.«

»Tony, du bist ja so brutal!«

Wieder zuckte er die Achseln.

»Ich geb dir eine Woche, so lange kannst du dir überlegen, was du tun willst. Danach ... fliegst du raus! Verstanden?«

Und ohne ihr noch die Gelegenheit zu geben, etwas dazu zu sagen, machte Tony kehrt, marschierte zur Tür und schlich geräuschlos auf den dunklen Flur hinaus.

Kapitel 8

COLONEL MALLOY

I

Acting-Sergeant Freddy Strang war völlig entnervt. Am Vortag hatte er zweimal in der Villa Paloma angerufen und gebeten, mit Miss Westmacott zu sprechen, und beide Male war ihm von einem Hausmädchen beschieden worden, sie sei ausgegangen. Natürlich fürchtete Freddy in diesem hochsensiblen Stadium seiner Verliebtheit sogleich das Schlimmste. Kein Zweifel – die junge Frau, die in der Galerie noch so freundlich zu ihm gewesen war, hielt ihn hin. Sicher hatte sie dem Mädchen aufgetragen, ihn anzulügen, vielleicht hatte sie sogar lächelnd danebengestanden, während ihm die Abfuhr wie ein Giftpfeil durch die Leitung entgegenflog. Dabei hatte Freddy nicht die geringste Ahnung, womit er sie so gekränkt haben könnte. Natürlich war es großes Pech gewesen, dass er das Treffen auf der Casino-Terrasse wegen der Arbeit in Monte hatte absagen müssen. Aber zum Teufel, er hatte sich doch ausgiebig dafür entschuldigt. Sie musste doch gemerkt haben, dass das das *Letzte* war, was er wollte?

Als Freddy in der Nacht zum Sonntag schließlich einschlief, hatte er sich erfolgreich in einen Zustand akuter Melancholie gestürzt.

Er erwachte früh, und wie immer grüßte ihn vor dem Fenster das wie frisch gewaschen schimmernde Rechteck des Himmels. Irgendwo unter seinem Hotelzimmer sang eine Frau – eine heiter-beschwingte Weise, die sich hob und senkte wie ein Strahl kristallklaren Wassers. Etwas weiter weg hallte Kinderlachen durch die Stille der frühmorgendlichen Straßen. Noch weiter weg, jenseits der roten Dächer der Altstadt, rief liebliches Glockengeläut die Frommen zur Frühmette.

Blitzartig stand Freddy auf, und seine nächtliche Depression wich dem Schwall eines wiederbelebten Optimismus. Großer Gott! Und wenn Miss Westmacott tatsächlich ausgegangen war? Wenn sein Verdacht falsch war? Grenzte es nicht an schiere Dummheit, sozusagen das Handtuch zu werfen, noch bevor der Gong das Ende der ersten Runde verkündet hatte? Auf zur Tat! Das war nun gefordert. Auf zur sofortigen und entschlossenen Tat!

Mithilfe eines Stadtplans machte Freddy die Avenue St. Michel aus. Ob er nicht noch vor dem Frühstück hinlaufen und sich die Villa Paloma ansehen sollte? Immerhin wäre es doch auch interessant zu wissen, wo die Frau wohnte. War es nicht sogar möglich – und bei dem Gedanken erwachten Freddys flatterhafte Lebensgeister –, dass sie just in diesem Augenblick mit dem Hund oder auch einfach nur so spazieren ging? Und sie sich über den Weg liefen, ganz zufällig? Und dann … na, dann war alles möglich!

Eine halbe Stunde später schlenderte Freddy nonchalant am Tor der Villa Paloma vorbei.

Sechsmal schon war er die Avenue St. Michel hinaufgetrottet und sechsmal wieder hinab. Zweimal war er vor dem offenen Gittertor stehen geblieben, um sich einen Schnürsenkel zuzubinden, der nicht aufgegangen war. Doch hinter den rosa gestrichenen Wänden der Villa mit den grünen Fensterläden blieb alles entmutigend ruhig.

Gerade machte er am Fuß des Hügels kehrt, um seinen siebten Anstieg zu beginnen, als eine karmesinrote Vedette schwungvoll in die Avenue einbog, die rund hundert Meter bis zur Villa hinauffuhr und durch das offene Tor brauste. Als der Wagen an Freddy vorbeischoss, entging ihm der blonde, gut gebaute junge Mann am Steuer nicht. Und jeder blonde, gut gebaute junge Mann, der eine karmesinrote Vedette zur Villa Paloma lenkte, war *eo ipso* ein potenzieller Feind. Er fragte sich, ob das der Künstlertyp war, den Miss Westmacott, wenn auch recht abschätzig, erwähnt hatte – der Kerl, dessen Bild sie in der Galerie erkannt zu haben glaubte.

Freddy beschleunigte seine Schritte und warf auf Höhe der Villa einen weiteren Blick durch das Tor. Die Vedette stand nicht vor dem Haus, also musste sie in die Garage gefahren worden sein, die Freddy schon vorher ausgemacht hatte. Und auch jetzt wieder verschaffte ihm ein Stückchen weiter die Straße hinauf ein kleines Gittertor in der Gartenmauer das nötige Guckloch, um den gesamten Garagenhof überblicken zu können.

Neben dem Wagen stand der junge Mann in Shorts und Trikothemd, in der einen Hand eine Angelrute, in der anderen einen großen Fischkorb. Er lehnte die schon zerlegte und in ihr Futteral gesteckte Angel ans Auto und lupfte den Deckel des Korbs. Obwohl selbst kein Petrijünger, war Freddy doch neugierig, was für einen Fang der Bursche von seinem frühen Ausflug mitgebracht hatte.

Doch was er zu sehen bekam, irritierte Freddy gehörig. Vorsichtig brachte der junge Mann einen großen, glatten Stein zum Vorschein, auf dem ein paar schwarze Teerflecken klebten. Was er mit diesem eigenartigen, nicht essbaren Fang vorhatte, blieb Freddy verborgen, denn in dem Moment trat ein junges, äußerst einnehmend aussehendes Dienstmädchen mit einer Untertasse Milch aus der Seitentür, gefolgt von einem kleinen rauchgrauen Kätzchen. Bei ihrem Erscheinen legte der junge Mann den Stein hastig in den Korb zurück und klappte den Deckel zu. Dann lief er zu dem Mädchen, blickte sich rasch um, legte ihr vertraulich einen Arm um die geschmeidige Taille und gab ihr einen schallenden Kuss.

Von dieser plötzlichen Wende der Ereignisse etwas beschämt und in der Einsicht, dass weiteres Beobachten nichts Neues ergeben würde, zog sich Freddy vom Gitter zurück und ging die Straße hinunter. Und eben da geschah schon wieder etwas Unerwartetes. Denn wer keine fünfzig Meter von ihm entfernt langsam die Avenue St. Michel heraufkam, war niemand anderes als Miss Westmacott! Versunken in eine lebhafte Unterhaltung mit einem Mann, den Acting-Sergeant Strang unschwer erkannte. Es war der Bursche, dem sie zuerst in Dünkirchen und dann erneut vor wenigen Tage im *Le Poisson d'Or* in Menton begegnet waren!

11

Einen scheußlichen Augenblick lang dachte Freddy, dass sie gesehen hatten, wie er durch das Gitter linste, doch die ersten Worte der Frau beruhigten ihn.

»Ach, hallo! *Sie* hier? Wo in aller Welt kommen Sie denn her?«

Freddy konnte sich gerade noch bremsen, dienstlich zu grüßen, und tat, als wollte er den Hut lüften, womit er seiner akuten Verlegenheit noch eine weitere Verwirrung hinzufügte, als er merkte, dass er gar keinen aufhatte. Er stotterte:

»Na, Sie hätte ich hier ja nicht erwartet, Miss Westmacott. Wohnen Sie hier in der Gegend?«

Dilys zeigte auf die Villa.

»Dort«, sagte sie. »Die mit den grünen Fensterläden. Mr. Dillon und ich waren gerade im Frühgottesdienst.« Und auf Bill deutend setzte sie hinzu: »Übrigens, Mr. Smith, Mr. Dillon sind Sie wohl noch nicht begegnet, oder?«

»Begegnet?«, meldete sich Bill prompt. »Und ob! Wir begegnen uns ständig. Kommen gar nicht voneinander los, was, Strang?«

Freddy erschauerte innerlich. Smith. Strang. Er betete inständig, dass Miss Westmacott der Unterschied nicht auffiel. Doch Dilys, die ohnehin schon gewisse Zweifel bezüglich der Ehrlichkeit des jungen Mannes hegte, sagte sogleich:

»Strang? Das ist nicht Mr. Strang. Sondern Mr. Smith – Mr. *John* Smith.«

Bill lachte sarkastisch.

»Also, vor ein paar Tagen hieß er noch Strang – Vertreterassistent bei Whitley-Pilbeam's.«

»Whitley-Pilbeam's?«, echote Dilys vage.

»Großartige Ingenieure in Middlesbrough«, erklärte Bill. »Hätte nichts dagegen, selbst für die zu arbeiten.«

»Middlesbrough!« Dilys schaute Freddy vorwurfsvoll an. »Handelsvertreter? Aber ... aber Sie haben mir doch erzählt ...«

»Ich weiß«, unterbrach Freddy sie kläglich. »Es tut mir schrecklich leid, ich habe Sie in der Ausstellung etwas angeflunkert.«

»Aha«, sagte Dilys kühl.

»Das heißt«, haspelte Freddy, »ich wollte Sie gar nicht anlügen ... jedenfalls nicht bewusst. Aber ich ... ich konnte nicht anders ... Verstehen Sie, was ich meine?«

»Durchaus.«

»Ich habe gestern zweimal bei Ihnen angerufen, aber jedes Mal wurde mir gesagt, dass Sie unterwegs sind.«

»Ja – Mr. Dillon ist mit mir nach Nizza gefahren, um die Primitiven zu sehen. Er wohnt zur Zeit bei uns. Er ist ein alter Freund meiner Tante.«

»Oh«, sagte Freddy bedrückt.

Doch da sagte Dilys zu Bill, der sich während dieses kurzen Austauschs mit einem amüsierten Grienen im Hintergrund gehalten hatte:

»Wir sollten jetzt mal weiter. Meine Tante wird sonst wütend, wenn wir zu spät zum Frühstück kommen. Dann also auf Wiedersehen, Mr. ... äh ... Smith.«

»Tschüs, Strang!«, sagte Bill hämisch.

»Äh ... Auf Wiedersehen ... Tschüs«, murmelte Freddy. »Schön, Sie gesehen zu haben ...« Er warf Dilys einen verzweifelten Blick zu. »Vielleicht, Miss Westmacott, könnten wir ja irgendwann ... also ...?«

»Vielleicht«, entgegnete Dilys. »Aber ich würde mich nicht darauf verlassen.«

Im Hotel Louis saß Inspector Meredith schon im Speisesaal bei Kaffee und Brötchen und schaute ihn scharf an.

»Hallo, mein Junge. Wo waren Sie denn? Ich habe bei Ihnen geklopft und keine Antwort erhalten.«

»Ich habe einen kleinen Spaziergang unternommen, Sir«, erklärte Freddy in dem schaurigen Versuch, heiter zu wirken. »So ein herrlicher Morgen. Das Leben ist doch schön, oder?«

»Na, freut mich jedenfalls, dass Sie sich entschieden haben, noch zu erscheinen, Sergeant. Ich habe nämlich Neuigkeiten für Sie.« Meredith schaute sich um, senkte die Stimme und fuhr fort: »Gerade hat Blampignon angerufen. Wegen dieser Zigarettengeschichte, von der ich Ihnen erzählt habe. Sie haben von der Polizei in Algier erfahren, dass dort eine Motoryacht ohne ordentliche Dokumente losgefahren ist. Anscheinend war Nebel, und da ist das Boot sauber abgezischt, bevor die Hafenbehörde es spitzgekriegt hat.«

»Und Sie vermuten, es kommt hierher, Sir?«

»Genau. Blampignon glaubt, sie versuchen, das Zeug irgendwo zwischen Menton und Nizza an Land zu schmuggeln. Sie patrouillieren vor der Küste mit einem halben Dutzend Polizeibooten und postieren Leute an allen Stellen, wo die Kerle die Ware löschen könnten.«

Freddys Interesse war von Merediths knapper Schilderung geweckt, und für einen Augenblick vergaß er die bedrückende Szene, die sich in der Avenue St. Michel abgespielt hatte.

»Sie meinen, die fahren mit dem Boot direkt ans Ufer und entladen es dort?«

Meredith nickte beifällig.

»Genau dasselbe habe ich Blampignon auch gefragt, Strang, und er meint, so läuft es nicht. Meistens wartet die Motoryacht ein paar Meilen vor der Küste, bis zwei, drei kleinere Boote zu ihr rausfahren. Dann wird die Fracht aufgeteilt – verstehen Sie? Damit, selbst wenn die Polizei mit Glück ein Boot schnappt, die anderen durchkommen. Diese kleineren Boote fahren dann zu weit auseinanderliegenden Uferstellen, vorzugsweise da, wo die Straße dicht am Meer verläuft, um das Zeug dann mit hochmotorisierten Wagen schnell zu den Verteilungszentren zu bringen.«

»Offenbar ist das alles gut organisiert, Sir.«

»Absolut, Sergeant. Und Blampignon hat mich nun gefragt, ob wir bei der kleinen Sause heute Nacht dabei sein wollen. Natürlich könnte das Ganze auch in die Hose gehen. Aber interessant ist es allemal. Was meinen Sie, mein Junge?«

»Das machen wir, Sir!«, rief Freddy aus. »So würden wir auch mal sehen, wie die französische Polizei arbeitet.«

»Genau mein Gedanke. Ich habe Blampignon schon gesagt, dass er uns einplanen soll. Er holt uns gegen sechs an der Polizeiwache ab. Oh, und das ist noch nicht alles. Ich habe vom Yard ein Telegramm über diesen Colonel aus Beaulieu erhalten.«

»Malloy, Sir?«

Meredith nickte.

»Sie haben seine Akte im Kriegsministerium durchforstet. Erstklassiger Soldat und absolut zuverlässig – das ist ihre feste Überzeugung. Wir können also ziemlich sicher davon ausgehen, dass Bourmin der Einzige in der Villa Valdeblore ist, der in dieser Falschgeldsache drinhängt. Jedenfalls lasse ich's drauf ankommen.«

»Drauf ankommen – wie meinen Sie das?«

»Wir fahren heute Vormittag nach Beaulieu und sprechen mit dem Colonel. Ich lege die Karten auf den Tisch und bitte ihn um Hilfe. Zugegeben, es ist ein gewisses Risiko, aber mit ein bisschen Glück könnten wir dadurch einen hübschen Hasen aus dem Zylinder zaubern, Sergeant. Also verdrücken Sie schnell Ihre *brioche* und dann holen Sie den Wagen aus der Garage.«

IV

Das Schicksal schien es gut mit ihnen zu meinen an diesem Sonntagvormittag. Ihre kleine Expedition zur Villa Valdeblore lief von Anfang an wie geschmiert. Erst stand der Rolls, als sie ankamen, schon vor dem Portikus, und Bourmin in seiner flaschengrünen Uniform half einer kleinen, zerbrechlichen Dame in dessen scheunenartiges Inneres. Meredith war sich sicher, dass es Mrs. Malloy war, und nach ihrem dunklen, aber eleganten *ensemble* zu urteilen, machte sich die Frau des Colonel gerade auf den Weg zur Kirche. Damit Bourmin auf keinen Fall von ihrem Besuch erfuhr, warteten sie, bis der Rolls am Südende der Avenue auf die Hauptstraße eingebogen war, und schritten erst dann die kurze Zufahrt zum Haupteingang hinauf.

Wenige Minuten später schüttelten sie, weiterhin vom Glück begünstigt, Colonel Malloy in dessen kleinem, büchergesäumtem Arbeitszimmer am Ende des Flurs die Hand. Meredith war es, als träte er aus Frankreich direkt in ein winziges, doch unverwechselbares Fleckchen des Britischen Empire: Gruppenfotos von Offizieren, ein Regal mit Jagdflinten, zwei ausgestopfte Lachse, ein Bord voller Silberpokale und Trophäen, und überall die willkürlich verteilten Laren und Penaten von extensiven Aufenthalten im Orient.

Der Colonel selbst verschmolz mit diesem Hintergrund wie ein Chamäleon. Er war hager, hatte ein kurzes, borstiges Bärtchen auf der langen Oberlippe, stahlblaue Augen, die tolerant und voller Humor auf die Welt blickten, und ein Profil wie ein Falke – Meredith war dieser Typus wohlvertraut. Vielleicht bigott und traditionsgebunden, aber ein Mann, dem man in der Not vertrauen konnte und der so ehrlich war wie der Tag lang. Nachdem Meredith seinen Ausweis vorgezeigt hatte, erklärte er ihm den Grund für seinen Aufenthalt in Südfrankreich und umriss die Umstände, die seinen Besuch in der Villa Valdeblore veranlasst hatten. Colonel Malloy hörte geduldig zu, bis Meredith seine Ausführungen beendet hatte. Doch dann blaffte er cholerisch los:

»Dieser verdammte Bourmin ist also ein krummer Hund, wie? Kann nicht behaupten, dass mich das überrascht. Ich habe ihm nie über den Weg getraut. War die Idee meiner Frau, ihn einzustellen. Sie mochte seine Art. Aber Frauen werden von solchen Leuten nun mal leichter eingenommen als unsereins, was? Also, was genau soll ich tun, Inspector? Ihn entlassen? Ihn der örtlichen Polizei übergeben?«

»Großer Gott – nein! Das wäre wirklich das Letzte, was wir wollen. Sehen Sie, Sir, wir gehen davon aus, dass Bourmin nur ein kleines Rädchen in einem großen Getriebe ist. Wir hoffen, dass Sie, da wir Sie nun ins Vertrauen gezogen haben, ein Auge auf den Burschen haben. Und wenn Ihnen etwas Verdächtiges auffällt ...«

»Kontaktiere ich Sie, wie? Das klingt sinnvoll. Ich bin in

einer hervorragenden strategischen Position, um ihn zu ob-
servieren.«

»Dann können wir also auf Sie zählen?«

»Voll und ganz.«

»Großartig«, sagte Meredith, erfreut über die Hilfsbereitschaft des Colonel. »Sagen Sie, Sir, wohnt Bourmin hier auf
dem Grundstück?«

»Ja, er hat zwei Zimmer über der Garage. Die Mahlzeiten
nimmt er mit dem Personal in der Küche ein.«

»Verstehe. Wir sahen vorhin den Wagen wegfahren ...«

»Richtig. Meine Frau besucht den Gottesdienst der englischen Kirche. Bourmin fährt sie immer hin, wartet davor
und bringt sie wieder zurück. Wenn mich nicht ein kleiner
Hexenschuss zwicken würde, wäre ich jetzt selbst dort.«

»Wann ungefähr erwarten Sie sie zurück, Sir?«

»Ach, frühestens in anderthalb Stunden.«

»Meinen Sie, wir könnten uns diese Zimmer so lange einmal ansehen? Wir hätten natürlich vollstes Verständnis,
wenn Sie das ablehnen würden.«

»Nicht doch, mein Lieber. Bourmin hat wahrscheinlich abgeschlossen, aber ich habe einen Zweitschlüssel. Ich bringe
Sie hin. Es sei denn, Sie möchten lieber ...«

»Nein. Es wäre gut, wenn Sie dabei wären, Colonel. Noch
besser wäre es, wenn wir die Räume untersuchen könnten,
ohne dass das Personal etwas mitbekommt. Bourmin darf auf
keinen Fall misstrauisch werden.«

Wenige Minuten später stiegen die drei Männer die
Außentreppe zu der kleinen Wohnung des Chauffeurs hin-
auf. Als sie in dem kleinen, aber behaglich eingerichteten
Wohnzimmer standen, erklärte Meredith:

»Wir möchten in Erfahrung bringen, wo und wie Bourmin die falschen Scheine abholt, wenn sie aus der Presse kommen. Holt er sie sozusagen *en gros* und lagert sie irgendwo, bis er sie an seine ... äh ... Kundschaft verteilt? Oder in kleinen Mengen? Da fällt mir ein, Colonel, Sie überlassen dem Kerl an seinem halben freien Tag den Wagen?«

»Ja, verflucht! Wie haben Sie denn das rausgekriegt? Ich bin ja nicht gerade für solche Hätscheleien, aber gute Fahrer sind heutzutage schwer zu bekommen. Und da hatte meine Frau einen ihrer seltsamen Einfälle, um den Mann ›bei Laune‹ zu halten. Soll ich diese Ausflüge unterbinden – möchten Sie das, Inspector?«

»Keineswegs, Sir. Ich wollte sogar sichergehen, dass Sie das *nicht* tun. Der Sergeant hier ist angewiesen, dem Burschen bei seinen donnerstäglichen Fahrten zu folgen. Wir hoffen, dass er uns dabei irgendwann zum Nervenzentrum der Bande führt. Aber jetzt wollen wir erst mal seine Sachen unter die Lupe nehmen.«

»Um zu sehen, ob die Scheine unter seiner Matratze stecken, hm?«

»Im Groben, ja, Sir. Wenn nicht, dann muss er regelmäßig Kontakt mit einem anderen Mitglied der Bande haben. O. k., Sergeant, los geht's. Das Übliche, Sie wissen ja, wie's läuft.«

Gemeinsam machten sich die Beamten an eine flinke und umfassende Durchsuchung der beiden Räume des Fahrers. Zum Glück war Bourmins Habe einigermaßen überschaubar, viele Schubladen waren sogar ganz leer. Zwanzig Minuten später hatte sich Meredith weitgehend davon überzeugt, dass jedes mögliche Versteck gründlich gefilzt war. Er wandte sich an den Colonel.

»Wie ich es erwartet habe. Keine Spur von den Scheinen, kein einziger Hinweis, der ihn mit der Sache in Verbindung brächte. Natürlich besteht immer die Möglichkeit, dass ...«

»Moment, Sir!«, unterbrach ihn der Sergeant aufgeregt. »Ich glaube, ich bin da auf was gestoßen. Schaun Sie mal hier.« Der Sergeant hielt ihm einen zerknüllten, halb zerrissenen Umschlag entgegen. »Der hat hier im Fensterrahmen geklemmt. War zu einer Art Keil gefaltet. Vermutlich klappert das Fenster ...«

Meredith nahm den zerfledderten Umschlag und lugte hinein.

»Aber das verflixte Ding ist doch leer, Sergeant!«

»Ja, Sir. Aber gucken Sie mal auf die Rückseite. Das sieht mir ganz nach einer Karte aus.«

Rasch drehte Meredith den Umschlag um und untersuchte die Zeichnung.

»Hm – anscheinend ein Straßenplan. Dummerweise ist die Ecke abgerissen, die halbe Zeichnung fehlt.« Meredith strich das knittrige Papier glatt und legte es auf den Tisch. »Aber sehen wir's uns doch mal genauer an. Auch Sie, Colonel, wenn Sie mögen. Sie kennen sich hier in der Gegend besser aus als wir. Vielleicht erkennen Sie ja was.«

Schweigend und konzentriert betrachteten die drei Männer die grobe, verstümmelte Zeichnung. Sie umfasste, wie es schien, drei Straßen, die ein kleines Dreieck bildeten. Gegenüber der Spitze war ein Kreuz eingezeichnet, daneben stand C. C. 6a. Dünn zwischen die Grundlinien gekritzelt, welche die breiteste der drei Straßen darstellten, waren die Buchstaben ARTE zu lesen, dann kam eine Leerstelle, gefolgt von den Buchstaben QL.

»Tja, Sir, was halten Sie davon?«, fragte Meredith, der sein Notizbuch gezückt hatte und den Plan abzeichnete. »Geheimnisvoll, wie?«

Der Colonel nickte.

»Schade, dass die Ecke fehlt. Der Riss geht mitten durch die Schrift. Die Buchstaben da unten stehen offenbar für die Namen der ...« Malloy brach ab, um gleich darauf erregt fortzufahren: »Moment! Ich glaube, ich bin da auf was gestoßen.«

»Wirklich, Sir?«

»Ja – dieses QL, sehen Sie die kleine Lücke nach dem Q? Ich bin mir sicher, dass Q für Quai steht. Können Sie mir folgen? Quai irgendwas. Und falls ich recht habe ...«

»... finden wir den Ort irgendwo in der Nähe eines Hafens.«

»Könnte sein, ja. Kann natürlich auch falsch sein. Aber es scheint mir lohnenswert, der Spur zu folgen. Es gibt hier freilich eine ganze Menge Häfen, aber ich bezweifle nicht, dass die örtliche Polizei ...«

»Genau. Ich setze mich gleich mit denen in Verbindung.«

»Und dieses Kreuz – was halten Sie davon, Sir?«, fragte Strang.

Meredith zwinkerte.

»Da habe ich so meine Ideen, Sergeant, aber vorerst behalte ich die für mich.« Der Inspector schaute auf die Uhr. »Wir hätten zwar noch ein wenig Zeit, aber ich denke mal, es bringt uns nicht weiter, wenn wir noch länger hier bleiben. Falten Sie den Umschlag wieder zusammen, mein Junge, und klemmen Sie ihn genau so in den Fensterrahmen, wie sie ihn gefunden haben. Sie wissen gar nicht, wie dankbar ich für Ihre Mitarbeit bin, Colonel. Aber absolutes Stillschweigen, ja? Möglichst auch gegenüber Mrs. Malloy. Einverstanden, Sir?«

»Voll und ganz!« Die stahlblauen Augen des Colonel funkelten fröhlich. »Vielleicht sind Sie ja mit dem alten französischen Sprichwort vertraut, Inspector.«

»Welchem Sprichwort, Sir?«

»Die schärfste Waffe einer Frau ist ihre Zunge, und die lässt sie nie rosten! Passt, was? Passt höllisch!«

Kapitel 9

DAS MAISON TURINI

I

Pünktlich um sechs Uhr abends hielt Inspector Blampignon vor dem *Commissariat de Police* in Menton. Meredith und Strang waren kurz davor eingetroffen und plauderten mit dem diensthabenden Sergeant. Blampignon begrüßte sie ungestüm.

»Ah, welch große Freude, *mes amis!* Wie schön, dass wir alle Arm in Arm zusammenarbeiten, wie man bei Ihnen sagt. Heute Nacht kann sich viel entscheiden. Oder auch gar nichts. Aber in unserem Metier sollte man immer Optimist sein.« Er wirbelte zu dem Diensthabenden herum. »Haben Sie ein Zimmer, wo wir allein sein können?«

Der Sergeant stieß eine Tür auf, die aus dem Hauptbüro führte.

»*Voilà, M'sieur l'Inspecteur!*«

Kaum war die Tür hinter ihnen geschlossen, wandte sich Blampignon mit melodramatischer Geste an Meredith und verkündete:

»*M'sieur* – wir haben sie!«

Meredith machte ein verständnisloses Gesicht.

»Was haben wir?«

»Die Information, die Sie wollten ... zu der kleinen Zeichnung auf dem Umschlag. Gleich nachdem Sie aufgelegt hatten, habe ich sämtliche Karten zusammengesucht und zu meinen Leuten gesagt: ›Findet diesen Ort, oder ich schneide euch die Kehle durch!‹ Und siehe da, *mon vieux*, zehn Minuten, bevor ich Nizza verlasse, finden sie, was wir suchen. Diese jungen Leute haben ein gutes Gespür, was?«

»Wem sagen Sie das!«, rief Meredith erfreut aus. »Und, mein Lieber, was ist die Antwort?«

Blampignon zog schwungvoll einen Stadtplan aus der Tasche und klatschte ihn auf das Tischchen in der Mitte des Zimmers.

»Hier, sehen Sie – ein Plan von Menton.« Aus einer anderen Tasche zückte er einen Bleistift und stach damit auf die Karte. »Da ... der Hafen. Und da, am Hafen entlang, verläuft eine Straße. Erkennen Sie den Namen, Inspector?«

»Quai Bonaparte«, las Meredith.

»*Exactement!* Links an dem kleinen Dreieck ... die Buchstaben ARTE. Das haben wir! Jetzt, rechts davon QL ... aber lesen Sie selbst.«

»Quai Laurenti.«

Blampignon zuckte die Achseln.

»Einfach, wie? Nun müssen wir nur noch zum Hafen gehen und herausfinden, *précisement*, was dieses Kreuz mit dem C. C. 6a bedeutet. Haben Sie schon eine Idee?«

»Nur so ein Bauchgefühl«, nickte Meredith.

»Wie bitte? Ein Bauchgefühl?«, fragte Blampignon verdutzt. »Ist Ihnen nicht wohl? Haben Sie Schmerzen im ...«

Meredith unterbrach ihn lachend.

»Halt, halt, mein lieber Freund, jetzt verheddern wir uns aber. Ein Bauchgefühl ist ein ... eine ...« Meredith warf Strang einen verzweifelten Blick zu. »Großer Gott, Strang, wie zum Teufel würden *Sie* denn ein Bauchgefühl definieren?«

»Eine intuitive Mutmaßung, Sir«, sagte Freddy prompt.

»Eine intuitive ...?«, stotterte Blampignon, noch verwirrter als zuvor.

»O. k., lassen wir das«, warf Meredith hastig ein. »Aber wenn meine Theorie stimmt, dann bezeichnet das X die Stelle.«

»Die Stelle?«, fragte Blampignon, der noch immer nichts begriff.

Meredith nickte.

»Die Stelle, wo Chalky Cobbett sein Versteck hat. Die Stelle, wo er und seine Spielgefährten ihre Scheine drucken.«

Blampignon pfiff.

»*Eh bien*, das ist möglich.«

»Also, wenn C. C. nicht für Chalky Cobbett steht«, erklärte Meredith, »dann weiß ich auch nicht. Die 6a ist wahrscheinlich die Nummer des Hauses oder der Wohnung.«

»Durchaus, M'sieur. Und bevor wir uns nachher dieser anderen kleinen Sache widmen, könnten wir doch einen Spaziergang zum Hafen machen. Das ist doch mal wieder typisch, tagelang kein Fortschritt, und dann ... puff! ... passiert alles auf einmal.« Blampignon faltete die Karte zusammen und stopfte sie in die Tasche zurück. »*Maintenant, à nos moutons, mes amis* ... lassen Sie mich Ihnen erklären, wie wir später vorgehen. Ich finde, dass ...«

11

Es dämmerte schon, als die drei Beamten, nachdem sie ihren Wagen hinter dem Markt abgestellt hatten, den Quai Bonaparte entlangschlenderten. Für Meredith, der diese einzigartige und farbenfrohe Episode in seinem langen Berufsleben außerordentlich genoss, war dies ein ernüchternder und wehmütiger Augenblick. Denn während der nächsten halben Stunde fanden seine hiesigen Ermittlungen womöglich ein Ende. Würde Chalky Cobbett verhaftet und die illegale Druckerpresse stillgelegt sein, dann würde die ganze Fälscher- und Währungsgaunerei *eo ipso* eines natürlichen Todes sterben. Und er merkte, dass ihm der Abschied von dieser sonnigen, funkelnden Küste mit ihren terrassierten Weinbergen und Olivenhainen, ihren Palmen und Oleandern, ihren herrlichen Kakteen, dem Mimosenduft in den Straßen und dem unfassbar blauen Meer nicht leicht fallen würde. Er dachte an die Old Kent Road an einem nassen Abend im Februar, und ihm fuhr ein Schauer über den Rücken.

Aber so lief es eben. Dienst war Dienst. Er war in den Süden gereist, um Chalky Cobbett dingfest zu machen, und wenn das erledigt war, musste er seine Sachen packen und sich wieder nach England verziehen, ins traute Heim.

Daher vernahm Meredith Blampignons Erklärung mit gemischten Gefühlen:

»Der dreieckige Palmenhain da vorn – da wollen wir hin. Das ist keine gute Gegend. Sehr arm und sehr ...« Blampignon hielt sich geziert die Nase zu. »Sie riechen es ja selbst, oder?«

Und ob! Der Geruch war ein Potpourri aus Knoblauch, Abwasser und feuchter Verwesung, das wie ein Miasma in den stickigen Gassen hing, die sich vom Ufer aus im Zickzack den Hang hinaufzogen. Über dem ganzen Quartier lag eine Atmosphäre von Armut und Bedrückung. Selbst die Palmen, unter denen ein paar unbequeme, eiserne Bänke standen, wirkten mit ihren traurigen Borkenfetzen wie zerschlissene Staubwedel.

Das Gebäude zu finden, das Bourmin auf seiner kleinen Karte mit einem Kreuz gekennzeichnet hatte, fiel ihnen nicht schwer. Es war eine Art Miethaus, das vermutlich durch den Krieg vernachlässigt und dringend reparaturbedürftig war. Gipsbrocken waren von den blassgrünen Wänden gefallen, und die schiefen Fensterläden und wackligen Eisenbalkone rotteten mangels frischer Farbe vor sich hin. Zwischen den Balkonen waren Leinen gespannt, an denen, zerfetzten Fahnen gleich, Girlanden bunter Unterwäsche hingen. Es sah aus, als genügte ein einziger flauer Windstoß, um das Ganze krachend zum Einsturz zu bringen.

»*Maison Turini*«, las Strang auf der abgeschlagenen Steinplakette, die in die Wand eingelassen war. »Lieber Himmel, Sir! Das ist ja der reinste Kaninchenbau. Um Chalky da rauszujagen, brauchen wir wohl ein Frettchen.«

»Denken Sie daran«, erinnerte ihn Blampignon, »aller Wahrscheinlichkeit nach haben wir die Wohnungsnummer Ihres Freundes. 6a, nicht wahr? *Alors*, fragen wir nach.«

Auf das Schrillen hin, das der Inspector mit einem Druck auf die rostige Klingel ausgelöst hatte, schlappte ein altes Muttchen, einen schwarzen Schal überm Kopf, die Füße in Pantoffeln, aus dem verglasten Kabäuschen hinter der Haustür. Sie war nicht allein in dem Raum gewesen. An einem Tisch saß ein runzliger kleiner Mann mit weißem Bart und walnussfarbenem Gesicht vor einer billigen Flasche Rotwein. Er kicherte und brabbelte mit der unbefangenen Naivität eines Kindes, das in einem imaginären Abenteuer gefangen ist.

»*Pardon, Madame* – sind Sie hier die *Concierge*?«, fragte Blampignon.

»Ja, M'sieur.« Dann fügte sie auf den Seitenblick des Inspector hin an: »*Hélas*, M'sieur, mein Mann kann seine Pflichten nicht mehr erfüllen. Er ist ein bisschen ...« Sie tippte sich bedeutungsvoll an die Schläfe. »Sie verstehen? *Eh bien*, was wünschen Sie, M'sieur?«

Mit typischer französischer Höflichkeit erklärte ihr Blampignon den Grund seines Besuchs und begann mit größtmöglicher Diskretion, die alte Frau zu befragen. Anfangs wollte sie nur widerstrebend reden, doch schon bald – offenkundig vom Charme des Inspector geschmeichelt – wurden ihre Antworten zunehmend wortreicher. Da sie eine Art *patois* sprach, verstand Meredith nicht einmal den Kern ihrer Ausführungen. Doch nach dem immer breiter werdenden Lächeln auf Blampignons sonnengebräuntem Gesicht zu urteilen, erhielt er die erhofften Informationen. Und dazu noch ein gerüttelt Maß an unwichtigem Tratsch, denn schon bald wich Blampignons Lächeln einem Grinsen, das Grinsen einem Kichern und das Kichern einem langsam sich steigernden Gelächter, das seinen behäbigen Körper von Kopf bis Fuß erschütterte.

»Meine Güte!«, rief Meredith aus, verwirrt von der Reaktion seines *confrère*. »Was zum Teufel ist denn los? Worüber lachen Sie?«

»Über uns, *mon ami*«, japste Blampignon, dem die Tränen über die Wangen liefen. »Vielleicht sollte mir das schlechte Laune machen, weil unser Unterfangen, wie sagen Sie, fruchtlos war. Aber manchmal ist es eben besser, man lacht, als dass man flucht.«

»Sie meinen, wir kommen zu spät?«, brach es aus Meredith hervor. »Ist Chalky uns entwischt?«

»Er war nie hier, *mon ami*.«

»Nie hier?«

Blampignon wischte sich über die Augen und schüttelte, noch immer kichernd, den Kopf.

»C. C. – wir glauben *naturellement*, das steht für Chalky Cobbett. Aber da irren wir uns. Ich habe Madame gefragt, wer in Wohnung Nummer 6a wohnt.«

»Und?«

»Eine junge Frau, M'sieur, namens Celeste Chounet. Also frage ich Madame, wann und wie die junge Dame hergekommen ist. Und sie sagt, vor zwei Monaten hat ein Ausländer mittleren Alters die Wohnung für sie gemietet. Da bitte ich sie, den Mann zu beschreiben.« Blampignon zuckte die Achseln. »*Eh bien*, es ist zweifellos Bourmin. Sie sagt, er besucht seine Freundin ein-, zweimal die Woche.« Der Inspector zwinkerte. »Vielleicht ist es besser, wenn ich selbst einmal ein paar Worte mit Mam'selle Chounet wechsle. Madame hier war zwar sehr freimütig, aber es ist immer klug, so etwas zu überprüfen. Wollen Sie so lange hier warten?«

»O. k.«, kicherte Meredith. »Aber vergessen Sie nicht, der Dienst geht vor!«

Nachdem Blampignon sich nach der genauen Lage der Wohnung erkundigt hatte und die schmale Wendeltreppe hinaufgestiegen war, zog sich die *Concierge* in ihr Kabäuschen zurück. Meredith und Strang tigerten derweil in dem schmuddeligen Gang auf und ab und besprachen gedämpft den unerwarteten Ausgang ihrer kleinen Expedition. Ungeachtet der Reaktion seines Vorgesetzten war Freddy in Hochstimmung. Trotz der Abfuhr, die er am Morgen vor der Villa Paloma erhalten hatte, glaubte er weiterhin, dass er Miss Westmacott mit genügend Zeit zu einer kooperativeren Gemütsverfassung bewegen konnte. Und solange Chalky auf freiem Fuß war, würden sie nicht nach London zurückkehren.

Zehn Minuten später war Blampignon wieder bei ihnen. Die dunklen, leuchtenden Augen verheißungsvoll rollend verkündete er:

»*Tiens!* Unser Freund Bourmin hat definitiv einen Kennerblick. Eine ganz und gar reizende, vernünftige junge Frau.«

»Und ihre Geschichte passt zu jener der alten Frau?«, fragte Meredith.

»Vollkommen, *mon ami*. Bourmin hat sie vor rund acht Wochen in der Wohnung einquartiert. Sie haben sich eines Abends in einem Café in Monte Carlo kennengelernt.«

»Haben Sie sie nach Bourmin gefragt?«

»Ja – aber für mich steht fest, dass sie von seinen kriminellen Aktivitäten nichts weiß. Anscheinend weiß sie nicht einmal, wer seine Freunde sind. Klar ist außerdem, dass er nicht so oft herkommt, wie Mam'selle Chounet es gern hätte.« Blampignon schüttelte den Kopf und seufzte. »Wahrscheinlich ist sie einsam. Sehr traurig, *mon ami*. Die Schönheit einer Frau ist wie die einer Blume. Man muss sie so oft wie möglich ansehen, bevor sie welkt. *Tout passe, tout change*, wie wir sagen. Ja, ja ... sehr traurig.«

III

Es war kurz nach Mitternacht, als sie die geisterhaften Umrisse der Motoryacht vor der dunklen Linie des Festlands

ausmachten. Drei volle Stunden lang war das kleine Polizeiboot rund zweihundert Meter vor der Küste zwischen dem
Mentoner Hafen und dem äußersten Punkt des Cap Martin
hin und her patrouilliert. Die erste Stunde hatten Meredith
und Strang noch das Neuartige dieses maritimen Einsatzes
genossen, doch als die Zeit sich immer mehr hinzog und
nichts geschah, legte sich ihre anfängliche Begeisterung allmählich. Nun aber schien es, als würde es mit etwas Glück
doch noch lebendiger.

Es war klar, dass die Motoryacht an ihren Liegeplatz ge-
glitten war, als das Polizeiboot gerade am anderen Ende seiner Patrouille war, denn sie waren überzeugt, dass es noch
nicht dagelegen hatte, als sie diesen Küstenabschnitt zuletzt
abgesucht hatten.

Rasch drosselte Blampignon den Motor und steuerte das
Boot in einem weiten Bogen zu einer Stelle, die etwa hundert
Meter von der Yacht entfernt war. Gedämpft erklärte er:

»Wir gehen an Land, *mes amis*, und sehen, was wir sehen
können, ja? Aber natürlich ganz leise. Ich halte es für möglich, dass man uns bis jetzt noch nicht bemerkt hat.«

Blampignon stellte den Motor ab und bugsierte das kleine
Fahrzeug sanft ans Ufer. Dort sprang der Inspector verblüf-
fend behände auf die Steine und hatte binnen Sekunden die
Leine befestigt. Nacheinander half er den anderen lautlos an
Land, und im Gänsemarsch schlichen sie in Richtung der
Yacht.

Ein Dach aus Pinien sperrte das wenige Licht aus, und an
vielen Stellen ragten deren Wurzeln aus dem steinigen Boden. In einer davon blieb Blampignon mit dem Fuß hängen,
ausgerechnet, als sie nur noch rund zehn Meter von ihrem

Ziel entfernt waren. Er fiel der Länge nach hin, und sogleich erscholl ein leiser Pfiff, gefolgt von Stiefelscharren über Steine und dem jäh aufheulenden Dröhnen des Bootsmotors.

»*Vite! Vite!*«, schrie Blampignon. »Bevor sie abhauen.«

»Los, Strang«, rief Meredith und knipste hastig seine Taschenlampe an. »Machen Sie schnell – aber achten Sie auf diese verdammten Wurzeln!«

»O. k., Sir.«

Im Strahl der Taschenlampe stürzten sie voran, rutschten und hasteten über die Steine bis zu der Stelle, wo das Boot lag. Doch gerade als Meredith an Bord springen wollte, setzte die Yacht zurück und verschwand rasch in der Dunkelheit. Meredith fluchte ausgiebig.

»Das war's dann wohl, was, Sergeant? Zwei Sekunden früher, und wir hätten sie geschnappt.« Und weiter, als Blampignon aus dem Dämmer herangehumpelt kam und sich dabei vorsichtig die aufgeschürften Schienbeine rieb: »Und nun, mein Lieber? Sie zu jagen, können wir wohl vergessen. Der Vorsprung ist zu groß.«

Blampignon schüttelte niedergeschlagen den Kopf:

»Ja, das ist aussichtslos, völlig aussichtslos! Aber meinen Sie, Sie würden die Yacht erkennen, wenn Sie sie noch einmal sehen?«

»Ganz bestimmt. Weißer Rumpf mit zwei schmalen roten Streifen dicht über der Wasserlinie. Den Namen konnte ich leider nicht mehr lesen, da war sie schon zu weit weg.«

»Ein Name!«, rief Blampignon aus. »Das ist sehr merkwürdig. Meistens vermeiden diese Gauner solch simple Mittel zur Identifizierung. Aber bei dieser Sache gibt es sowieso schon vieles, was ich nicht verstehe. Wenn sie hier angelegt haben, um die Schmuggelware auszuladen, warum war dann kein Auto da, um sie in Empfang zu nehmen?«

»Hm, da sagen Sie was«, bemerkte Meredith und leuchtete die Umgebung mit der Taschenlampe ab. »Auch liegt hier keine Ware. Das ist seltsam, schließlich hatten sie jede Menge Zeit, um das Zeug an Land zu bringen, bevor wir die Party störten. Es ist genau, wie Sie sagen ...« Meredith brach ab, bevor er kichernd fortfuhr: »Na bitte! Zumindest ein Indiz, das sie zurückgelassen haben. Wie's aussieht, eine leere Weinflasche.« Er hob sie auf und betrachtete das Etikett. »Nuits Saint Georges, anscheinend haben die hier ein wenig gefeiert. Wir haben das doch richtig eingeschätzt, oder?«

»Wie meinen Sie das?«, fragte Blampignon.

»Nun, hätte es nicht vielleicht auch einfach ein Picknick oder ein Liebespaar oder etwas dergleichen sein können?«

»Aber warum sind sie dann so überstürzt weggefahren?«, fragte Blampignon. »Nein, nein, nein. Ich bin mir sicher, die haben hier – wie war noch der Ausdruck? – zwielichtige Geschäfte getrieben, *mon ami.*«

»Ja, schon – aber *welche?*«

Blampignon zuckte die Achseln.

»Das ist völlig unklar, M'sieur. Aber vielleicht finden wir zu gegebener Zeit die Antwort.«

»Und nun?«, fragte Meredith. »Wie geht's jetzt weiter?«

»Wir fahren zurück nach Menton. Ich finde, es ist Zeit, dass wir das Boot festmachen und ein wenig Schlaf bekommen. Ich rufe Sie morgen an und sage Ihnen, ob eine der anderen Patrouillen mehr Glück hatte. Das hoffe ich nach wie vor, M'sieur.«

Kapitel 10

BILDERRÄTSEL

I

Am folgenden Morgen erhielt Meredith unmittelbar nach dem Frühstück einen Anruf von Inspector Blampignon. Was er mitzuteilen hatte, war sensationell, aber auch rätselhaft. Ein Boot der Küstenwache, das zwei Meilen vor dem Cap Ferrat patrouilliert war, hatte die Motoryacht tatsächlich abgefangen, bevor sie Kontakt mit den kleineren Booten gehabt hatte, die von verschiedenen Stellen zu ihr ausgelaufen waren. Die Besatzung wurde verhaftet, die Ware beschlagnahmt, das Fahrzeug konfisziert. Blampignon zufolge hatte die Bande dadurch einen Verlust von rund zehn Millionen Franc hinzunehmen. Er war überzeugt, dass die Schmuggelei damit weitgehend ausgehebelt war, wenigstens fürs Erste.

»Aber sehen Sie, was wir uns jetzt fragen müssen, *mon ami?* Wenn das Boot, das wir am Cap Martin gesehen haben, in keinerlei Verbindung zu diesem Schmuggel steht, welchen Zweck hatte es dann?«

Doch auch nachdem sie dieses Rätsel einige Minuten lang erörtert hatten, musste Meredith zugeben, dass sie mit ihrem Latein am Ende waren. Eine einzige mögliche Theorie konnten sie entwickeln, wonach die Motoryacht ohne Einwilligung ihres Besitzers »geborgt« worden war. Doch wie

Blampignon mit niederschmetternder Sachlichkeit ausführte, würde an dieser von Schurken heimgesuchten Küste nur ein Idiot sein Boot unverschlossen lassen. Und zusätzlich zu dieser elementaren Vorsichtsmaßnahme gab es noch ein weiteres Dutzend ebenso wirkungsvoller Methoden, ein solches Fahrzeug bewegungsunfähig zu machen, wenn es am Liegeplatz lag. Meredith folgerte daher:

»Alles in allem müssen wir wohl zugeben, dass wir nicht mehr weiter wissen. Sollte sich wenigstens bei der Fälschergeschichte noch etwas ergeben, lasse ich's Sie sofort wissen. Aber erwarten Sie keine Wunderdinge, denn auch da stecken wir offenbar fest. Frustrierend, aber wahr. Trotzdem tun wir natürlich unser Bestes. Mehr kann ich dazu im Moment nicht sagen. *Au revoir*, mein Alter.«

11

Im weiteren Verlauf des Tages sollte Meredith noch kichernd über diese Aussage sinnieren. Aber so lief es ja immer. Lange enttäuschende, untätige Perioden, denen dann plötzlich kurze, heftige Durchbrüche folgten.

Tatsächlich löste nur wenige Minuten, nachdem Blampignon aufgelegt hatte, eine vollkommen unerwartete Entwicklung einen solchen Schub in seinen Ermittlungen aus. Es war ein Anruf von der örtlichen Polizeiwache, die Meredith und Strang aus der Flaute riss, in der sie so viele Tage lang gedümpelt hatten. Gerade sei eine Information hereingekommen, eine äußerst bedeutsame, wie Inspector Gibaud befand, weshalb er seinen englischen Kollegen die Einzelheiten unverzüglich mitteilen wollte. Ob sie gleich kommen könnten?

»Kann die Ente schwimmen?«, rief Meredith erfreut. »Wir sind in drei Minuten da. Nein, streichen Sie das – in zwei!«

Inspector Gibaud, dem Meredith schon einmal begegnet war, erwartete sie ungeduldig in seinem Büro. Er war das krasse Gegenstück zu Blampignon – ein zäher, drahtiger kleiner Mann mit flinken braunen Augen und einem herrlich gezwirbelten Schnauzbart, auf dem er, wenn er grübelte, heftig herumkaute. Für Meredith hatte Gibaud einen herausragenden Vorzug – er sprach Englisch wie ein Engländer. Zweifellos das Ergebnis eines lange zurückliegenden Urlaubs in Folkestone, wo er sich in die Empfangsdame seines Hotels verliebt und diese schließlich als seine Frau über den Kanal entführt hatte.

Gibaud bedeutete ihnen, Platz zu nehmen, und verkündete ohne Umschweife:

»Ich habe gute Nachrichten für Sie, Inspector. Einige der falschen Scheine sind hier in Menton aufgetaucht. Heute Morgen hat sie der Inhaber eines Tabakladens namens Guillevin hergebracht. Und das ist noch nicht alles! Guillevin konnte sogar den Kunden identifizieren, der ihm die Scheine auf den Ladentisch gelegt hat.«

»Teufel auch!«, rief Meredith aus. »Und wo genau ist dieser M'sieur Guillevin zu finden?«

»Ganz am Ende der Rue de la République – nahe der Altstadt.«

»In Ordnung. Und der Kunde, der damit bezahlen wollte?«

»Ein seltsamer kleiner Bursche namens Jacques Dufil. Anscheinend kauft er seinen Tabak immer bei Guillevin. Jedenfalls«, korrigierte sich Gibaud lächelnd, »wenn er ihn sich leisten kann. Guillevin kennt den Kerl schon seit Jahren. Er wohnt irgendwo in der Altstadt in einem einzigen Zimmer und schlägt sich mehr schlecht als recht als Maler durch.«

»Jacques Dufil, der Künstler?«, meldete sich Strang aufgeregt.

»Erzählen Sie mir nicht, dass Sie den kennen!«, sagte Meredith mit einem spöttischen Grinsen.

»Also, nicht persönlich, Sir. Aber in der Ausstellung, in der ich neulich war, hing ein Bild von ihm. Ziemlich mau, wenn Sie mich fragen. Aber dieses ganze ultramoderne surrealistische Zeug lässt mich eh kalt.«

»Meine Güte, nun hör sich einer das an!«, prustete Meredith. »Diese hochgeistigen Jungs aus Hendon!« Doch auf Gibauds Miene hin fragte er: »Ist was, Inspector?«

»Nein, nein. Mich überrascht nur, dass Dufil ein Gemälde in der Galerie ausstellt – weiter nichts. Ich hatte keine Ahnung, dass er als Künstler einen Namen hat. Stimmt jedenfalls nicht mit den Fakten überein.«

»Wie meinen Sie das?«

»Also, Guillevin zufolge hatte er früher mal ein gewisses Auskommen, indem er seine Bilder während der Ferienmonate in den Touristencafés verhökerte.«

Sofort erwachte Merediths Interesse.

»Touristen, hm? Wissen Sie, Gibaud, würde mich nicht wundern, wenn wir hier etwas hätten. Ist Ihnen schon in den Sinn gekommen, dass dieses Bilderverhökern das perfekte Alibi für einen kleinen dubiosen Handel sein könnte ... also ... nebenher, sozusagen?«

»Schwarzmarkt-Francs, wie? Ja, der Gedanke ist mir auch schon gekommen. Aber leider führt er ins Leere.«

»Ins Leere – warum?«

»Weil unser Freund Dufil seit einem halben Jahr keine Cafés mehr abklappert. Anscheinend hat er einen Mäzen gefunden, der ihm seine Werke abkauft. Und zwar nicht nur hier und da mal eines, sondern seinen ganzen Ausstoß! Nicht, dass der arme Teufel damit ein Vermögen macht, aber mehr Tabak kann er sich jedenfalls leisten.«

»Verstehe«, sinnierte Meredith, dann sprang er auf und sagte ungeduldig: »Na, worauf warten wir? Wir müssen uns mit Dufil unterhalten. Wir müssen rausfinden, wie diese Blüten in seinen Besitz gelangt sind. Oder ob er nicht doch selbst in die Sache verstrickt ist. Wo wohnt er?«

Gibaud kicherte.

»Er arbeitet zwar, genießt jedoch leider nicht den Luxus einer festen Postadresse. Aber Guillevin hat mir genau erklärt, wo Sie ihn finden können, in einer kleinen Gasse in der Altstadt. Soll ich vielleicht besser mitkommen, als Übersetzer?«

»Da gibt's kein ›vielleicht‹«, räumte Meredith mit bitterem Lächeln ein. »Ohne Sie bin ich verloren.«

»Schön«, schloss Gibaud knapp. »Dann los.«

III

Der Weg von den breiten Avenuen und sonnenbeschienenen Einkaufsstraßen der Neustadt in die düsteren Schluchten zwischen den hohen Altstadthäusern kam einem Übergang vom zwanzigsten Jahrhundert ins Mittelalter gleich. Meredith, der bislang nicht die Zeit gehabt hatte, diesen Teil Mentons zu erkunden, fand es faszinierend. Die Fremdenführer, die ihren üblichen Vorrat an angestaubten Adjektiven feilboten, mochten die Altstadt als »malerisch«, »pittoresk« oder »historisch« bezeichnen, doch als sie in das Labyrinth der schmalen Sträßchen eintauchten, kam dem Inspector instinktiv das Wort »zeitlos« in den Sinn. So wie jetzt, fand er, war es schon immer gewesen. In diesen geheimen, verworrenen Gassen hatte sich nie etwas verändert. Die barfüßigen, braunhäutigen alten Weiber, die auf ihren Türschwellen tratschten, hätten schon dort gesessen haben können, als Napoleons *Grande Armée* auf ihrem siegreichen Marsch nach Italien hier vorbeikam. In diesem amorphen, rot geziegelten Häuserhaufen, der so fest auf dem nackten Fels klebte, waren Zeit und Fortschritt angehalten worden, fand Meredith.

Doch Gibaud gestattete seinen englischen Kollegen nur wenig Zeit zu staunender Betrachtung. Mit untrüglichem Ortssinn hetzte er sie durch diesen Bienenstock aus dunklen, erbärmlichen Straßen, bog in einen von wildem Wein überwachsenen Hof und klopfte gebieterisch an die wacklige Tür einer winzigen Behausung. Nach längerer Stille hörten sie mühsame Schritte die knarrende Treppe herabkommen, gleich darauf wurde die Tür vorsichtig geöffnet, und ein Kopf erschien wie der einer misstrauischen Schildkröte. Beim Anblick des uniformierten Gibaud stieß Dufil ein tiefes Knurren aus und trat mit verdrießlicher, misstrauischer Miene zurück.

»Was wollen Sie? Warum sind Sie hier?«, fragte er heiser.

»Sind Sie Jacques Dufil?«, fragte Gibaud höflich.

»Ja, M'sieur.«

»Sehr gut – wir möchten uns gern mit Ihnen unterhalten.«

»Mit mir unterhalten? Worüber denn, M'sieur?«

Gibaud zeigte auf die Treppe.

»Wollen wir das nicht lieber oben besprechen, mein Freund?«

Der Bucklige hob die verwachsenen Schultern.

»Gewiss – wenn's sein muss.«

In dem düsteren kleinen Zimmer mit den Steinwänden angekommen, verschwendete Gibaud keine Zeit mit Smalltalk, sondern begann sogleich mit der Befragung. Anfangs war Dufil noch ein wenig verängstigt und wollte sich nicht äußern. Doch nachdem er die sachliche Art des Inspector erkannt hatte, wichen seine gegrunzten Einsilber einem stetig schneller werdenden Informationsstrom. Und nach und nach kam alles heraus.

Nach ungefähr einer Viertelstunde wandte sich Gibaud, der sich hastig eine Kurzfassung der Aussage des Buckligen notiert hatte, mit einem zufriedenen Lächeln an Meredith und fragte:

»Na, was haben Sie von dem Gerede verstanden?«

»Kein einziges verdammtes Wort!«, versetzte Meredith. »Aber da Sie wie eine Katze aussehen, die einen Kanarienvogel gefressen hat, dürften Sie eine ganze Menge erfahren haben. Dann schießen Sie mal los, mein Lieber, damit Sie ihn gleich hier und jetzt in die Mangel nehmen können, falls ich noch Fragen habe. O.k.?«

»O.k.«, nickte Gibaud. »Also, kurz gesagt ist es so: Vor ungefähr einem halben Jahr sprach ein Bursche namens Latour Dufil an, nachdem er ihn gesehen hatte, wie er seine Bilder in den Cafés anbot. Er fragte Dufil, ob er ihm ab sofort jedes Bild, das er malte, verkaufen könne. Dabei habe es allerdings eine Bedingung gegeben. Sollte Dufil das Angebot annehmen, müsste er über diese Vereinbarung den Mund halten.

Zunächst glaubte Dufil, der Mann sei Kunsthändler und wolle seine Werke als Spekulationsobjekte kaufen. Sie wissen schon, was ich meine – auf die Chance hin, dass seine Bilder später einmal en vogue werden würden. Nicht, dass unser Freund hier sich damit eine goldene Nase verdient hat. Weit gefehlt! Latour stellte von Beginn an klar, dass er lediglich einen halsabschneiderischen Festpreis zahlen würde. Dufil aber war wichtig, dass das Geld regelmäßig und reibungslos floss. Natürlich fragte er sich, warum Latour ausgerechnet seine Bilder haben wollte. Und warum niemand davon erfahren sollte. Nun, er mag ja einen komischen Kopf haben, aber er ist definitiv korrekt aufgeschraubt.« Gibaud hielt inne und warf einen Blick auf den Bucklingen, der, obwohl er kein Wort Englisch verstand, immerzu gestrahlt und genickt hatte, als wäre er mit den Ausführungen des Inspector vollkommen einverstanden. »Sie sind ein schlaues Bürschchen, was, Dufil? Viel intelligenter, als Sie aussehen.« Der Bucklige nickte noch emphatischer und kicherte heiser. Wieder an Meredith gewandt, fuhr Gibaud fort. »Er hat nicht lange gebraucht, um die Antwort darauf herauszufinden. Latour kauft seine Bilder und gibt sie als die seinen aus. Kurz, aus persönlichen und offensichtlich schändlichen Gründen posiert Latour als Künstler. Als Dufil das erfahren hatte, zog er einige diskrete Erkundigungen ein und fand heraus, dass Latour im Haus einer exzentrischen Engländerin wohnt – einer reichen Witwe namens Hedderwick. Anscheinend besitzt sie eine größere Villa in der Avenue St. Michel.«

»Hedderwick! Die Avenue St. Michel!«, rief Strang aufgeregt. »Großer Gott! Allmählich passt alles zusammen.«

»Wovon zum Teufel schwafeln Sie?«, fragte ihn Meredith

mit einem vernichtenden Blick. »Was passt allmählich zusammen? Könnten Sie uns das bitte schön erklären?«

»Also, sehen Sie, Sir – Miss Westmacott erwähnte, bei ihr im Haus lebe ein Maler. Seinen Nachnamen hat sie nicht genannt, sie bezeichnete ihn nur als Paul. Aber das *muss* dieser Latour sein. Das ist ein verrückter Zufall, aber es führt kein Weg dran vorbei.«

»Es gibt Zeiten, mein Junge«, bemerkte Meredith zornesrot, »da möchte ich Sie einfach nur an den Ohren packen und schütteln. Worauf zum Teufel wollen Sie hinaus? Wer ist Miss Westmacott? Woher kennen Sie sie? Und was zum Donner wissen *Sie* über die Avenue St. Michel?«

Freddy merkte, dass er um eine Erklärung nicht mehr herumkam, holte tief Luft und gab, bis in die Haarspitzen errötend, eine wirre, beinahe zusammenhanglose Schilderung seiner Begegnung mit Miss Westmacott in der Ausstellung und auch von derjenigen vor dem Tor der Villa Paloma zum Besten.

»Aha«, sagte Meredith, nachdem sein Untergebener mit seiner romantischen kleinen Saga geendet hatte. »Das geheime Liebesleben des Acting-Sergeant Strang, wie? Hatten Sie nicht gesagt, bei Ihrem gegenwärtigen Gehalt seien Wein und Weib zwei der Luxusartikel, die Sie sich nicht leisten könnten?«

»Das ist aber doch was anderes, Sir«, stammelte Freddy. »Vollkommen anders. Miss Westmacott ist eine wahrhaft anständige Frau, wenn Sie wissen, was ich meine. Da gibt's absolut kein …«

»Schon gut, Sergeant«, unterbrach ihn Meredith augenzwinkernd. »Ihnen braucht nicht gleich heiß unterm Kragen zu werden. Wir glauben Ihnen. Aber anscheinend wissen Sie etwas über die Zustände in der Villa Paloma, und dieses Wissen könnte sich als nützlich erweisen.« Und an Gibaud gewandt sagte er: »Sehen Sie das nicht auch so, Inspector?«

»Also, die Informationen des Sergeant bestätigen gewiss Dufils Aussage bezüglich Latour. Und nach dem, was M'sieur Strang uns eben erzählt hat, ist auch klar, *warum* Latour seine Bilder kauft.«

»Sie meinen, er hat dieser Hedderwick eingeredet, dass er Künstler ist und eine Pechsträhne hat, und diese Bilder braucht er als Beweis dafür?«

»Ganz genau. Diese Engländerin ist seine Mäzenin. Und Latour hat es sich bei ihr ... wie soll ich sagen?«

»Bequem gemacht«, schlug Meredith vor. »Ja, das verstehe ich – aber was ist mit dem Falschgeld? Wo kommt das ins Spiel? Meinen Sie, dass Latour Dufil mit Blüten bezahlt hat?«

»Nein, nein – in der Beziehung zwischen Latour und unserem Freund hier gab es noch einen weiteren kleinen Dreh, bevor die Blüten in Erscheinung traten. Das hängt alles mit der Ausstellung zusammen, die der Sergeant eben erwähnt hat – *L'Exposition de Peinture Méditerranée* in der Galerie Menton.«

»Ich kann Ihnen nicht ganz folgen.«

»Hier lang, mein Lieber. Dufil ist sehr stolz auf seine Arbeit. Daran besteht kein Zweifel. Ich glaube, er besitzt den Glauben und die Integrität des wahren Künstlers. Er legt sein Bestes in seine Bilder, wobei ihm nie die Anerkennung zuteilwurde, die er seiner Meinung nach verdient. Aber Latour, der hat den armen Teufel wie einen Schmierfink behandelt, wie eine bloße Maschine, die die Ware ausstößt, die er braucht. Seiner Künstlernatur entsprechend rebellierte unser Freund dagegen, und als er hörte, dass die Ausstellung in Planung war, drehte er Latour eine lange Nase und reichte eines seiner Bilder beim Komitee ein.«

»Und die haben es angenommen?«

Gibaud nickte.

»Mit dem Ergebnis, dass Dufil vor einigen Tagen von einem Kunsthändler aus Cannes angesprochen wurde. Der Bursche fand an der Arbeit offenbar Gefallen und wollte unbedingt sein Agent werden.«

»Verstehe!«, pfiff Meredith. »Latour hat Wind davon bekommen, vielleicht war er selbst in der Ausstellung und hat gemerkt, dass Dufil plötzlich in der Lage war, seine Arbeiten anderswo zu verkaufen, und ...«

»Genau«, warf Gibaud ein. »Er hat Dufil hunderttausend Franc gezahlt, damit er das Angebot ablehnt. Natürlich war er sauer auf Dufil, dass er das Bild eingereicht hatte, aber er hatte ja keine Handhabe dagegen. Er hat es zwar mit Drohungen versucht, aber wie schon gesagt, Dufil ist kein Trottel. Er wusste, dass er das Heft in der Hand hielt und Latour klein beigeben musste. Das Einzige, was Dufil nicht voraussah, war, dass Latour ihn mit einem Bündel wertloser Blüten abspeiste. Es sieht also ganz so aus, als würde Latour als Letzter lachen, hm?«

»Aber ist das denn so?«, fragte Meredith mit bedeutungsvollem Blick. »Wirklich, mein Lieber? Sehen Sie nicht, was das bedeutet? Wenn Latour imstande war, hunderttausend falsche Franc aufzutreiben, muss er dann nicht an dem Schwindel beteiligt sein? Und da wir ja wissen, wo wir ihn finden, habe ich das Gefühl, dass M'sieur Latour ein schönes Verhör gebucht hat. Ich will nicht allzu optimistisch klingen, aber für mich sieht das aus wie der Anfang vom Ende.« Er wandte sich Strang zu: »Noch zwei Tage, Sergeant, dann wäre ich nicht überrascht, wenn wir uns auf den Heimweg machten. Tut mir leid, dass ich Ihre kleine Romanze im Keim ersticken muss, aber ich denke, Sie werden sich schon von dem Schock erholen!«

Kapitel 11

BEWEIS IN DER MANSARDE

I

Nachdem sie sich auf den Stufen des Kommissariats von Inspector Gibaud verabschiedet hatten, machten sich Meredith und Strang auf Richtung Avenue St. Michel. Es war kurz vor Mittag, und der Inspector war entschlossen, Latour umgehend zu vernehmen.

»Da wäre nur eine Sache«, begann Freddy zaghaft, als sie in die Avenue de Verdun einbogen. »Wegen dieser Frau, die ich da ... äh ... Miss Westmacott.«

»Du meine Güte, ja! Die hatte ich ganz vergessen, Sergeant. Sie ist Mrs. Hedderwicks Nichte?«

»Ja, Sir«, schluckte Freddy. »Aber Mrs. Hedderwick weiß gar nicht, dass ich ihr begegnet bin. Sie könnte deswegen ein bisschen kratzbürstig sein, falls Sie verstehen. Wenn Sie also ... äh ... wenn Sie irgendwie ...«

Meredith unterbrach ihn lachend.

»Ich sehe schon, worauf Sie hinauswollen – Sie können sich auf meine Diskretion verlassen. Meine Unwissenheit kann, falls erforderlich, wahrhaft abgrundtief sein, mein Junge. Ist alles Teil der Ausbildung.«

Ein kesses Hausmädchen, das Freddy als dasjenige erkannte, das die Katze vor der Garage gefüttert hatte, öffnete ihnen. Auf die Bitte Merediths hin, mit Mrs. Hedderwick sprechen zu dürfen, geleitete sie die beiden in einen kleinen, aber außerordentlich eleganten Salon rechts vom Flur. Er war im chinesischen Stil mit exquisit lackierten Hockern und Tischen eingerichtet, dazu zwei Glasvitrinen voller Porzellanfiguren, bestickte chinesische Vorhänge an den schmalen Fenstern und auf dem Boden ein seidiger, limonengrüner Teppich. Der Duft von Sandelholz hing schwach in der Luft. Meredith sah sich wohlgefällig in dem Raum um. Er hätte nichts lieber getan, als sich diese Sammlerstücke genauer anzusehen, doch kaum hatte er damit begonnen, ging auch schon die Tür auf, und Nesta Hedderwick watschelte einer liebenswerten, schillernd gefiederten Ente gleich herein.

»Mrs. Hedderwick?«

»Ja«, nickte Nesta. »Und wer sind ...?«

»Ich bin Inspector Meredith von Scotland Yard, und das ist mein Assistent, Sergeant Strang.«

Mrs. Hedderwicks Reaktion auf diese schlichte, aber dramatische Erklärung verblüffte Meredith. Er war es gewöhnt, dass die Leute, unerwartet mit einem Gesetzeshüter konfrontiert, eine gewisse verständliche Besorgtheit zeigten, denn schließlich war ein Polizist häufig ein Überbringer schlechter Nachrichten. Hier aber war es anders. Mrs. Hedderwicks Lächeln erlosch wie eine ausgedrückte Kerze, und tiefe Bestürzung ergriff ihre monumentalen Züge. Sie ächzte:

»Inspector Meredith! Scotland Yard! Aber warum ...? Was führt Sie hierher? Ich habe Sie nicht gerufen.« Ihr großes schlaffes Gesicht zuckte nervös. »Das muss ein Irrtum sein. Wen genau möchten Sie denn sprechen?«

»Dazu kommen wir gleich, Madam«, sagte Meredith mit

einem beruhigenden Lächeln. »Aber bevor wir den Grund meines Besuchs erörtern, möchten Sie vielleicht meinen Ausweis sehen. Wahrscheinlich fragen Sie sich, was ein Angehöriger des CID in Menton verloren hat. Aber lassen Sie mich Ihnen versichern, Mrs. Hedderwick, dass ich mit der französischen Polizei zusammenarbeite. Um genau zu sein, bin ich sogar in deren Auftrag hier.«

Nach einem flüchtigen Blick auf das offizielle Dokument platzte Nesta ungeduldig hervor:

»Ja, ja – ich bezweifle Ihre Ehrlichkeit nicht. Aber warum will die Polizei *mich* sprechen? Es ist doch alles in Ordnung, oder?«

»Im Prinzip schon«, sagte Meredith, von der seltsamen Unruhe und dem Argwohn der Frau verwirrter denn je. »Aber aufgrund von Informationen, die wir unlängst ...«

Mit einer spasmischen Gebärde taumelte Nesta vor, packte den Inspector am Arm und stieß heiser hervor:

»Es ist wegen Tony, nicht? Warum erlösen Sie mich nicht endlich von dieser verdammten Anspannung? Es ist Tony Shenton! Oder etwa nicht?«

»Tony Shenton?« Meredith schüttelte den Kopf. »Von dem Herrn höre ich das erste Mal. Wie kommen Sie darauf, dass wir wegen Mr. Shenton hier sind?«

Die Verwandlung kam fast einem Wunder gleich. Eine Flut der Erleichterung überschwemmte ihre geröteten, gutmütigen Züge. Ihr Griff am Arm des Inspector löste sich.

»Sie meinen, mit Tony hat das gar nichts zu tun?«, japste Nesta. »Ach, Gott sei Dank! Ich dachte, vielleicht hat es ... einen Unfall gegeben. Am Steuer ist er ja so leichtsinnig. Ich ziehe den Bengel deswegen immer auf.« Nesta hatte ihr Gesicht rasch wieder im Griff und zeigte dem Inspector nun ein verschämtes Lächeln. »Sie müssen meine Dummheit entschuldigen, Sir. Es ist lächerlich, mich wegen dieses Jungen so aufzuregen, aber ich kann nicht anders. Bitte, nehmen Sie doch Platz und erzählen Sie mir, wie ich Ihnen helfen kann.«

»Offenbar wohnt bei Ihnen, Mrs. Hedderwick«, sagte Meredith, während er sich in den Sessel fallen ließ, »ein Herr namens Latour.«

»Ganz recht«, nickte Nesta. »Paul Latour. Ich habe ihm gestattet, einen der oberen Räume als Atelier zu nutzen. Er ist Künstler.«

»Ja, so sagt man«, meinte Meredith trocken. »Wie lange wohnt er schon hier?«

»Ach, ungefähr ein halbes Jahr. Ganz genau kann ich Ihnen das nicht sagen.«

»Und wie Sie haben ihn kennengelernt?«

»Über Colonel Malloy, einen alten Freund von mir. Er hat Paul eines Abends zum Diner mitgebracht.«

Meredith blickte von dem Notizbuch auf seinen Knien auf und fragte verblüfft:

»Sie meinen Colonel Malloy in Beaulieu?«

»Ja – so ein langweiliger alter Schatz. Er und seine Frau kommen jeden Freitag zum Bridge herüber. Sagen Sie nicht, dass Sie ihn kennen!«

»Ach, nur ein entfernter Bekannter, nichts weiter«, erwiderte Meredith knapp. »Wenn ich mich recht erinnere, besitzt er einen Rolls-Royce, und er hat einen russischen Chauffeur dafür ...«

»Ja – ein seltsames Wesen namens Nikolai Bourmin.«

»Sie werden die folgende Frage für unwesentlich halten,

aber bitte überlegen Sie genau, bevor Sie sie beantworten. Hatten Sie je das Gefühl, dass Mr. Latour ... hm, wie soll ich sagen? ... mit diesem Bourmin auf vertrautem Fuß stand?«

»Also, wenn dem so war«, versetzte Nesta, »dann ist es mir nicht aufgefallen. An unseren Bridge-Abenden sitzt Bourmin immer beim Personal. Ob Paul dort Kontakt mit ihm gehabt hat, weiß ich natürlich nicht. Aber warum *sollte* er? Sie haben ja weiß Gott nichts miteinander gemein.«

Meredith quittierte diese Aussage mit einem zufriedenen Nicken, klappte sein Notizbuch geräuschvoll zu, verstaute es in seiner Tasche und stand auf. Dann sagte er, den Blick fest auf Nestas Gesicht gerichtet:

»Mrs. Hedderwick, würde es Sie überraschen, wenn Ihr Protégé während dieses halben Jahrs unter Vorspiegelung falscher Tatsachen bei Ihnen gelebt hat?«

»Falscher Tatsachen!«, rief Nesta verstört aus. »Was meinen Sie damit?«

In wenigen knappen Sätzen schilderte Meredith ihr, was sie am Vormittag von Jacques Dufil erfahren hatten, und ließ nur den Teil weg, der das Falschgeld betraf. Während seiner Ausführungen wandte er den Blick nicht vom Gesicht der Frau, doch was er dort las, bestätigte ihm die Ehrlichkeit ihrer Reaktion – ein Ausdruck blanker Ungläubigkeit, der langsam, aber sicher einer anwachsenden Zorneswelle wich. Was immer der Grund für Latours Täuschung war, fest stand, dass Mrs. Hedderwick keine Ahnung von der hinterhältigen Masche hatte, die er bei ihr angewandt hatte. Mit leerem Blick hievte sie sich von ihrem Stuhl und stand japsend und bebend da, sprachlos vor Empörung. Sobald Meredith seine Erklärung beendet hatte, brach es aus ihr hervor:

»Oh, dieser undankbare Heuchler! Wie kann er es wagen! Meine Großzügigkeit, meine Hilfsbereitschaft derart auszunutzen. Das ist unverzeihlich! Aber warum hat er das getan? Können Sie mir das sagen, Inspector? Welchen Sinn hatte das?«

»Wir haben den Verdacht, dass kriminelle Machenschaften dahinterstecken könnten. Ich sage nicht, dass es so ist. Um das herauszufinden, bin ich hier.«

»Möchten Sie den Kerl befragen, ist es das?« Meredith nickte. »Sehr gut«, fuhr Nesta mit einem rachsüchtigen Funkeln in den Augen fort. »Ich hole Ihnen gleich jemanden, der Sie zu seinem Atelier bringt. Ich würde es ja selbst machen, aber diese ganzen Treppen zusätzlich zu dieser Aufregung ... das ginge über meine Kräfte.« Elefantengleich stapfte sie zur Terrassentür. »Da draußen ist meine Nichte. Sie wird Sie begleiten.«

11

Für den Acting-Sergeant Freddy Strang war diese kurze Pause in dem sich entfaltenden Drama ihres Besuchs fast ein kleines Purgatorium. Ab dem Moment, als er den Fuß in die Villa Paloma gesetzt hatte, hatte er halb befürchtet, halb gehofft, im Verlauf ihrer Ermittlungen Dilys Westmacott zu begegnen.

Und nun stand dieser Moment dank Mrs. Hedderwicks Abneigung, die Stufen zur Mansarde zu bewältigen, kurz bevor. Im Lichte dessen, was bei ihrem letzten Treffen durchgesickert war, hatte Freddy schon die Haltung festgelegt, die er gegenüber Miss Westmacott einnehmen wollte – eine gewisse professionelle Zurückhaltung, gepaart mit einer feinen Andeutung verletzter Unschuld.

Er konnte sich ihre Überraschung und Verwirrung vorstellen, wenn ihr sein wahrer Beruf bewusst wurde. Sergeant Strang vom CID – ein solcher Titel musste bei einer reizenden jungen Frau wie Miss Westmacott doch Anklang finden. Beim Gedanken an ihren damaligen Argwohn, an ihre Zurückweisung seiner völlig unschuldigen Avancen würde sie sich doch ziemlich blöd vorkommen. Nun da er die arme Kleine aber in eine derart peinliche Lage gebracht hatte, war er durchaus bereit, sich großmütig zu zeigen, ja, sie sollte gleich erkennen, dass *er* nicht nachtragend war. Sollte sie sich entschuldigen wollen ... nun, das ginge in Ordnung. Es war mit Sicherheit nicht ratsam, die Vergangenheit aufzuwühlen und sie ihr sozusagen ins Gesicht zu kippen.

Kaum erschien Dilys Westmacott jedoch in Begleitung ihrer erregten Tante im chinesischen Zimmer, ging Freddys gesamte Strategie in Rauch auf. Von wegen professionelle Zurückhaltung! Aber wie sollte man auch in Dilys' große blaue Augen schauen und die Miene von Distanziertheit und solidem Menschenverstand, die einem Angehörigen der Polizei angemessen war, aufrechterhalten? Und von dieser Frau hatte er angenommen, sie sei ihm gegenüber in einer peinlichen Lage – dieses reizende Wesen, dessen bloße Präsenz ihn schon in einen glotzenden, sprachlosen Idioten verwandelte! Tapfer versuchte Freddy, seine Gefühle im Zaum zu halten und die unsägliche Röte zu bremsen, die ihm langsam und schändlich ins Gesicht stieg.

Er sah ihre jähe Verblüffung und wie sie kurz zurückwich, als Mrs. Hedderwick sie hektisch einander vorstellte.

»Das ist meine Nichte Miss Westmacott. Inspector Meredith und Sergeant Strang vom CID, Darling. Und nun lass sie nicht warten, Liebes. Und richten Sie mir doch bitte hinterher aus, was dieser erbärmliche Lump zu sagen hatte. Vorausgesetzt«, ergänzte Nesta empört prustend, »er hat *überhaupt* etwas zu sagen! Sie finden mich auf der Terrasse.«

Freddy vollkommen ignorierend, ging Dilys auf der geschwungenen Treppe voran, dann durch einen geräumigen Flur zu einer weiteren Treppe, die zu einem schmalen und dunklen Gang führte. Vor einer leuchtend gelben Tür blieb Dilys stehen.

»Das ist das Atelier, Inspector, aber ich nehme an, Mr. Latour schläft noch.«

»Schläft noch!«, rief Meredith. »Um diese Tageszeit?«

»Ach, er steht kaum einmal vor dem Mittagessen auf. Aber er geht ja auch erst in den frühen Morgenstunden zu Bett.« Dilys lachte. »Nur der Himmel weiß, wo er sich nachts herumtreibt. Schließlich malt man ja nachts keine Bilder, oder? Das war mir schon immer ein Rätsel.«

»Die ganze Nacht unterwegs, wie?«, dachte Meredith bei sich. »Unter diesen Umständen ein ziemlich vielsagender Faktor.« Doch er sagte: »In Ordnung, Miss Westmacott. Wir klopfen ihn schon wach. Es wird ihm zwar nicht gefallen, aus seinem Schönheitsschlaf gerissen zu werden, aber die Zeit ist ein Gut, das ich nicht gern verschwende.«

»Wäre es Ihnen lieber, wenn ich verschwinde? Ich meine, vielleicht wollen Sie ...?«, fragte Dilys taktvoll.

»Nein. Bleiben Sie doch noch, wenn es Ihnen nichts ausmacht, junge Dame.«

Meredith hob die Hand und klopfte kräftig an die Tür,

hielt einen Augenblick inne, horchte, dann klopfte er erneut. Keine Antwort. Ungeduldig rief er: »M'sieur Latour, öffnen Sie die Tür! Hier ist die Polizei.« Drinnen blieb alles totenstill – nicht einmal das Rascheln von Bettzeug oder knarrende Federn waren zu hören. Meredith warf Strang einen bedeutungsvollen Blick zu, dann drehte er den Griff und trat, da die Tür unverschlossen war, ins Atelier.

Drinnen herrschte ein einziges Chaos. Schubladen und Schränke standen offen, Papiere lagen verstreut auf dem Boden, das Bett war ungemacht. Auf der Frisierkommode stand eine leere Flasche Cognac, daneben lagen ein zerbrochenes Glas und eine halb volle Schachtel Gauloises. Meredith genügte ein schweifender Blick, um Bescheid zu wissen. Alle Anzeichen sprachen dafür. Aus irgendwelchen Gründen hatte Latour seinen Krempel zusammengerafft, in einen Koffer gestopft und sich aus dem Staub gemacht!

Mit säuerlicher Miene wandte der Inspector sich zu dem verwirrten Paar um, das ihm über die Schultern spähte.

»Verflixt, zu spät, der Vogel ist ausgeflogen. Und wenn ich mich nicht sehr irre, Miss Westmacott, werden weder Sie noch Ihre Tante den Burschen noch einmal zu Gesicht bekommen.«

»Aber ... aber warum?«, stammelte Dilys. »Warum sollte er denn so überstürzt abreisen?«

»Dazu habe ich so meine Ideen, junge Dame, aber vorerst möchte ich sie lieber nicht äußern. Sagen Sie, wann haben Sie Latour zuletzt gesehen?«

»Gestern Abend beim Essen«, sagte Dilys, und nach kurzer Pause: »Nein, warten Sie! Er war gar nicht beim Essen. Ich weiß noch, dass meine Tante darüber ziemlich verärgert war. Wenn ich's mir recht überlege, habe ich ihn seit Samstagabend nicht mehr gesehen.«

»Also *vor*gestern Abend, ja?« Meredith stieß einen Pfiff aus und wandte sich an seinen Assistenten. »Ich möchte, dass Sie jeden im Haus dazu befragen, Sergeant. Verstanden? Ich werde derweil das Zimmer gründlich untersuchen. Ich bin überzeugt, Miss Westmacott führt Sie gern herum und bringt Sie mit den verschiedenen Mitgliedern des Haushalts in Kontakt. Miss Westmacott, seien Sie doch bitte so nett und übernehmen Sie den Part der Dolmetscherin.«

»Selbstverständlich, Inspector.«

»Ach, und Sergeant«, rief Meredith noch, als sich das Paar schon in Bewegung gesetzt hatte, »finden Sie beim Personal heraus, ob Latour freitagabends regelmäßig mit unserem Freund Bourmin verkehrte. Das ist der Abend, an dem der Colonel und seine Frau zum Bridge da sind.«

»In Ordnung«, sagte Freddy. »Ist das alles, Sir?«

Meredith warf ihm einen kurzen verschlagenen Blick zu und zwinkerte.

»Was mich angeht – ja, Sergeant. Aber wenn *Ihnen* noch etwas einfällt ... na, dann zeigen Sie Initiative, persönlichen Einsatz.« Erneut zwinkerte Meredith. »Sie verstehen?«

»Ja, Sir«, sagte Freddy, und zum zweiten Mal an diesem Vormittag errötete er bis in die Haarspitzen. »Ich glaube, ich ... äh ... verstehe, was Sie meinen.«

III

»Also«, murmelte Dilys und blieb bedeutungsvoll auf dem Treppenabsatz im ersten Stock stehen, »ich muss schon sagen, das ist doch ein gewisser Schock. Sie hätten mich warnen müssen, dass Sie kommen.«

»Aber das wusste ich doch bis vor einer Stunde selbst nicht«, protestierte Freddy. »Ganz ehrlich, Miss Westmacott, ich wollte Sie nicht belügen. Aber es ging nicht anders, ich hatte strikte Anweisung, meine Tarnung zu wahren. Daher musste ich natürlich ...«

»Aber John Smith!«, sagte Dilys und schüttelte missbilligend den Kopf. »Da hätten Sie sich schon was Besseres einfallen lassen können.«

»Ja, das war ein wenig fantasielos«, räumte Freddy zerknirscht ein. »Aber jetzt, wo Sie wissen, wer ich wirklich bin und warum ich nicht damit herausrücken konnte, als wir uns kennenlernten ...?«

»Tja, das ändert natürlich einiges.«

»Schön!«, sagte Freddy. »Das hatte ich gehofft.«

»Eigentlich sollte ich mich wegen meines absurden Misstrauens entschuldigen ...«

»Entschuldigen? Sie?«, rief Freddy schockiert. »Wofür in aller Welt? Großer Gott – nein! *Ich* bin derjenige, der sich entschuldigen müsste.«

»Aber warum? Ich weiß ja jetzt, dass Sie gar nicht anders konnten.«

»Aber eine Frau so hinters Licht zu führen, wo wir uns doch ... also ...«

»Wo wir uns doch ... was?«, fragte Dilys mit einem spöttischen, völlig demoralisierenden Blick.

»Also ... na ja«, stammelte Freddy. »Uns irgendwie näherkamen ... also, gewissermaßen anbandelten. Nein, verdammt! So meine ich das nicht. Ich meine ...« Flehentlich schaute er sie an. »Oh Gott, bitte, könnten Sie mir nicht ein bisschen unter die Arme greifen, Miss Westmacott?«

»Eventuell«, lächelte sie. »Aber nur, wenn Sie sich dazu durchringen können, mich Dilys zu nennen.«

Mit einem ungestümen Juchzer und ungeachtet seiner Umgebung und jener professionellen Zurückhaltung, die einem Polizisten bei der Ausübung seiner Pflicht oblag, fummelte Freddy nach ihrer Hand und drückte sie warm.

»Ha! Das fällt mir leicht, wenn Sie das tatsächlich so meinen, Miss Westmacott. Von jetzt an sage ich ›Dilys‹. Und falls Sie es noch nicht wussten, ich bin Freddy. Zugegeben, ein lächerlicher Name, aber ...«

»Eine Stufe besser als John Smith«, sagte Dilys neckisch und dann in einem etwas nüchterneren Ton, während sie sanft ihre Hand zurückzog: »Jetzt müssen wir aber vernünftig sein. Der Inspector wird sicher sauer sein, wenn Sie ...«

»Wieder Dienst nach Vorschrift, wie?«, knurrte Freddy. »O. k. Aber bevor wir die Party beenden, habe ich noch einen Vorschlag.«

»Und der wäre?«

»Wollen wir nicht noch einen Versuch unternehmen, uns auf der Casino-Terrasse zu treffen – sagen wir, morgen um zwölf Uhr?«

»Morgen zwölf Uhr!«, echote Dilys.

Freddy nickte emphatisch.

»Abgemacht?«

»Tja, warum nicht?«

»Gelobt sei Gott!«, sagte Freddy und tupfte sich mit einem imaginären Taschentuch ostentativ die Stirn. »Und wo wir nun dieses kleine Missverständnis ausgeräumt haben, könnten Sie mich bitte durch die Räumlichkeiten führen?« Er räusperte sich und blaffte in einer passablen Nachahmung des besten offiziellen Tons seines Vorgesetzten: »Dann sagen Sie mir mal, junge Dame, wann haben Sie diesen Dillon zuletzt gesehen? Bitte überlegen Sie sorgfältig, denn sollte er Ihnen quer gekommen sein ...!«

Doch da war Dilys aus Angst, ihre Tante könnte sie hören, schon halb die Treppe hinunter.

Kapitel 12

L'HIRONDELLE

I

Zwei geschlagene Stunden saß Meredith an jenem Nachmittag am Tisch in seinem Hotelzimmer und ging die Notizen und Aussagen durch, die er und Strang von der Villa Paloma mitgebracht hatten. Die Hitze, die durch die Latten der geschlossenen Läden ins Halbdunkel des Zimmers strömte, war erdrückend. Und obwohl Meredith die Jacke abgelegt, die Ärmel hochgekrempelt und den Kragen gelöst hatte, schwitzte er ausgiebig. Selbst das Glas eisgekühlten Lagers brachte ihm kaum Erleichterung.

Doch ungeachtet aller körperlicher Unannehmlichkeiten liefen seine Denkvorgänge wie üblich glatt und präzise. Nach und nach trennte er das relevante Material von den belanglosen Informationsschnipseln. Eine Sache ragte dabei deutlich aus der Faktenflut heraus. Latour war aus der Villa »verduftet«, vermutlich irgendwann im Lauf der letzten vierundzwanzig Stunden, also am Sonntag. Weder Mrs. Hedderwick noch ihre Nichte hatten ihn seit Samstagabend gesehen, dafür hatten die Köchin und das Hausmädchen ihn kurz vor dem Mittagessen am Sonntag die Treppe herunterkommen hören. Lisette, das Hausmädchen, hatte ihn sogar gesehen, wie er über den Hof zum hinteren Tor lief. Den hervorragenden Notizen des Sergeant zufolge war das Mädchen sicher, dass Latour keinerlei Gepäck dabei hatte. So viel dazu.

Mitten in der Nacht jedoch war Miss Pilligrew mit leichten Verdauungsbeschwerden aus einem unruhigen Schlummer erwacht. Da sie nicht mehr einschlafen konnte, knipste sie die Nachttischlampe an und nahm ein Buch zur Hand. Wenige Minuten später hörte sie Geräusche aus Latours Atelier, das direkt über ihrem Zimmer lag. Sie dachte sich nichts dabei, weil Latour oft um diese Zeit ins Haus schlich und über die Hintertreppe in sein Zimmer ging. Miss Pilligrew zufolge hörte sie die Geräusche kurz nach ein Uhr. Und auch wenn kein anderer Zeuge dies bestätigen konnte, war Meredith überzeugt, dass Miss Pilligrews Aussage als verlässlich gelten konnte. Demnach hatte Latour die Villa am Sonntag kurz vor Mittag verlassen und war irgendwann nach Mitternacht zurückgekehrt. Und es bestand wenig Zweifel, dass er dann sofort seine Sachen gepackt und sich so schnell wie möglich aus dem Staub gemacht hatte.

Aber warum? Das war die Preisfrage.

Selbst wenn er zu der Fälscherbande gehörte – wovon Meredith nun fest ausging –, was hatte ihn zu dieser hastigen Flucht veranlasst? Vermutlich etwas, was er zwischen Mittag und Mitternacht erfahren hatte. Vielleicht hatte er von den Ermittlungen der Polizei Wind bekommen. Aber wenn dem so war, wer hatte ihn gewarnt? Hatte er es selbst herausgefunden, oder war es ihm von M'sieur U. N. Bekannt gesteckt worden? Vielleicht von Bourmin? Nicht, dass Meredith einen Hinweis darauf hatte, dass Bourmin und Latour sich kannten. Denn Strangs Erkundigungen beim Personal hatten eindeutig ergeben, dass Latour mit dem Chauffeur nie Kontakt aufgenommen hatte. Zudem hatte Bourmin, jedenfalls soweit Meredith das wusste, keine Ahnung, dass er in Monte Carlo beschattet worden war. Ebenso wenig wusste er etwas von ihrem Besuch in seiner Wohnung über der Garage des Colonel. Es sei denn natürlich, dass Malloy ein doppeltes Spiel spielte – eine Theorie, deren Erwägung Meredith jedoch rundweg ablehnte. Und hätte Bourmin denn überhaupt die Gelegenheit gehabt, am Sonntag mit Latour in Kontakt zu treten? Nun, ein Anruf in der Villa Valdeblore würde diesen kleinen Punkt rasch klären. Das wäre auch nützlich, um herauszufinden, wie Malloy Latour kennengelernt hatte. Denn schließlich hatte ihn ja der Colonel bei Mrs. Hedderwick eingeführt – vermutlich in gutem Glauben. Also beschloss er, Malloy auf der Stelle anzurufen.

Zehn Minuten später war er wieder auf seinem Zimmer, die Antworten sozusagen in der Tasche. Malloys Erklärung, er sei Latour zufällig in einem Café in Nizza begegnet, schien absolut nachvollziehbar und einwandfrei. Nichts deutete darauf hin, dass er, als er den Burschen seiner alten Freundin Mrs. Hedderwick vorstellte, eine Ahnung von seinem wahren Charakter hatte. So viel dazu. Ebenso klar und überzeugend war seine Aussage bezüglich des Verhaltens seines Chauffeurs. Bourmin hatte die Villa Valdeblore von Sonntagmittag bis Sonntagabend lediglich für Dienstfahrten verlassen und den ganzen Nachmittag mit den Mädchen in der Küche geschwatzt. Am Abend hatte er den Colonel und seine Frau nach Antibes gefahren, wo sie sich mit Freunden zum Essen trafen. Erst weit nach elf Uhr waren sie wieder in Beaulieu. Diese Spur führte also ins Leere.

Was hatten sie am Vortag sonst noch gemacht? Sie waren

bei Blampignon im örtlichen Kommissariat gewesen und hatten die Pläne bezüglich der nächtlichen Küstenpatrouille erörtert. Und beim Zeus, ja, natürlich! Da war noch der Besuch in dem Mietshaus am Quai Bonaparte, dieses »fruchtlose Unterfangen«, wie Blampignon gesagt hatte, da es sie nicht zu Chalky Cobbett, sondern zu Nikolai Bourmins Mätresse geführt hatte. Hatte Latour seine Information von dort? Hatte Madame Chounet ihm einen Tipp gegeben? Wobei Blampignon ihr gegenüber nicht hatte durchblicken lassen, was genau sie zum Maison Turini geführt hatte, aber vielleicht hatte sie ja zwei und zwei …

Meredith fluchte vor sich hin. Was zum Henker brabbelte er da? Hatte Blampignon sich nicht davon überzeugt, dass die Frau nichts von Bourmins kriminellen Aktivitäten wusste? Was ja *eo ipso* die Fälscherbande einschloss. Und was Blampignon für wahr erachtete, wollte Meredith nicht anzweifeln. War also auch das wieder nur eine Spur, die ins Leere führte?

»Aber Moment mal!«, dachte er. »Was ist mit der alten Concierge? Die muss doch bemerkt haben, dass sich die Polizei für Bourmin interessiert. Ist *sie* für das Leck verantwortlich? Das wäre doch durchaus möglich! Letztlich läuft alles auf die Frage hinaus: Hat Latour das Mietshaus gestern irgendwann zwischen Mittag und Mitternacht aufgesucht? Das sollte man dringend überprüfen. Ich muss noch heute Nachmittag mit Gibaud da hin und die nötigen Erkundigungen einziehen.«

11

Mit seiner durch langjährige polizeiliche Ermittlungen gewachsenen Schläue und Weisheit schlug Meredith Gibaud vor, die alte Frau erst dann zu verhören, sobald sie alle anderen, mutmaßlich unbeteiligten Zeugen, die in dem Haus wohnten, befragt hatten. Bevor er die Villa Paloma am Vormittag verlassen hatte, hatte Mrs. Hedderwick ihm noch eine hervorragende Fotografie von Latour mitgegeben. Als sie sich nun dem Maison Turini näherten, reichte Meredith sie an Gibaud weiter.

»Ich setze mich da unter die Palmen und rauche eine Pfeife. Denn wenn ich mitgehe, erkennt mich die Alte, und wir wollen sie doch nicht vorwarnen. Gehen Sie einfach an ihrem Kabäuschen vorbei und befragen Sie die Leute in den Erdgeschosswohnungen. Finden Sie raus, ob jemand Latour gesehen hat. Wenn ja, kommen Sie wieder her, und wir nehmen uns die Concierge gemeinsam vor. Einverstanden?«

Gibaud, der in Zivil war, marschierte sofort los. Er ging schnurstracks zum Haus, lief zügig die Stufen hinauf und verschwand in der offenen Tür. Fünf, zehn, fünfzehn Minuten vergingen. Meredith rutschte auf der eisernen Bank herum und versuchte, seine Ungeduld zu bezähmen. Viel hing jetzt, fand er, von den Befragungen seines Kollegen ab. Könnte nur bewiesen werden, dass Latour die Angewohnheit hatte ...

Er blickte rasch auf. Fast schon im Sprint lief Gibaud auf ihn zu. Lange bevor er ihn erreicht hatte, sah Meredith, dass auf seinen frettchenartigen Zügen ein Grinsen lag, das der Katze aus *Alice im Wunderland* würdig gewesen wäre. Er sprang auf und ging ihm wissbegierig entgegen.

»Na?«

»Wir haben da was!«, sagte Gibaud. »Ich habe nicht weniger als vier Zeugen aufgetrieben, die bereit sind zu schwören, dass sie Latour im Haus gesehen haben.«

»Teufel auch!«, entfuhr es Meredith, der außerstande war, seine Begeisterung über diese Nachricht zu unterdrücken. »Und gestern?«

»Er tauchte gegen zehn Uhr abends auf, schwatzte rund zwanzig Minuten mit der alten Frau in dem Kabäuschen und verschwand daraufhin eiligst.«

»Hat er denn immer nur die alte Frau aufgesucht?«

»Ja – ausschließlich. Keiner der Zeugen, die ich befragt habe, hat je mit dem Burschen gesprochen – sie haben ihn immer nur im Gespräch mit der Concierge gesehen, wenn sie zufällig in dem Moment ins Haus kamen oder hinausgingen.«

»Und die junge Frau – Celeste Chounet?«

»Nach der habe ich auch gefragt. Sie waren sich sicher, dass Latour nie zu ihr hinauf ist. Niemand hat sie je zusammen gesehen.«

»Verstehe. Dann ist ja klar, was wir jetzt tun müssen. Wir halten der alten Frau die Fotografie unter die Nase und fragen sie direkt, ob sie den Kerl identifizieren kann. Macht sie Ausflüchte oder bestreitet sie, Latour zu kennen, dann haben wir sie am Haken!«

Und fünf Minuten später hatten sie das Muttchen genau da. Ruhig, aber unnachgiebig quetschte Gibaud sie in dem Kabäuschen nach allen Regeln der Kunst aus, wobei er immer wieder innehielt, um Meredith auf dem Laufenden zu halten. Das ganze Verhör hindurch saß ihr Mann am Tisch und kicherte, nickte und redete in einem seltsamen, unverständlichen Idiom vor sich hin.

Als Madame Grignot merkte, dass Leugnen keinen Sinn hatte, rückte sie bereitwillig mit einer Erklärung heraus, die recht einfach klang: Dreißig Jahre zuvor hatte sie in einem kleinen Dorf in der Nähe von Dijon bei den Latours eine Stelle als Kindermädchen angetreten. Da war Paul, das älteste von drei Kindern, drei Jahre alt. Sie blieb bei der Familie, bis Pauls Vater starb und die Latours sich ihren Lohn nicht mehr leisten konnten; danach nahm sie eine andere Stelle nahe Aix-en-Provence an. Paul, der sie sehr mochte, war da vierzehn, und obwohl sie sich in den folgenden Jahren nur noch selten sahen, brach der Kontakt nie ganz ab. Kurz nachdem er nach Menton gezogen war, schrieb sie ihm und fragte, ob er ihr eine Stelle besorgen könne, und durch seine Vermittlung erhielt sie schließlich den Posten als Concierge im Maison Turini. Er besuchte sie häufig, um mit ihr über die alten Zeiten zu plaudern und ihrem armen, dementen Mann eine Flasche Wein zu bringen. Warum, fragte Gibaud, habe sie sich dann die Mühe gemacht zu leugnen, dass sie M'sieur Latour kenne? *Eh bien!,* auch das war einfach. Erst am Tag davor sei der Engländer mit einem anderen Inspector da gewesen und habe ihr viele Fragen zu einem M'sieur Bourmin gestellt. Sei es da nicht eine natürliche Reaktion, der Polizei Informationen zu verweigern, die M'sieur Latour Ärger bereiten könnten? Da sei es doch nur verständlich vorzugeben, dass sie ihn nicht kenne.

III

»Also«, fragte Gibaud, als sie auf den Quai Bonaparte einbogen und gemächlich am Wasser entlangschlenderten, »was halten Sie von unserer lieben Madame Grignot? Finden Sie ihre Erklärung glaubwürdig?«

»Ja und nein«, sagte Meredith vorsichtig. »Eine feine Mixtur aus Dichtung und Wahrheit – so jedenfalls kam's mir vor.«

»Ich kann nicht ganz folgen«, sagte Gibaud. »Ihre Geschichte schien doch absolut plausibel. Zumindest hat sie sie ohne Zögern heruntergerasselt.«

»Eben!«, rief Meredith aus. »Genau das macht sie ja so verdächtig. Als Blampignon sie wegen Bourmin befragte ... na, da hätten Sie das alte Muttchen mal hören sollen! Die Wahrheit war dermaßen mit Ausschmückungen überzogen, dass es verflixt schwer war, die relevanten Hinweise herauszupulen. Sie kam einfach nicht zum Punkt. Wenn Sie mich fragen, mein Lieber, war mir ihre heutige Geschichte eine Spur *zu* glatt. Als hätte sie sie auswendig gelernt.«

»Sie meinen, Latour hat ihr mehr oder weniger eingebläut, was sie sagen soll, falls wir sie befragen?«

»Genau das«, nickte Meredith. »Ich sage nicht, dass die allgemeinen Fakten nicht stimmen. Es ist durchaus möglich, dass sie sein Kindermädchen war. Aber verdammt will ich sein, wenn ich ihre Erklärung für Latours jüngste Besuche einfach so schlucke. Die Alte weiß viel, und ich wette einen Wochenlohn, dass sie ihm gesteckt hat, er solle sich verziehen, solange es noch geht. Sehen Sie, unsere Erkundigungen nach Bourmin würden doch naturgemäß ...« Meredith brach ab und blieb mit offenem Mund auf dem Trottoir stehen, ungläubiges Staunen auf seinen adlergleichen Zügen. »Also, das ist doch ...!«

»Was haben Sie denn?«, fragte Gibaud verwirrt.

»Das Boot da drüben«, sagte Meredith und zeigte hin, »das mit den beiden schmalen roten Streifen auf dem Rumpf ...«

»Ja, was ist damit?«

Meredith beschrieb ihm in wenigen knappen Sätzen, was sich Sonntagnacht am Cap Martin zugetragen hatte. Gibaud pfiff.

»Und Sie glauben, es ist dasselbe Boot?«

»Da bin ich mir ganz sicher. Los, schnell! Fragen wir dort mal herum. Bestimmt weiß jemand, wem das vermaledeite Ding gehört.«

Und mit dieser Annahme behielt Meredith recht. Eine Gruppe braungebrannter, barfüßiger Fischer stieg gerade von einem der zahlreichen Boote, die mit ihrem gondelartigen Bug am Kai lagen. Auf Gibauds Fragen hin brachen sie in wortreiche, vielstimmige Erklärungen aus. Nachdem das Geschnatter schließlich verklungen war, wandte sich Gibaud seinem Kollegen zu, der neben ihm unruhig von einem Bein aufs andere trat und ihn sogleich fragte:

»Und?«

»Es ist in Privatbesitz und heißt *L'Hirondelle*. Ein ziemlich geräumiger, luxuriöser Kahn, sagen sie.«

»Aber wem gehört es?«, blaffte Meredith. »Das interessiert mich doch.«

Gibaud lächelte.

»Dann halten Sie sich mal gut fest und machen Sie sich auf einen ordentlichen Stromschlag gefasst.«

»Mann! Spannen Sie mich nicht so auf die Folter!«

»Nun, ob Sie's glauben oder nicht, es gehört Ihrer reichen Landsmännin.«

»Großer Gott!«, ächzte Meredith. »Mrs. Hedderwick! Aber was zum Donner ...?«

Vor dem Kommissariat dankte Meredith Gibaud für seine Hilfe und machte sich zum zweiten Mal an diesem Tag auf zur Villa Paloma. In seinem Kopf buhlten ein Dutzend Fragen um seine Aufmerksamkeit. Falls es wirklich *die Hirondelle* war, die da am steinigen Ufer des Cap Martin gelegen hatte (und Meredith war sich dessen sicher), war sie dann mit Mrs. Hedderwicks Erlaubnis unterwegs gewesen? Und wer genau war an Bord gewesen? In der Hektik ihrer Bemühungen, das Boot festzusetzen, hatte Meredith nur einen flüchtigen Blick auf die Gestalt erhascht, die so panisch die Leine losgemacht hatte, im Schein seiner Taschenlampe waren die Züge des Mannes nicht auszumachen gewesen. Eines aber stand fest: Es mussten mindestens zwei Männer an Bord gewesen sein, denn noch während der Kerl am Heck die Leine gelöst hatte, war der Motor angeworfen worden. Blieb die Frage: Wer? Latour? Bourmin? Aber hätte Letzterer von Beaulieu herkommen können? Also eher Latour?

Hatte Miss Westmacott nicht seine rätselhaften nächtlichen Ausflüge erwähnt? Ging Latour dann vielleicht immer zur *Hirondelle*? Aus welchem Grund? Weil er nicht nur der Fälscherbande angehörte, sondern auch an dem Zigarettenschmuggel beteiligt war? Womöglich irrte sich Blampignon, und es war doch ein und dieselbe Bande, die für beide verbrecherischen Aktivitäten verantwortlich war. Jedenfalls wusste Meredith, wie sein nächster Schritt aussehen würde. Er musste sich Mrs. Hedderwicks Erlaubnis besorgen, das Boot untersuchen zu dürfen. In der Hoffnung, einen Hinweis zu finden, der seine Vermutung in eine Tatsache verwandelte.

Zehn Minuten später saß er der Witwe in dem chinesischen Zimmer gegenüber. Wenngleich etwas überrascht, ihn so schnell wiederzusehen, beantwortete Nesta seine Fragen ebenso prompt wie offen. Dabei kam Folgendes heraus:

1. Außer ihr selbst hatten zwei weitere Mitglieder des Haushalts einen Schlüssel für die *Hirondelle* – Shenton und Latour.

2. Beide hatten die Erlaubnis, das Boot jederzeit zu nutzen, aber wenn mit der *Hirondelle* nachts gefahren worden war, dann wusste Mrs. Hedderwick nichts davon. In jedem Fall hatte sie keine Ahnung, dass sie in der Nacht von Sonntag auf Montag bewegt worden war.

3. Mrs. Hedderwick hatte Sonntagabend ein paar Gäste eingeladen, und die Gesellschaft war erst nach ein Uhr nachts auseinandergegangen. Shenton war die ganze Zeit da gewesen, doch Latour hatte die Villa kurz nach dem Essen verlassen.

So viel dazu, dachte Meredith, als er über die Avenue St. Michel zurück Richtung Hafen lief. Drei Personen hatten einen Schlüssel für das Boot – zwei davon hatten für Sonntagabend ein Alibi. *Eo ipso* wies alles auf Latour hin. Und sein Begleiter war entweder Bourmin oder M'sieur U. N. Bekannt, jemand, der bislang noch gar nicht unter Verdacht stand.

Blieb die Frage: Was zum Teufel hatte Latour am Cap Martin getrieben? Schmuggelware an Land gebracht? Doch es war keine ausgeladen worden, und die gesamte Zigarettenfracht war auf dem anderen Boot entdeckt worden, *bevor* sie Zeit gehabt hatten, die Ladung auf die kleineren Boote zu verteilen. War da eine Frau involviert? War das andere Besatzungsmitglied eine Frau?

Noch immer diese quälenden Fragen wälzend, erreichte Meredith das Kommissariat. Zum Glück war Gibaud noch im Haus und gern bereit, Meredith zum Hafen zu begleiten. Auf ihrem Weg durch die höhlenartigen Gassen der Altstadt brachte Meredith seinen französischen Kollegen auf den neuesten Stand.

»Und wofür genau brauchen Sie mich nun?«, fragte Gibaud, nachdem Meredith seinen Bericht beendet hatte.

»Ich dachte mir, dass vielleicht jemand gesehen hat, wer am Sonntagabend, schätzungsweise zwischen zehn und Mitternacht, an Bord der *Hirondelle* gegangen ist. Am Kai lungern doch immer ein paar Leute herum. Währenddessen nehme ich schon mal das Boot unter die Lupe. Mrs. Hedderwick hat mir den Schlüssel geliehen und mir erlaubt, nach Gutdünken zu verfahren. Ich denke mal, ihre Hilfsbereitschaft macht sie über jeden Verdacht erhaben.«

Auf dem Quai de Monleon bog Meredith nach rechts auf die Hafenmole, während Gibaud sich daranmachte, in den vielen Bars und Cafés am Ufer Erkundigungen einzuziehen. Zwei Minuten später war Meredith an Bord der *Hirondelle*. Er war zwar kein Seemann und hatte von maritimen Dingen lediglich laienhafte Kenntnisse, doch sogar er konnte die schmucken, anmutigen Linien, die hervorragende Lackierung und die überraschende Geräumigkeit des Boots bewundern. Er schloss die Tür zur Hauptkabine auf und widmete sich sogleich den diversen Kojen und Kästen, stets mit einem

Auge für alles, was auf ein Geheimfach schließen ließ. So durchkämmte er nach und nach mit gewohnter Effizienz und Vorsicht das gesamte Boot, bis er jeden Quadratzentimeter zu seiner Zufriedenheit erfasst hatte. Er prüfte den Inhalt der beiden Treibstofftanks und entdeckte anschließend in einer düsteren Nische der vorderen Kabine einen weiteren Tank; er hob den galvanisierten Deckel an und leuchtete mit der Taschenlampe hinein. Doch auch hier weckte nichts seinen Argwohn. Der Tank war, wie zu erwarten, nicht mit Chesterfield- oder Lucky-Strike-Schachteln gefüllt, sondern mit Trinkwasser. Er steckte sogar den Arm in die trichterförmigen Luftschächte im Kabinendach. Alles ergebnislos. Nach einer Stunde minuziöser Suche musste er zugeben, dass an der Konstruktion und Ausstattung des Boots rein gar nichts verdächtig war.

Nur auf einen winzigen Anhaltspunkt war er gestoßen. Unter einer Koje in der vorderen Kajüte hatte er einen halb vollen Karton leerer Weinflaschen hervorgezogen, alles Nuits Saint Georges, was ihn an die Flasche am Cap Martin erinnerte, die dasselbe Etikett getragen hatte. Das war nicht allzu überraschend, aber immerhin erhärtete sich so seine Überzeugung, dass das Boot, das dort unter den Pinien gelegen hatte, tatsächlich die *Hirondelle* war.

Er schloss alles wieder ab und sprang gerade auf die Mole, als Gibaud schnellen Schritts auf ihn zukam. Der Eile seines Kollegen entnahm er, dass er ihm etwas mitzuteilen hatte, also lief er ihm entgegen.

»Und?«, fragte er. »Hatten Sie Glück?«

Gibaud nickte.

»Ein ganz teuflisches sogar, wenn Sie mich fragen! Zwei

Hafenarbeiter haben gesehen, wie Latour Sonntagnacht gegen halb elf die *Hirondelle* bestieg. Sie sind sich ganz sicher. Überhaupt schienen sie eine ganze Menge über ihn zu wissen.«

»Sie meinen, die haben ihn nicht zum ersten Mal auf dem Boot gesehen?«

»Von wegen. Anscheinend finden diese nächtlichen Ausfahrten schon seit rund zwei Monaten statt, mindestens ein-, zweimal die Woche.«

»Teufel auch!«, rief Meredith aus, während sie sich wieder Richtung Stadt aufmachten. »Und haben Ihre Zeugen auch eine Ahnung, *warum* Latour immer nur im Dunkeln ausläuft?«

Gibaud kicherte vor zynischem Vergnügen.

»Nun, ich kann Ihnen verraten, was er den beiden gesagt hat, und überlasse Ihnen das Urteil, ob es die Wahrheit war oder nicht. Hat Hitler nicht gesagt: ›Je größer die Lüge, desto eher wird sie geglaubt‹? Offensichtlich geht Latour nach demselben Prinzip vor.«

»Wie meinen Sie das?«

»Na, raten Sie mal, was er den Burschen erzählt hat! Er wolle eine Serie der Küstenstädte bei Nacht malen, Straßenbeleuchtungen und so weiter, alles, was man vom Wasser aus eben sieht.«

»Und da wir ja mittlerweile wissen, dass er gar nicht malen kann ...« Meredith stieß einen Pfiff aus. »Keine Frage, der hat irgendwas im Schilde geführt. Und sagen Sie, letzten Sonntag, war Latour da der Einzige, den sie auf dem Boot gesehen haben?«

»Nein. Er war in Begleitung. Meinen Zeugen zufolge von

derselben Person, die ihn bei diesen dubiosen Ausfahrten immer begleitet hat. Ein älterer, weißbärtiger Mann mit einem langen schwarzen Umhang und einem breitkrempigen schwarzen Sombrero.«

»Meine Güte«, grunzte Meredith. »Das klingt ja wie der Schurke in einem altmodischen Mantel-und-Degen-Film!«

»Für Sie vielleicht, ja«, pflichtete ihm Gibaud lächelnd bei. »Aber hier im Midi sind wir solche modischen Verschrobenheiten gewohnt. Für mich ist an der Aufmachung nichts Merkwürdiges.«

»Und seine Identität?«, fragte Meredith.

»Da stehen wir leider vor einer leeren Wand. Die beiden Zeugen haben nicht die leiseste Ahnung, wer das sein könnte. Durch den Hut konnten sie sein Gesicht nicht erkennen. Und jedes Mal, wenn Latour sich kurz mit ihnen unterhalten hat, ist er einfach wortlos weitergelaufen.«

»Rätselhaft«, bemerkte Meredith.

»Nicht für einen Franzosen!«, versetzte Gibaud mit einem Funkeln in den Augen. »Sie können sich sicher denken, was die Einheimischen dazu zu sagen haben.«

»*Cherchez la femme*, wie?«

»Exakt. Der weiße Bart, der lange Umhang, der Sombrero – die perfekte Verkleidung, um die ... äh ... wie soll ich sagen ... verräterischen Idiosynkrasien der weiblichen Figur zu verbergen. Und tatsächlich denke ich«, setzte Gibaud hinzu, als sie wieder auf den Quai de Monleon einbogen, »dass diese Erklärung sehr wahrscheinlich ins Schwarze trifft!«

Kapitel 13

INDIZ AM CAP MARTIN

I

Während der folgenden vierundzwanzig Stunden liefen Merediths Ermittlungen nach dem Schub des Wochenendes sozusagen im Leerlauf. Keine neuen Entwicklungen. Keine neuen Informationen. Keine Spur von dem vermissten Latour, zu dessen Festnahme alle Polizeidienststellen des Bezirks aufgefordert worden waren. Dennoch war Meredith alles andere als untätig. Ein weiteres erschöpfendes Gespräch mit Mrs. Hedderwick hatte ihn befähigt, eine Reihe recht umfassender Fallstudien über die verschiedenen Angehörigen ihres Haushalts zu erstellen. Alle Frauen sowie dieser Bill Dillon, dem sie ständig über den Weg liefen, schienen, wie es aussah, vollkommen unverdächtig.

Bei Tony Shenton zögerte er noch mit diesem Urteil. Dafür hatte er eigentlich keinen handfesten Grund, es war lediglich die leise Ahnung, dass an dem Kerl, den er bei seinem ersten Besuch in der Villa verhört hatte, etwas faul war. Er hatte etwas Zwielichtiges, Glattes an sich, einen deutlichen Anflug von Playboy, der den Inspector misstrauisch machte. Zudem hatte Meredith den merkwürdigen Eindruck, sein Gesicht schon einmal irgendwo gesehen zu haben. Er lächelte in sich hinein. Jedes Mal, wenn einer vom CID behauptete, ein Gesicht wiederzuerkennen, hatte der Betroffene höchstwahrscheinlich einen Eintrag im Vorstrafenregister. Vielleicht war das etwas zynisch, aber so lief es nun mal.

Lohnte es sich, überlegte er, dieser Ahnung zu folgen und dem Erkennungsdienst des Yard ein Foto Shentons zu schicken? Mehr als einmal hatte er erlebt, dass solche Schüsse ins Blaue ins Schwarze trafen. Wie hatte sein alter Mentor Tubby Hart immer gesagt? »Der gewissenhafte Kriminalist dreht im Interesse seiner Ermittlung jeden Stein um und folgt jeder Fährte.«

Merediths Argumentation war folgende: Latour hatte unter Vorspiegelung falscher Tatsachen in der Villa gewohnt. Jetzt wurde er verdächtigt, mit einer Fälscherbande in Verbindung zu stehen, und war auf einen Wink bezüglich der jüngsten Polizeimaßnahmen hin schleunigst verduftet. Ein junger Mann, der in derselben Villa wohnte, hatte ein Gesicht, das einem Angehörigen des CID bekannt vorkam – wenn das nicht etwas zu bedeuten hatte, dann hatten Schweine Flügel!

Daher befand sich seit Dienstagmittag ein Foto Shentons samt einem Begleitschreiben des Inspector auf dem Weg zum Yard. Die Sache trug den Vermerk *Dringend*.

II

Für Acting-Sergeant Strang war dieser Dienstag ein segensreiches und denkwürdiges Intermezzo zwischen zwei Phasen der Hochdruckaktivität. Meredith, der sich zum wiederholten Mal in die Sichtung der vorhandenen Indizien versenkte, verspürte nicht geringe Lust, seinen Untergebenen von der beruflichen Leine zu lassen. Sosehr er auch die Begeisterung und Effizienz des Jungen schätzte, gab es doch Zeiten, da ihn sein lebhaftes Geplapper und sein grenzenloser Eifer ein wenig störten. Vielleicht trug auch ein gewisser tief sitzender sentimentaler Zug im Wesen des Inspector dazu bei, dass er Freddy den Tag frei gab. Einen Tag, den Freddy ausschließlich Dilys Westmacott zu widmen gedachte. Vorausgesetzt natürlich, sie kooperierte.

Was sie ihm bei ihrem Treffen auf der Terrasse des Mentoner Casinos auch signalisierte, worauf sie vereinbarten, sich gleich nach dem Mittagessen zu einem Spaziergang zum Cap Martin aufzumachen.

Das wolkenlose Wetter hielt an. Die Luft perlte wie trockener, prickelnder Wein. Das Blau des Mittelmeers, das in Ufernähe zu einem herrlichen Violett und Grün changierte, leckte an der sonnenüberfluteten Küste, sanft wie ein Kätzchen an einer Schale Milch. Unter den Pinien lagen die Schatten kühl und schwer, und hier und da fiel ein leuchtendes Lichtband über die Straße, die sich am Kap entlangwand. Hinter den Pinien verließen sie die Straße und stiegen über die Felsbrocken bis zu der Stelle, wo das Land gleich einem Dolch ins Meer hinabstürzte. Am Wasser saßen ein paar Angler, verstreut wie große schwarze Möwen. Bei ihrem Anblick fragte Dilys besorgt:

»Angeln Sie gern, Freddy?«

»Ich? Großer Gott, nein!«, versetzte Freddy abschätzig. »Mir ist das aktive Leben lieber. Ich kann nicht begreifen, was Menschen dazu treibt, auf einem großen, feuchten Stein zu sitzen und einen großen, feuchten Wurm auf einen Haken zu stecken, in der trostlosen Hoffnung, einen kleinen, feuchten

Fisch zu fangen. Ganz abgesehen davon bin ich viel zu ungeduldig. Das dürften Sie ja schon bemerkt haben.«

»Wäre ›ungestüm‹ nicht das bessere Wort?«, lächelte Dilys.
»Aber ich bin froh, dass Sie nicht angeln. Tony ist ganz verrückt danach.«

»Tony?«

»Tony Shenton – den haben Sie gestern in der Villa gesehen, als Sie die ganzen Fragen gestellt haben.«

»Ach, der große blonde Kerl mit der knallroten Vedette.
Ehrlich gesagt, Dilys, seine Nase gefällt mir nicht.« Dann fiel
ihm plötzlich wieder die Szene ein, die er vor der Garage beobachtet hatte, und sagte gedankenlos: »Ja, klar, der angelt.
Jetzt fällt's mir wieder ein. Er hatte damals eine Rute und
einen Fischkorb dabei.«

Dilys ließ sich auf den nächsten Stein sacken und schaute
ihn verblüfft an.

»Was reden Sie denn da? Sie haben Tony davor schon mal
gesehen? Darf ich fragen, *wo* das war, oder ist das auch wieder
so ein elendes Berufsgeheimnis?«

»Ach herrje, nein!«, protestierte Freddy. »Das ist alles ganz
einfach. Sehen Sie, ich war ...« Er japste wie ein Hecht am
Haken, schluckte schwer und sah Dilys mit gequälter Bestürzung an. »Ach, verflixt! Diesmal bin ich aber so richtig rein-
getreten. Weiß gar nicht, wie ich's erklären soll. Ist mir verdammt peinlich. Denn eigentlich hätte ich gar nicht dort sein
sollen ... Ich meine, um zu spionieren ... Das gibt ein ziemlich
schwaches Bild ab, ich weiß. Aber sehen Sie, es ist so ...«

Und dann packte Freddy den Stier mutig bei den Hörnern
und legte ein volles Geständnis seiner morgendlichen Späh-
tour in die Avenue St. Michel ab. Doch als Dilys hörte, dass er

nicht zufällig dort gewesen war, sondern in der Hoffnung, sie zu sehen, fühlte sie sich geschmeichelt. Zutiefst erleichtert, dass sie ihn deswegen nicht zur Schnecke machte, erzählte Freddy ihr, was er vor der Garage gesehen hatte.

»Sie meinen, Tony hatte in dem Korb nichts als einen gewöhnlichen Stein?«, fragte Dilys ungläubig.

»Ja, das ist doch merkwürdig, nicht? Der Typ ist offenbar gaga oder so. Verschwindet er öfter mal frühmorgens zum Angeln?«

»So ein-, zweimal die Woche. War mir immer ein Rätsel. Angeln und Tony, das passt irgendwie nicht.«

»Seit wann interessiert er sich denn schon für diesen scheußlichen Sport?«, fragte Freddy, während er beiläufig einen kleinen Kiesel aufnahm und ihn nach einer leeren Weinflasche warf, die auf einem Stein in der Nähe stand.

»Ach, den Fimmel hat er erst seit Kurzem.«

Freddy suchte nach einem weiteren geeigneten Wurfgeschoss.

»Was meinen Sie mit ›seit Kurzem‹?«

»Das hat wohl so vor rund zwei Monaten angefangen ...« Abrupt brach Dilys ab und schaute Freddy argwöhnisch an. »Hören Sie mal, Sie Schuft, entspringen diese Fragen natürlicher Neugier oder sind sie Teil eines sehr subtilen Verhörs?« Sie seufzte. »Sie sind schon ein bisschen anstrengend, Freddy. Können Sie denn nicht mal für ein paar Minuten vergessen, dass Sie Polizist sind?«

»Tut mir leid«, grinste Freddy. »Macht der Gewohnheit.« Er klaubte den nächsten Kiesel auf, und diesmal traf er die Flasche, worauf er einen Triumphschrei ausstieß. »Getroffen! Beim dritten Versuch. Gar nicht so schlecht, hm?«

»Aber schrecklich gedankenlos«, meinte Dilys. »Jetzt liegen da Hunderte gemeiner scharfer Splitter ...« Sie brach ab und starrte ihn bestürzt an. »Freddy! Was ist los? Was haben Sie denn?«

Er stand da wie vom Donner gerührt, den Blick auf die grauen, vom Wasser geglätteten Steine geheftet. Nur mit Mühe konnte er sich von dem Gegenstand losreißen, der so unerwartet seine Aufmerksamkeit gefesselt hatte. Dann aber sagte er beruhigend lächelnd:

»Ach ... äh ... es ist nichts Wichtiges. Mir ist gerade bloß eine Idee gekommen. Das hat nichts mit Ihnen zu tun, mir ist nur etwas ins Auge gestochen, das einen verblüffenden Gedankengang ausgelöst hat.«

»Der Meisterdetektiv bei der Arbeit!«, rief Dilys neckend. »An diese Augenblicke genialer Offenbarungen werde ich mich schon irgendwann gewöhnen, Freddy. Momentan aber finde ich sie noch ziemlich lästig.« Sie streckte ihm eine Hand entgegen, damit er ihr aufhalf. »Wie wär's, wenn Sie sich zur Abwechslung mal auf mich konzentrieren.«

Mit einem liebevollen Kichern ergriff Freddy ihre Hand und zog sie hoch.

»Ich bin irrsinnig gut in allem, was mir leicht fällt! Tatsache ist ...«, er blickte sich vorsichtig um, »wenn hier nicht alles so offen und einsehbar wäre, dann ...«

Er unternahm den hastigen Versuch, einen Kuss zu erhaschen, verlor aber das Gleichgewicht, rutschte weg und lag unversehens ebenso unwürdig wie verlegen zu Füßen seiner Angebeteten. Eine wahrlich verpfuschte Gelegenheit, die Freddy jedoch durch eine so meisterhafte wie erfolgreiche Wiederholung unter den abschirmenden Ästen der Pinien mehr als wieder gutmachte. Anschließend schonte er seine Schuhsohlen, denn auf ihrem Rückweg über die sonnenbestrahlte Promenade ging Freddy müde, aber glücklich wie auf Wolken.

III

Nachdem sich Freddy vor der Villa Paloma widerstrebend von Dilys verabschiedet hatte, eilte er durch die Stadt zurück zum Hotel Louis. Ungeduldig klopfte er an Merediths Tür.

»*Qui est là?*«, antwortete dieser in seinem störrischen Inselakzent.

»Strang, Sir. Kann ich kurz mit Ihnen sprechen?«

»O.k. Es ist offen.«

Meredith saß ohne Jackett, die Ärmel hochgekrempelt, in einer Aura aus Tabaksqualm und sichtete die Dokumente, die verstreut vor ihm auf dem Tisch lagen. Er begrüßte Strang mit einem breiten Grinsen.

»Na, Sie kleiner Casanova, wie meint es das Leben mit Ihnen? Nach Ihrer hektischen Röte und den zerzausten Haaren zu urteilen, dürften Sie einen sehr interessanten Nachmittag gehabt haben. Netter Spaziergang, wie?«

Freddy lächelte verlegen.

»Ja, Sir ... danke. Aber ich platze nicht bei Ihnen rein, um Sie mit meinen Privatangelegenheiten zu belästigen.«

»Das ist doch keine Belästigung, Sergeant. Als Ihr Vorgesetzter verfolge ich den Fortgang Ihrer kleinen Romanze natürlich mit dem allergrößten Interesse. Aber wenn Sie nicht hier sind, um mit mir über diese junge Frau zu sprechen, um was ...«

Freddy unterbrach ihn eifrig:

»Hören Sie, Sir, hätten Sie etwas dagegen, mir den Wagen zu leihen?«

»Wozu in aller Welt?«

»Ich habe da so eine Ahnung, und der würde ich gern nachgehen. Vielleicht bin ich komplett auf dem Holzweg, aber ich glaube, dass ich dem Modus Operandi dieser Fälscherbande auf der Spur bin.«

»Teufel aber auch!«, pfiff Meredith. »Einfach so, hm? O. k., Sergeant. Setzen Sie sich und machen Sie mich schlau. Zu diesem Zeitpunkt unserer Ermittlungen ist noch die leiseste Ahnung fast gleichbedeutend mit Manna in der Wüste. Also – schießen Sie los!«

Eine gute Viertelstunde lang redete Freddy, und Meredith hörte bis auf gelegentliche sachliche Nachfragen aufmerksam zu. Danach sprang er auf, streifte die Ärmel hinab, griff nach seinem Jackett, nahm den Hut vom Türhaken, rammte ihn sich auf den Kopf und sagte:

»Sausen Sie sofort in die Garage, Junge, und holen Sie den Wagen. Ich komme mit. Ich muss nur noch vorher kurz die Papiere da ordnen und einschließen. Wir treffen uns in dreißig Sekunden vor dem Eingang. O. k. – ab mit Ihnen!«

Doch als Meredith am Empfang vorbeieilte, wurde er vom *maître d'hôtel* aufgehalten.

»Dringender Anruf für Sie, M'sieur. Ich habe ihn wie üblich in mein Büro durchstellen lassen. Es ist Inspector Gibaud vom Kommissariat.«

»Danke«, nickte Meredith. »Ich nehme ihn sofort entgegen. Ich möchte Sie übrigens um einen Gefallen bitten.«

»Gewiss, M'sieur, was immer Sie wünschen.«

»Ich hätte gern, dass Sie mir eine Flasche Nuits Saint Georges besorgen – eine leere Flasche. Ginge das?«

Der *maître d'hôtel* machte große Augen.

»Eine *leere* Flasche, M'sieur?«

»Genau das«, nickte Meredith.

»Sehr gern, M'sieur. Es ist sicherlich eine eher ungewöhnliche Bitte, aber ich hole Ihnen gleich eine.«

Als Meredith fünf Minuten später, die Weinflasche unterm Arm, durch die Drehtür zum Wagen ging, in dem Strang wartete, merkte dieser sofort, dass etwas nicht stimmte. Der Inspector machte ein Gesicht, als hätte man ihm den Saft einer unreifen Zitrone eingeflößt.

Während Meredith sich mürrisch auf den Fahrersitz zwängte, fragte Strang höflich:

»Ist was passiert, Sir?«

»Ob was passiert ist!«, fauchte Meredith. »Das kann man wohl sagen!« Mit einem bösen Ruck rammte er den Gang ein und ließ die Kupplung los. »Daran hätte ich denken müssen, Sergeant. Ich lasse nach. *Anno domini,* nehme ich an. Was aber *keine* Entschuldigung sein soll.«

»Das kapiere ich nicht, Sir.«

»Ach nein? Dann erkläre ich's Ihnen. Gerade hat Gibaud angerufen. Es ist Dienstag. Die Hirondelle soll also Montag gegen 23 Uhr ausgelaufen sein. Seine Zeugen schwören, dass einer der Männer an Bord Latour war.«

»Latour!«, rief Strang aus. »Aber ich dachte ...«

»Wie wir alle!«, erwiderte Meredith. »Und genau darüber sind wir gestolpert. Wir dachten natürlich, Latour sei aus Menton geflüchtet. Stattdessen hat sich der schlaue Hund offenbar irgendwo direkt vor unserer Nase versteckt.«

»Und er war nicht allein auf dem Boot, Sir?«

»Nein!«, blaffte Meredith. »Bei ihm war wieder dieser merk-würdige Kerl in dem langen schwarzen Umhang, von dem ich Ihnen gestern Abend erzählt habe. Herrgott, ich könnte mich in den Hintern treten. Ich hätte Gibaud sagen müssen, dass er einen Mann am Kai postieren soll, um das Boot zu überwa-chen. Jetzt ist Latour uns zum zweiten Mal durch die Lappen gegangen. Ich konnte lediglich noch veranlassen, dass heute Abend jemand dort Wache hält.«

»Aber Sir!«, rief Strang aus, als Meredith in die Avenue de Verdun Richtung Promenade du Midi einbog. »Das passt doch perfekt zu meiner Theorie. Ich meine, wenn Latour letzte Nacht mit dem Boot raus ist, dann würde das doch er-klären, dass ...«

Meredith fiel ihm ins Wort, und seine schlechte Laune war wie weggeblasen.

»Natürlich! Auf den Trichter bin ich gar nicht gekommen.« Und als fiele es ihm gerade beiläufig ein, setzte er hinzu: »Ist Ihnen übrigens aufgefallen, was mit der Flasche passiert ist, die wir Sonntagnacht gesehen haben? Auf Ihrem Spazier-gang heute Nachmittag sind Sie doch bestimmt an der Stelle vorbeigekommen, wo das Boot gelegen hat.«

Freddy nickte ernst.

»Allerdings, Sir. *Sie war weg!*«

Meredith stieß ein langes, leises Pfeifen aus. Dann erklärte er, mit einem Mal optimistisch:

»Bei Gott, Strang! Ich glaube, wir haben sie. Wir haben sie am Haken, mein Junge.«

Cap Martin, die Villa Valdeblore in Beaulieu, dann zurück nach Menton und zur Villa Paloma – erst lange nach Abendessenszeit kamen Meredith und Strang wieder im Hotel Louis an. Doch nur ein Wort zum *maître d'hôtel*, und die beiden saßen schon bald im verlassenen Speisesaal vor einem hervorragenden späten Mahl. Sie waren in Hochstimmung, die von der Flasche Beaujolais, die Meredith zur Feier des Tages bestellt hatte, einen besonderen Glanz erhielt. Ihre abendlichen Ermittlungen hatten Ergebnisse gezeitigt, die im Lichte von Merediths voriger Bedrücktheit fast einem Wunder gleichkamen. Den Ball ins Rollen gebracht hatte Freddys Eingebung, und ihre nachfolgenden Erkundigungen in den beiden Villen hatten ihm noch mehr Schwung verliehen. Auf einmal hatte sich eine ganze Reihe bezugsloser Indizien wie durch Zauberei zu einem klaren, aufschlussreichen Muster gefügt. Ereignisse, die sie zuvor verblüfft hatten, ließen sich nun mit erstaunlicher Leichtigkeit erklären. So war es doch immer, dachte Meredith, hatte man erst die Lösung eines Problems entdeckt, war es schwer zu glauben, dass es überhaupt ein Problem gegeben hatte.

Doch dem Inspector war nicht danach, mit einer Analyse ihres Glücks Zeit zu vergeuden. Es war zwar schon nach zehn Uhr, dennoch war er viel zu aufgedreht, um die Untersuchungen für heute ruhen zu lassen. Rasch leerte Meredith seinen Kaffee, nickte Strang zu, und sie liefen hinaus zum Wagen.

Eine dreiminütige Rennfahrt durch zunehmend leere Straßen brachte sie zum Hafen. Der Gendarm, den Gibaud abgestellt hatte, um die *Hirondelle* im Auge zu behalten, stand tief im Schatten der hohen Steinmole des Hafenarms, nur wenige Meter von dort, wo das Boot an seinem Liegeplatz dümpelte.

»*Eh bien?*«, fragte Meredith.

»*Pas de personne, M'sieur.*«

»*Bon!*«

Das war nicht gerade ein wortreicher Austausch, dachte Meredith, aber immerhin im Rahmen seiner sprachlichen Fertigkeiten. Außerdem hatte er trotzdem alles erfahren, was er wissen musste. An Strang gewandt sagte er:

»O. k., Sergeant, gehen wir an Bord.«

Er knipste seine Taschenlampe an, gebot dem Sergeant, es ihm gleichzutun, sperrte die Kabinen auf, und gemeinsam machten sie sich an die Arbeit. Für Meredith stellte die gründliche Durchsuchung der *Hirondelle* natürlich eine Wiederholung von derjenigen des Vortags dar. Dieses Mal aber vollzog sie sich im Lichte seiner Überzeugung, gestern einen wichtigen Hinweis übersehen zu haben, und fiel daher noch minutiöser aus.

Doch auch eine halbe Stunde später hatten sie nichts gefunden. Meredith sah Strang kopfschüttelnd an.

»Ich begreife das nicht, Sergeant. Ich hätte schwören können, unsere Theorie ist ein Schuss ins Schwarze. Verdammt will ich sein, wenn ich weiß, wo wir in die Irre gelaufen sind. Ich bin völlig überfragt. Das gebe ich offen zu.«

»Machen wir dann Schluss für heute, Sir?«

»Oh nein, mein Junge«, versetzte Meredith störrisch. »Wir fangen von vorn an. Kommen Sie, wir arbeiten uns langsam von hinten zum Cockpit vor. Und wenn es die ganze Nacht dauert.«

Es war nicht das erste Mal, dass Merediths Sturheit und

Gründlichkeit sich auszahlten, denn zwanzig Minuten später stießen sie auf die Lösung des Problems, das sie so verwirrt hatte.

»Na, was haben wir denn da!«, kicherte Meredith erfreut. »Was sagen Sie dazu, Sergeant? Genial, oder? Das muss man ihnen lassen. Ihnen ist natürlich klar, was diese Entdeckung bedeutet?«

»Dass wir den Fall geknackt haben, Sir.«

»Das denke ich auch. Zumindest ist Blampignon jetzt in der Lage, die Haftbefehle auszustellen. Das war wirklich ein nützlicher und äußerst befriedigender Tag, mein Junge. Bis auf eine Ausnahme haben wir jetzt alle Mitglieder der Bande mehr oder weniger im Sack.«

»Bis auf Chalky Cobbett, meinen Sie, Sir?«

»So ist es, Strang. Der Mann, den wir hier aufspüren und festnehmen sollten. Enttäuschend, nicht? Ich hasse es, wenn ein Fall nicht bis ins letzte Detail geklärt ist«, sagte Meredith, während er die Tür der vorderen Kabine abschloss. »Trotzdem, es ist genug, dass ein jeglicher Tag seinen eigenen Fortschritt habe. Wir dürfen keine Wunder erwarten. Bereit, Sergeant? Wird Zeit, dass wir ein wenig Schlaf nachholen. Wir haben einen langen, erschöpfenden Kriegsrat mit unserem guten Freund Blampignon vor uns. Der wird sich freuen wie ein Schneekönig!«

Kapitel 14

BLÜTEN IM UMLAUF

1

Ein früher Anruf in Nizza veranlasste Inspector Blampignon, in einem Höllentempo nach Menton zu rasen. Gibaud hatte ihnen sein Büro zur Verfügung gestellt, und so saßen Meredith, Strang, Blampignon und Gibaud am Mittwoch um zehn Uhr in dem kleinen nüchternen Raum im ersten Stock des Kommissariats zusammen.

Die Atmosphäre dieser Konferenz war naturgemäß von kaum gezügelter Erregung. Denn nach Wochen mäßiger Fortschritte hatte der Fall nun jene Endphase erreicht, in der unbewiesene, wenn auch plausible Spekulationen durch belegte Fakten ersetzt werden konnten. Blampignon, der über sein ganzes rundes, gutmütiges Gesicht strahlte, saß wie auf glühenden Kohlen und konnte sich vor Ungeduld kaum auf dem Stuhl halten. Gibaud hatte gerade die Tür geschlossen und sich hinter seinen Schreibtisch gesetzt, da brach es schon aus Blampignon hervor:

»*Mon Dieu!* Soll ich denn vor Anspannung sterben, *mes amis*? Sagen Sie endlich, was genau haben Sie herausgefunden?«

»Praktisch alles, verdammt!«, grinste Meredith, der mit aufreizender Gemütsruhe ein Streichholz an seine Pfeife hielt. »Aber den Anstoß dürfen Sie nicht von mir erwarten. Den müssen wir schon dem Sergeant überlassen, schließlich ist er derjenige, der die Lunte entzündet hat. Und mit Ihrer Erlaubnis, Gentlemen, bitte ich ihn nun, mit dem Bericht zu beginnen. Einverstanden?« Die beiden französischen Beamten nickten. »O. k., Sergeant. Jetzt sind Sie dran.«

»Aber ... wo genau soll ich denn anfangen?«, stammelte Freddy, von der Verantwortung, die ihm so plötzlich aufgebürdet worden war, ein wenig überfordert.

»Am besten am Anfang, mein Junge«, schlug Meredith trocken vor. »Das ist immer eine solide Sache.«

»Sie meinen, mit dem, was ich an dem Morgen vor der Garage der Villa Paloma gesehen habe?« Meredith nickte. »O. k., Sir. Also, letzten Sonntagmorgen war ich ...«

Und ohne weiteres Aufhebens beschrieb Freddy detailliert, was er alles durch das Gittertor beobachtet hatte – wie Shenton mit der Vedette ankam, den seltsamen »Fang«, den er von seinem frühmorgendlichen Angelausflug mitgebracht hatte, und wie er den Stein mit den Teerflecken hastig verbarg, als das Hausmädchen in den Hof kam. Auf Blampignons Bitten hin musste er immer wieder pausieren, damit Gibaud einen Satz übersetzen konnte, den sein Kollege nicht verstanden hatte. Dann kam Freddy zu dem Spaziergang, den er am gestrigen Nachmittag mit Dilys unternommen hatte. Nachdem er ihren Weg zum Cap Martin beschrieben hatte, fuhr er fort:

»Wir stiegen über die Steine zu einer Stelle ein paar Meter vom Ufer entfernt, Miss Westmacott setzte sich hin, und wir unterhielten uns. Der langen Rede kurzer Sinn, mir fiel eine leere Weinflasche auf, die auf einem Stein stand.« Freddy grinste. »Ich konnte der Gelegenheit nicht widerstehen und warf mit ein paar Kieseln danach. Beim dritten Mal traf ich das Ding endlich, und da habe ich den Brocken gesehen.«

»Den Brocken?«, fragte Blampignon. »Was ist das?« Gibaud erklärte es ihm. »Ah! Den Stein. Und was hat das zu bedeuten, *mon ami?*«

»Nun, Sir, mir ist aufgefallen, dass darauf genau die gleichen Teerflecken waren wie auf dem, den Shenton aus seinem Korb genommen hat. *Und die Anordnung der Flecken – fünf Punkte wie bei einer schiefen Domino-Fünf – war identisch!*«

»*Mon Dieu!*«, stieß Blampignon hervor. »Weiter! Weiter!«

»Ich habe gleich erkannt, dass diese fünf Punkte nicht zufällig dahingekommen sein konnten – ich meine, in beiden Fällen die genau gleiche Anzahl und Anordnung. Es war offensichtlich, dass sie *draufgemalt* waren. Da ist mir die Idee gekommen, dass die Flasche irgendwie mit dem Brocken in Verbindung stehen könnte – dass sie vielleicht eine Art Markierung darstellte. Und ohne dass Miss Westmacott es merkte, konnte ich das Etikett auf den Scherben entziffern. Nuits Saint Georges, Sir.«

»Nuits Saint Georges!«, wiederholte Blampignon aufgeregt und sagte dann zu Meredith: »War nicht auch die Flasche, die Sie gesehen haben, als wir Sonntagnacht das Boot überraschten, von dieser Marke!«

»Genau«, nickte Meredith. »Und sie war aus demselben Grund dort – um die Stelle zu markieren, wo einer dieser bemalten Brocken vom Boot hingebracht worden war. Als Strang gestern an der Stelle vorbeikam, war die Flasche weg. Vermutlich war der Brocken in der Zwischenzeit abgeholt und die Flasche ins Meer oder ins Gestrüpp geworfen worden.«

»Aber warum ...? Was ...?«, stammelte Blampignon mit einem verständnislosen, beinahe dümmlichen Ausdruck im Gesicht.

Meredith lachte.

»Ich erläutere Ihnen mal die Zusammenhänge, mein Lieber. Was dagegen, wenn ich weitermache, Sergeant? Schön! Dann wenden wir uns jetzt dem Fundament des Rätsels zu. Das Boot, das wir Sonntagnacht überraschten, war tatsächlich die *Hirondelle* – Irrtum ausgeschlossen. An Bord war Latour mit U. N. Bekannt – dieser mysteriösen Gestalt mit Umhang und Sombrero, die, wie mein guter Freund Gibaud hier behauptet, eine Frau ist. Latour war nur aus einem einzigen Grund dort – um einen dieser seltsamen Steine an Land zu bringen und die Stelle mit einer leeren Flasche Nuits Saint Georges zu kennzeichnen. Auf dem Boot habe ich übrigens eine Kiste entdeckt, die halb voll mit diesen Flaschen war.«

»*Mon Dieu!*«, rief Blampignon erneut und schlug sich voller Verzweiflung beide Hände an den Kopf. »Halten wir uns nicht mit diesen Flaschen auf. Was ich nicht verstehe, sind die Steine.«

»Das haben wir anfangs auch nicht kapiert«, räumte Meredith ein. »Bis wir einen in die Hände bekamen und öffnen konnten.«

»Öffnen?«, fragte Gibaud verwirrt. »Wie zum Teufel meinen Sie das?«

»Unter dem mittleren Punkt der Domino-Fünf steckt ein Schnappverschluss. Zufällig habe ich an der richtigen Stelle gedrückt, und das obere Teil des Dings klappte auf. In den Boden war eine dicke Bleiplatte eingelassen, um den Gewichtsverlust durch die Höhlung auszugleichen. Geschickt, wie? Der Stein sah vollkommen echt aus und fühlte sich auch so an.«

»Und die Höhlung«, fragte Blampignon, »wozu ist die da?«

»Um ein schönes dickes Bündel Falschgeld aufzunehmen, knackig frisch aus der Presse.«

Blampignon sprang auf.

»So machen die das also! Die Presse war die ganze Zeit auf der *Hirondelle* – wollen Sie das sagen?«

»Genial, was?«, kicherte Meredith. »Gibt es einen besseren Ort dafür? Latour brauchte nur nachts vor der Küste herumzufahren, die vereinbarte Menge Falschgeld zu drucken, es in einen dieser Steine zu packen und das Ding an einer einsamen Uferstelle abzulegen.«

»Aber wozu der ganze Aufwand?«, fragte Gibaud. »Warum nicht einfach mit den Scheinen in der Tasche vom Boot marschieren?«

»Weil jederzeit die Möglichkeit bestand, dass die Polizei wegen der nächtlichen Ausfahrten der *Hirondelle* Verdacht schöpft. Sollte das Boot durchsucht oder Latour gefilzt werden, wenn er an Land ging … Na, da hätte er ebenso große Chancen gehabt, damit durchzukommen, wie ein Eiszapfen in der Hölle! Das Geld war heiß, und Latour wollte kein Risiko eingehen. Nicht unvernünftig, wie Sie zugeben werden. Durch diesen Modus Operandi gab es keinerlei Verbindung zwischen dem Hedderwickschen Boot und irgendwelchen unsauberen Geschäften.«

»Keinerlei Verbindung?«, rief Blampignon, der nun in heller Aufregung durchs Büro tigerte. »Wie meinen Sie das? Und was ist mit der Druckerpresse? Die Polizei ist doch nicht so dumm, keine Fragen zu stellen, wenn sie auf einem Boot eine Druckerpresse findet? *Merde!* Das kann ich einfach nicht glauben, *mon vieux*.«

»Moment! Nicht so schnell!«, lächelte Meredith. »Ihr Franzosen seid doch immer so stolz auf eure Logik. Also lassen Sie uns die Sache doch mal von einem logischen Standpunkt aus betrachten.«

»*Eh bien*, das mache ich doch gerade!«, protestierte Blampignon.

»Nicht ganz«, korrigierte ihn Meredith. »Mal ehrlich, mein Alter, Sie würden das Boot doch nur dann nach einer illegalen Druckerpresse durchsuchen, wenn Sie den eindeutigen Beweis hätten, dass Latour Mitglied einer Bande ist. Und wenn weder er noch einer seiner Komplizen mit falschen Scheinen erwischt werden, wenn sie an Land gehen, würden Sie dann ernsthaft annehmen, dass die Blüten auf der *Hirondelle* gedruckt werden? Die darüber hinaus im Besitz der im höchsten Maße angesehenen Mrs. Hedderwick ist.«

»Nein«, räumte Blampignon zerknirscht ein. »Das stimmt. Wir hätten keinen Grund für diesen Verdacht.«

»Eben. Vergessen Sie nicht, dass wir nur über den Tabakhändler Guillevin und den buckligen Jacques Dufil auf Latour gekommen sind. Dass er Dufil mit Falschgeld bestochen hat, war eine irrwitzige Achtlosigkeit. Und selbst da hätten wir die Bande nicht mit der *Hirondelle* in Verbindung gebracht, wenn wir sie nicht zufällig Sonntagnacht vor dem Cap Martin angetroffen hätten. Einverstanden?«

»*Mais oui*«, sagte Blampignon. »Das klingt vernünftig.«

»Also, das wäre mein erster Punkt. Nun zum zweiten. Meine Ermittlungen hatten mich zwar zur *Hirondelle* geführt, doch konnte ich dort nichts Verdächtiges finden. Zugegeben, als ich das Boot am Montag durchsuchte, hatte ich keine Druckerpresse im Sinn, ich hatte ja noch keine Ahnung, wie sie die Sache abwickelten. Können Sie mir folgen?«

»*Oui, oui – parfaitement*«, nickte Blampignon.

»Aber als Strang und ich das Boot gestern Abend noch einmal durchsuchten, *erwarteten* wir, die Presse zu finden. Doch auch da hätten wir unsere Theorie über Bord geworfen und uns eingeredet, dass die Presse *nicht* auf der *Hirondelle* ist, wenn uns nicht ein glückliches Missgeschick zu Hilfe gekommen wäre.«

»Und wie haben Sie sie dann gefunden?«, fragte Gibaud begierig. »Und wo?«

Meredith zwinkerte durchtrieben:

»Oh nein, das kriegen Sie nicht auf dem Präsentierteller serviert. Wenn wir hier fertig sind, fahren wir zum Hafen, und Sie und Blampignon können das verdammte Ding selbst entdecken! Lassen Sie uns vorher aber noch einmal etwas anderes in den Blick nehmen – und zwar, wie die Blüten abgeholt und verteilt werden, nachdem sie gedruckt wurden. Soweit der Sergeant und ich feststellen konnten, besteht die Bande nur aus drei Männern – vier, wenn wir den flüchtigen Chalky dazuzählen.«

»Und das sind?«, fragte Gibaud.

»Latour, Shenton und Bourmin. Latour druckt, Shenton holt ab, Bourmin verteilt. Und von diesen dreien, da bin ich mir sicher, ist der Engländer der Kopf der Bande. Nun zu den Einzelheiten. Sie erinnern sich an die Aussage des Sergeant bezüglich Shentons morgendlicher Angelausflüge?« Die beiden französischen Beamten nickten. »Nun, das war sein

Alibi, um die Scheine abholen zu können. Einfach, nicht? Ein bisschen angeln gehen, am Cap Martin, oder wo auch immer sie vereinbart hatten, die Blüten an Land zu bringen. Erst sucht er die leere Weinflasche, dann in deren Umgebung nach einem mittelgroßen Stein mit fünf Teerflecken drauf. Und selbst wenn noch andere Angler vor Ort wären, wäre es für Shenton ein Leichtes, den Stein unbemerkt in seinen Korb zu stecken.«

Gibaud protestierte:

»Ich finde das trotzdem noch zu kompliziert für eine simple Geldfälscherei.«

»Kein bisschen. Die Scheine mussten in irgendeinem Behältnis an Land gebracht werden, und dieses Behältnis musste mit der Umgebung verschmelzen. Was ist da besser geeignet als ein großer Stein zwischen Millionen anderen? Jedenfalls haben wir mittlerweile unwiderlegbare Beweise, dass Shenton so gearbeitet hat. Als wir gestern Abend zum Cap Martin fuhren, nahmen wir eine leere Flasche Nuits Saint Georges mit und stellten sie auf den Stein, auf dem der Sergeant die ursprüngliche Markierung entdeckt hatte – die, die er mit dem Kiesel zerdeppert hat! Um kein Misstrauen zu erregen, sammelten wir sämtliche Scherben auf. Später führte ich in der Villa Paloma noch ein vertrauliches Gespräch mit Miss Westmacott. Ich bat sie, darauf zu achten, ob Shenton frühmorgens zu einem seiner Angelausflüge aufbrach. Wenn ja, sollte sie mich im Hotel anrufen.«

»Und das hat sie getan?«, fragte Blampignon.

»Ja – er ist gegen halb sieben losgefahren. Und wenn das kein eindeutiger Beweis ist, fresse ich einen Besen!«, kicherte Meredith. »So viel dazu. Nachdem der Sergeant über diesen Stein gestolpert war, passten plötzlich sämtliche Glieder unserer Beweiskette bestens zusammen. Wir fuhren zu Malloys Villa in Beaulieu und fanden genau das, wonach wir suchten – einen vollkommen natürlich wirkenden Stein mit fünf Flecken, mit dem eines der Garagentore offen gehalten wurde.«

»Aber wie ist er denn da hingekommen?« fragte Blampignon sogleich. »Dieser Bourmin verteilt doch die Blüten. Er ist nicht der, der sie abholt. Das haben Sie doch gerade selbst gesagt.«

»Stimmt, mein Lieber. Diese Frage haben wir uns auch gestellt. Hat Bourmin die Scheine bei Shenton in Menton abgeholt? Hat Shenton sie ihm gebracht? Und wenn ja, wann und wo? Uns schien, dass es für Shenton und Bourmin nicht gerade leicht war, sich zu verabreden. Bourmin wusste nie so genau, wann er Dienst hatte, er wurde oft sehr kurzfristig gebraucht, wie der Colonel klargestellt hat. Und auch Shenton mit seinem ziemlich angefüllten Privatleben konnte nicht aus der Villa huschen, wenn es ihm gerade passte.« Meredith wandte sich an Strang. »Und dann sind wir auf die Erklärung gestoßen, nicht wahr, Sergeant?«

»Ja, das war ein absoluter Volltreffer, Sir!«, rief Strang.

»Sehen Sie«, fuhr Meredith fort, »wir haben erfahren, dass Bourmin die Malloys jeden Freitag zu einem Bridgeabend zur Villa Paloma brachte. Da dachten wir natürlich sofort daran, dass das die gesuchte Verbindung sein könnte. Das war die Gelegenheit für Bourmin, die Blüten zu übernehmen, ohne den geringsten Argwohn zu wecken. Uns hatte ja auch niemand davon berichtet, dass Bourmin Latour oder Shenton kannte.«

»Und dann haben Sie festgestellt, dass Ihre Theorie stimmt ... Aber wie?«, fragte Blampignon.

»Von Beaulieu fuhren wir direkt zu Mrs. Hedderwick. Und vor der Garage fanden wir einen weiteren gefleckten Stein. Verstehen Sie, wie wunderbar einfach das alles war? Bourmin legt den leeren Stein in den Rolls – unter den Fahrersitz oder an eine andere passende Stelle. Nachdem er die Malloys an der Eingangstür abgesetzt hat, parkt er den Wagen vor der Garage hinter der Villa. Dort tauscht er den leeren Stein gegen den aus, den Shenton für ihn hingelegt hat. Zweifellos oblag es Latour, die leeren Behältnisse von der Villa zum Boot zu schaffen – vermutlich in dem Rucksack, den er Miss Westmacott zufolge für den Transport seiner Malsachen benutzte. Wie ich es sehe, gab es eine ganze Reihe von Steinen, die ständig in Bewegung waren. Villa Paloma zum Boot, Boot zum Strand, Strand wieder zur Villa Paloma, Villa Paloma zur Villa Valdeblore, Villa Valdeblore zurück zur Villa Paloma und so weiter und so fort.« Meredith hielt inne, zog ein Taschentuch hervor, tupfte sich damit die Stirn und sah seine französischen *confrères* triumphierend an. »Nun, meine Herren, das wäre unsere Geschichte, wir hoffen, sie hat Ihnen gefallen. Bevor wir nun zur *Hirondelle* fahren, haben Sie noch ...«

Es klopfte an die Tür.

»*Entrez!*«, rief Gibaud.

Ein Gendarm trat ein.

»*Pour M'sieur Meredith.*«

Er hielt ihm ein Telegramm hin, das der Leiter des Hotel Louis umgehend zum Kommissariat geschickt hatte.

»Ah, danke«, sagte Meredith. »Darauf habe ich gewartet.« Und nachdem der Gendarm die Tür wieder hinter sich geschlossen hatte: »Eine kleine Anfrage beim Yard wegen Shenton.« Hastig schlitzte er den Umschlag auf, überflog die Nachricht und stieß einen leisen Pfiff aus. »Was sagt man dazu! Hören Sie sich das an, Gentlemen: *Bezgl. Ihrer Anfrage stop fragliche Person 1939 sechs Monate im Gefängnis Wormwood Scrubs stop Diebstahl in Westend-Nachtclub stop angeklagt unter dem in ihrem Kabel angegebenen Namen zur Prozesszeit aber als Deckname vermutet stop wurde nie bewiesen stop.*« Meredith schaute mit einem selbstzufriedenen Lächeln in die Runde, schob das Telegramm zurück in den Umschlag und diesen in seine Tasche. »Dann hat mein Gefühl bei diesem jungen Burschen also nicht getrogen. Wie ich vermutet hatte – ein faules Ei. Ich war mir sicher, sein Gesicht schon mal gesehen zu haben, und wahrscheinlich war das ... im Verbrecheralbum des Yard!« Meredith reaktivierte seine Pfeife und fuhr dann fort: »Bevor wir nun also zur *Hirondelle* fahren, noch Fragen, Gentlemen?«

»*Mais oui*«, nickte Blampignon. »Eine kleine. Die Gestalt in dem Umhang – Sie sagen, Gibaud meint, das ist eine Frau. Aber so wie Sie das sagen, *mon ami*, scheinen Sie anderer Ansicht zu sein, hm?«

»Allerdings!«, sagte Meredith nachdrücklich. »Und zwar aus einem sehr guten Grund. Da wir nun mit Sicherheit wissen, dass die Scheine aus der Druckmaschine auf dem Boot stammen, bin ich überzeugt, dass Latours Begleiter ein Mann war.«

»Ja, aber welcher Mann denn?«, fragte Blampignon ungeduldig.

»Ein Mann, der für die Bedienung der Presse unabdingbar war. Ein Mann, auf dessen Kenntnisse und technisches Geschick Latour angewiesen war. Die Hauptfigur in dem ganzen zwielichtigen Geschehen.«

»*Sacré nom!*«, rief Blampignon aus und richtete seine dunklen, ausdrucksvollen Augen gen Himmel. »Chalky Cobbett höchstpersönlich!«

»Ganz genau«, lächelte Meredith. »Der Mann, wegen dem ich hier bin.«

II

»Na?«, rief Meredith vom Kai aus. »Schon Glück gehabt, Jungs?«

Blampignon reckte ein gerötetes, verlegenes Gesicht aus der Kabinentür und schüttelte mit einem Blick auf seinen Peiniger die Faust.

»Eine halbe Stunde suchen wir nun schon und finden nichts – rein gar nichts! *C'est incroyable.* Mir reicht's, ich bin mit meiner Geduld am Ende. Außerdem glaube ich, Sie hatten jetzt Ihren kleinen Spaß.«

»Und wie!«, kicherte Meredith schelmisch. Er nickte Strang zu, der in der Nähe auf einem Poller saß. »O. k., erlösen wir sie von ihrem Elend.«

Meredith und Strang sprangen behände an Bord und gingen, gefolgt von den beiden französischen Beamten, zur vorderen Kabine. Dort knipste Meredith seine Taschenlampe an und öffnete einen dunklen, weit zurückgesetzten Kasten, der hinter den Etagenkojen in die Steuerbordseite des Boots eingelassen war. Er winkte seine Kollegen heran und verkündete mit dramatischer Gebärde:

»*Voilà, messieurs!* Des Rätsels Lösung!«

»Der Trinkwassertank!«, rief Gibaud aus. »Aber verflixt, wir haben doch den Deckel angehoben und hineingeschaut. Das verdammte Ding ist voller Wasser.«

»Das haben wir *auch* gedacht«, räumte Meredith ein. »Ich habe zur Sicherheit sogar noch mit der Taschenlampe reingeleuchtet. Und wenn ich das nicht gemacht hätte, würden wir noch heute suchen, was Strang?«

»Sie meinen, Sie haben an dem Tank etwas entdeckt?«, fragte Blampignon.

Meredith schüttelte den Kopf.

»Nein, nicht einmal da ist mir was Ungewöhnliches aufgefallen.«

»Aber wie zum Teufel ...«, begann Gibaud verwirrt.

»Nun, mir ist die Taschenlampe aus der Hand gerutscht und ins Wasser gefallen – weiter nichts.« Meredith holte ein Steinchen, das er auf der Mole aufgehoben hatte, aus seiner Tasche und reichte es Blampignon. »Lassen Sie das reinfallen und passen Sie genau auf, mein Lieber.«

Während Meredith den Lichtstrahl seiner Lampe ins Wasser richtete, ließ Blampignon den Stein hineinplumpsen. Er versank einen knappen halben Meter und schien dann wie unter Einwirkung einer unberechenbaren Laune der Schwerkraft mitten im Wasser hängen zu bleiben.

»Aber *mon Dieu*!«, rief Blampignon aus, »das ist doch nicht natürlich! Was ist die Erklärung?«

»Das«, sagte Meredith knapp.

Während Strang den Deckel so weit aufhielt, wie es ging, ergriff Meredith vorsichtig den Rand des Tanks und hob ihn an, worauf ein falscher Tank, in den der obere Teil des Behälters geschickt eingepasst war, zum Vorschein kam. Darunter war eine tiefe Aussparung, die von den Außenseiten des Tanks durch eine zehn Zentimeter breite Wasserhülle getrennt war. Und darin stand die Druckmaschine!

»Großer Gott!«, rief Gibaud. »Kein Wunder, dass wir das übersehen haben. Obwohl wir den Tank natürlich abgeklopft haben, um sicherzugehen, dass er nicht leer ist.«

»Eben«, nickte Meredith. »Und wegen dieser genialen Idee, einen zweiten, kleineren Tank in den großen einzupassen und den Raum dazwischen mit Wasser zu füllen, haben Sie auch keinen Verdacht geschöpft. Uns hat es genauso erwischt. Das müssen wir Chalky wirklich lassen, denn ich wette einen Wochenlohn, dass dieser Kerl sich das ausgedacht hat. So brauchten er und Latour nur die Presse aus der Aussparung zu heben, die Scheine zu drucken, die Presse wieder reinzustellen und die Wasserschale in den Tank zu legen. Jetzt ist die einzige ungelöste Frage, die wir noch am Hals haben: Wo zum Henker ist Chalky Cobbett? Finden wir die Antwort darauf, können wir endlich die ganze Bande einbuchten.«

Kapitel 15

DER SCHLURFENDE COCKNEY

I

Erneut fand sich die kleine Gruppe in Gibauds Büro zu einer ausgedehnten Sitzung ein. Sie mussten sich auf einen Plan einigen, wie sie die Gesuchten verhaften sollten. Denn Meredith war der Ansicht, dass es fatal wäre, Shenton und Bourmin festzunehmen, bevor sie nichts über den Verbleib von Latour und Chalky wussten. Gewiss würden die davon erfahren, und dann würden sie sich endgültig verflüchtigen wie zwei Schneeflocken in einer heißen Pfanne. Wohl hatte sich Latour bereits von der Villa abgesetzt, weil er argwöhnte, dass die Polizei etwas über die Aktivitäten der Bande in Erfahrung gebracht hatte, doch eine genaue Vorstellung, was die Polizei wusste, konnte auch er nicht haben, sonst wäre er *nach* seiner Flucht aus der Villa wohl kaum noch einmal mit dem Boot hinausgefahren. Shenton wiederum hatte die letzte Lieferung erst an diesem Morgen abgeholt. Latour und Cobbett mochten also auf der Hut sein, sich sogar eine Weile lang versteckt halten, doch offensichtlich hatten sie vorerst nicht die Absicht, ihr äußerst einträgliches Unternehmen aufzugeben. Und Bourmin und Shenton ahnten nicht einmal, dass sie in Verdacht geraten waren. Sie hatten nicht den geringsten Grund zu der Annahme, dass sie mit der Bande in Verbindung gebracht werden konnten.

»Was also schlagen Sie vor, *mon ami?*«, fragte Blampignon nach einer erschöpfenden Erörterung dieses einigermaßen kniffligen Problems.

»Tja, das ist nicht meine Entscheidung, mein Lieber. Die tatsächlichen Verhaftungen sind *Ihr* Bier. Aber nach Abwägung aller Vor- und Nachteile bin ich gegen einen sofortigen Zugriff. Zugegeben, es ist riskant. Eine Aufschiebung um achtundvierzig Stunden gäbe uns vielleicht die Möglichkeit, Latour und Cobbett zu fassen. Falls aber Bourmin und Shenton währenddessen erfahren, dass wir sie im Visier haben, könnten sie sich absetzen. Es besteht immer die Gefahr, dass sie etwas über unsere jüngsten Ermittlungen in Erfahrung bringen – unser Interesse an der *Hirondelle* beispielsweise. Das ist das ganze Dilemma: Warten wir noch zwei Tage, haben wir vielleicht Glück, und wir schnappen alle vier – haben wir Pech, lassen wir zu, dass uns der gesamte Laden durch die Lappen geht. Aber die finale Entscheidung muss ich Ihnen und Gibaud überlassen.«

»*Eh bien*«, nickte der offensichtlich immer noch schwankende Blampignon. »Wie denken Sie darüber, Gibaud?«

Gibaud zuckte die Achseln.

»Zwei Spatzen in der Hand sind besser als vier Tauben auf dem Dach«, erklärte er orakelhaft. »Andererseits ... bin ich mir ziemlich sicher, dass Meredith richtig denkt. Ja – alles in allem bin ich dafür, die Verhaftungen aufzuschieben.«

»*Bon!*«, rief Blampignon, und ein Lächeln zog sich über sein gutmütiges Gesicht. »Dann bin ich einverstanden. Wir geben uns achtundvierzig Stunden, um Latour und Cobbett zu finden. Das nennt man wohl alles auf eine Karte setzen, was? Aber *tiens!*, wir haben uns nun mal so entschieden.«

Da wusste die kleine Gruppe in Gibauds Büro noch nicht, dass diese Entscheidung viele unerwartete und unselige Folgen nach sich ziehen sollte.

11

Bevor sie zum Mittagessen auseinandergingen, beschlossen die Kommissare noch die Aufteilung ihrer weiteren Ermittlungen. Gibaud übernahm die durchgehende Überwachung der *Hirondelle*. Er hatte schon einen Zeitplan erstellt und zwei Zivilbeamte dazu eingeteilt. Die Suche nach Latour und Cobbett wollte Gibaud persönlich leiten, unter Mithilfe von Meredith und Strang. Um vierzehn Uhr wollten sie sich wieder im Kommissariat treffen.

Und so waren die beiden Engländer nach einem eiligen Mittagessen zurück in Gibauds Büro.

»Ich weiß nicht, wie Sie darüber denken«, sagte Meredith, »aber meiner Ansicht nach sollten wir alle Häuser an der Uferstraße durchkämmen. Das wäre zumindest ein Anfang. Denn wenn Chalky häufig mit dem Boot rausfährt, liegt es doch nahe, dass sich sein Versteck in Hafennähe befindet. Das ist am einfachsten und birgt am wenigsten Risiken. Meinen Sie nicht auch?«

Gibaud nickte.

»Da haben Sie recht. Und ich denke, unsere oberste Priorität sollte das Maison Turini sein. Wir wissen, dass Latour mit der Concierge, der alten Madame Grignot, in Kontakt steht. Und da gleich und gleich ...«

»Ganz genau«, warf Meredith ein. »Es besteht durchaus die Möglichkeit, dass Chalky sich sehr erfolgreich in einer der Wohnungen dort versteckt hält – entweder allein oder bei einer arglosen Familie. Ziehen wir dort eine Niete, durchsuchen wir jedes verdammte Haus und jedes Café am Kai.«

Eine rasche Fahrt mit dem Wagen brachte sie zum Quai Bonaparte, und wenige Minuten später wurde Madame Grignot einem weiteren gründlichen Verhör unterzogen. Danach lief die Durchsuchung des Gebäudes an. Es war eine lange, beschwerliche Aufgabe, die unendlich viel Takt und Geduld erforderte. Die Hauptlast der Arbeit lag natürlich auf Gibaud, da sämtliche Befragungen auf Französisch erfolgen mussten – doch Meredith und Strang waren keineswegs untätig. Denn nötig war nicht nur ein Verhör der Bewohner, ebenso wichtig war die Durchleuchtung eines jeden möglichen Verstecks. Schließlich konnte Latour ja jemanden bestochen haben, bezüglich des Aufenthalts des Gesuchten den Mund zu halten, und wenn an die Tür geklopft wurde, verzog der Bursche sich schnell in seinen Unterschlupf.

Vom ersten Stock zogen sie weiter in den zweiten, vom zweiten in den dritten und vierten, vom vierten in die weitläufigen Kellerräume, die eine Art Halbsouterrain bildeten. Dabei wurde auch Mam'selle Chounet ein weiteres Mal in die Mangel genommen. Sie schwor jedoch genauso wie Madame Grignot und alle anderen Bewohner, im Maison Turini wie auch in dessen Nähe niemanden gesehen zu haben, auf den Chalkys Beschreibung passte. Nach drei Stunden unermüdlicher Arbeit mussten sie sich eingestehen, dass sie keinen Schritt vorangekommen waren.

Sie kehrten auf einen raschen Imbiss und einen wohlverdienten *apéritif* in ein nahegelegenes Café ein und machten sich danach auf, ihre Suche auf den Quai Bonaparte auszudehnen. Zwei Stunden später zogen sie deprimiert und schlapp weiter zum Quai Laurenti. Doch auch hier trafen sie nur auf verständnislose Blicke, energisches Kopfschütteln, die immer gleichen abschlägigen Antworten und ärgerlichen Belanglosigkeiten. Für einen, der wahrscheinlich über Wochen auf dem Weg zur *Hirondelle* und zurück ständig am Hafen entlanggelaufen war, schien Chalky Cobbett auf wundersame Weise unsichtbar gewesen zu sein – niemand hatte ihn in der Gegend gesehen, schon gar nicht mit ihm gesprochen oder seine Bekanntschaft gemacht, ja nicht einmal gerüchteweise von ihm gehört.

Diesen letzten Faktor fand Meredith wirklich unheimlich. Chalky mochte ein Fälscher der Spitzenklasse sein, ein Sprachgenie war er sicher nicht. Er konnte doch unmöglich verbergen, dass er Engländer oder jedenfalls Ausländer war. Zudem war er ein Zwerg, kaum größer als eins fünfzig, und hatte eine kalkweiße Gesichtsfarbe, die ihm ja erst seinen Spitznamen eingebracht hatte. Und wenn eine zu kurz geratene, weißgesichtige Ratte von Ausländer viele Wochen am Stück durch diese Gegend spazieren konnte, ohne Gesprächsstoff zu liefern, dann war ganz eindeutig etwas faul. Anscheinend gab es nur eine logische Erklärung für dieses Rätsel: Chalky war an der Uferstraße nur deshalb nicht aufgefallen, weil er eben *nicht* am Hafen lebte. Kurz, ihre Nachforschungen waren reine Zeitverschwendung gewesen!

Erst lange nach Sonnenuntergang kehrten die drei Beamten zum Quai Laurenti und dem dort abgestellten Wagen zurück. Abgespannt, mit müden Beinen und entmutigt sprachen sie wenig auf ihrem Weg vorbei an den grell erleuchteten Lädchen und Cafés, die dicht an dicht die sanfte Krümmung der Uferstraße bevölkerten. Selbst für eine mediterrane Nacht war die Luft außergewöhnlich klar und mild. Etliche Menschen schlenderten das breite Trottoir entlang oder saßen bei einem Glas Wein an den kleinen Marmortischen vor den Cafés. Meredith blieb kurz stehen, um seine Pfeife anzuzünden, und fiel dadurch hinter seine Gefährten zurück, die, in ihren eigenen Gedanken gefangen, weiter Richtung Wagen trotteten.

Der Inspector wedelte gerade das abgebrannte Streichholz aus, als ein kleiner Junge, gefolgt von einer zornig gestikulierenden Frau, aus einer *pâtisserie* herausschoss wie ein Windhund aus der Box. Nach dem heftig malmenden Kiefer des Knirps zu urteilen, hatte die Ladenbesitzerin ihn dabei erwischt, wie er sich bei ihrer Ware bediente. Seine überstürzte Flucht aufs Trottoir führte zu einem Frontalzusammenstoß mit einem gebeugten, schrumpligen kleinen Mann, der gerade an dem Geschäft vorbeischlurfte, den Blick offenbar aufs Pflaster gesenkt. Die Folge des Aufpralls war aus Merediths Warte überaus verblüffend. Wütend unternahm der Mann den ungestümen Versuch, dem Jungen ein paar hinter die Löffel zu geben.

»Ey! Pass uff, v-fluchter Bengl!«

Zugegeben, dieser Tadel war der Situation durchaus angemessen, doch warum zum Teufel, fragte sich Meredith, schimpfte der Alte auf Englisch? Noch dazu einem Englisch, dem das unverwechselbare abgehackte Genäsel des Cockney anhaftete? Er drehte sich abrupt um, musterte die weißbärtige Gestalt genauer, und völlig unerwartet erkannte er das Gesicht des Mannes, der nun, vor sich hin brummelnd, auf dem hell erleuchteten Trottoir weiterschlurfte. Es war M'sieur Grignot – der schwachsinnige Mann der Concierge im Maison Turini!

Dann konnte Grignot also Englisch! *Cockney*-Englisch! Und falls nötig, arbeitete sein Gehirn so schnell und scharf wie jedes andere auch. Was zum Teufel hatte das zu bedeuten? Dass der Alte mit seinem ganzen Brummeln, Kichern und Nicken nur etwas inszenierte?

Und dann schlug die verblüffende Erklärung dieses Verhaltens bei Meredith ein wie ein Blitz aus heiterem Himmel; eine Erklärung, die ihn geradezu unter Strom setzte. Großer Gott, ja! Es passte alles zusammen. Der simulierte Schwachsinn, das unverständliche Gebrabbel, die leeren Blicke – gab es denn eine bessere Tarnung für einen, der seine Identität verbergen wollte? Mit dieser Fassade der Blödheit konnte er ganz einfach kaschieren, dass er kein Wort Französisch sprach oder auch nur verstand. Und pflegte Latour nicht ständigen Kontakt mit Madame und M'sieur Grignot in ihrem Kabäuschen? Und lag das Maison Turini nicht gerade mal einen Steinwurf vom Hafen entfernt?

Himmel, ja! Es bestand nicht der geringste Zweifel. Die Suche nach dem flüchtigen Chalky war zu Ende. Sie brauchten ihn nur noch im Maison Turini einzusammeln!

III

Abends um halb elf, nach einer raschen Fahrt nach Nizza, standen die Pläne für die Verhaftung der Gesuchten. Um halb elf am folgenden Vormittag wollten sie zuschlagen. Sie hatten

Colonel Malloy in der Villa Valdeblore telefonisch gebeten, dafür Sorge zu tragen, dass der Chauffeur zu der verabredeten Zeit zu Hause war, und Blampignon sollte ihn festnehmen. Meredith, Strang und Gibaud wollten sich um Cobbett im Maison Turini kümmern und unmittelbar danach zur Villa Paloma fahren und Shenton einsacken.

Blampignon strahlte regelrecht ob der glücklichen und unerwarteten Entdeckung von Chalkys Verbleib.

»Und Sie haben keinerlei Zweifel daran, *mon ami?* Es besteht keine Gefahr, dass wir einen Unschuldigen verhaften?«

Meredith schüttelte nachdrücklich den Kopf.

»Nicht im Geringsten! Weiß der Teufel, warum ich diesen Trick nicht schon früher durchschaut habe. Trotzdem hat er das recht clever gemacht, das muss man zugeben, der Bart, der olivfarbene Teint, die gespielte Blödheit. Und Latour wusste, dass er der alten Frau vertrauen konnte, ich kann mir vorstellen, dass er es war, der den Eigentümern weismachte, der Schwachsinnige sei ihr Mann. Dann musste Chalky sich nur noch einen Bart wachsen lassen und sein totenbleiches Gesicht mit einer passenden Tönung färben. Die Idee, auf verrückt zu machen, sollte seine Sprachdefizite überspielen und Leute davon abhalten, missliche Fragen zu stellen. Daher konnten unsere Erkundigungen nach einem eins fünfzig großen weißgesichtigen Engländer auch gar nichts erbringen. Aber ich wette, jeder Mensch, den wir befragt haben, hat Madame Grignots verrückten Ehemann schon mal brummelnd durch die Straßen schlurfen sehen. Wenn Sie mich fragen, war Chalkys Tarnung so gut wie perfekt. Ohne den kleinen Jungen ... Nun, sehr wahrscheinlich würden wir dann noch immer im Dunkeln tappen. Bourmin, Shenton und jetzt

185

Cobbett. Drei im Sack, wie? Schade, dass wir keine Ahnung haben, wo Latour steckt. Ich mag es nicht, wenn lose Fäden herumliegen. Allerdings ...«, Meredith hob die Schultern, »sieht mir das ganz nach dem Ende meines Auftrags hier aus. Und ich kann Ihnen sagen, mein lieber Blampignon, dass ich jede Minute davon genossen habe. Die *entente cordiale*, wie? Zu Hause im Yard werde ich Ihr sonniges, provenzalisches Lächeln sehr vermissen!«

Kapitel 16

DER VERMISSTE PLAYBOY

I

Chalkys Verhaftung am folgenden Vormittag ging reibungslos über die Bühne. Die Sache lief so ruhig und effizient ab, dass niemand im Maison Turini oder in dessen Nähe etwas davon mitbekam. Chalky unternahm, auf dem falschen Fuß erwischt, keinen ernsthaften Versuch, seine Identität zu leugnen. Ein kurzes Geschrei, ein wenig Gemaule, dann wurde ihm die Aussichtslosigkeit seiner Lage bewusst, und er warf das Handtuch. Schnell saß er zwischen Meredith und Strang auf der Rückbank eines Streifenwagens und wurde durch die sonnenhellen Straßen zum Kommissariat gefahren, wo er hinter Schloss und Riegel kam, bis Blampignon eintraf, um ihn nach Nizza zu bringen. Madame Grignot sah auf den Stufen des Hauses mit viel Händeringen zu, wie ihr »Mann« aus ihrem Leben verschwand – vermutlich für immer. Man sagte ihr, sie solle sich für ein weiteres Verhör bereithalten, und Gibaud machte ihr klar, dass sie wegen Behinderung der Justiz sowie Beihilfe und Vertuschung angeklagt werden könne.

Nachdem sich die Zellentür hinter Chalky geschlossen hatte, setzten sich die drei Beamten sofort wieder ins Auto und fuhren zur Villa Paloma. Schließlich wollten sie nicht, dass Madame Grignot Shenton warnte, wie es bei Latour schon einmal geschehen war.

Sie stellten den Wagen ein Stück entfernt vom Tor der Villa ab, dann schickte Meredith Strang zum Garagenhof und schärfte ihm ein, den hinteren Teil des Gebäudes genau im Auge zu behalten, da natürlich die Möglichkeit bestehe, dass Shenton Lunte roch und das Weite suchte. Nachdem Strang durch das Tor hineingeschlüpft war, wandte Meredith sich an Gibaud.

»Bereit?« Gibaud nickte. »O. k. Dann los.«

Wie schon bei seinem letzten Besuch öffnete Lisette die Haustür. Doch auf die Frage, ob Mr. Shenton zu Hause sei, warf ihm das Mädchen einen ausweichenden Blick zu und sagte stockend:

»Es tut mir leid, M'sieur ... aber ... aber ich glaube, Mr. Shenton ist nicht da.«

Angespannt fragte Meredith nach:

»Sie meinen, er ist irgendwo zu Besuch?«

»Nein ... eigentlich nicht, M'sieur.«

»Nur unterwegs, ja?«

Die Verlegenheit des Mädchens wuchs.

»Äh ... nein, M'sieur. Ich glaube, er ...« Sie brach ab und sagte dann hastig: »Vielleicht möchten Sie lieber Mrs. Hedderwick sprechen? Es ist wahrscheinlich besser, wenn sie es Ihnen erklärt.«

»In Ordnung«, willigte Meredith ein, dem die zögerliche Art des Mädchens ein Rätsel war. »Dann seien Sie doch so nett und sagen ihr, dass Inspector Meredith hier ist, ja?«

Nachdem das Mädchen sie ins chinesische Zimmer geführt und dann gegangen war, bemerkte Gibaud:

»Sehr merkwürdig. Entweder ist der Kerl da oder eben nicht.«

»Absolut. Ich begreife auch nicht, warum das Mädchen sich so ziert. Aber warten wir ab, was Mrs. Hedderwick zu sagen hat.«

Und die hatte, wie sich zeigte, eine ganze Menge zu sagen! Obwohl sie völlig aufgewühlt war, kam sie mit ihrer üblichen Direktheit ohne Umschweife auf die Ursache ihrer Verstörung zu sprechen: Shenton sei nicht zum Frühstück erschienen. Vor einer halben Stunde sei sie auf sein Zimmer gegangen und habe festgestellt, dass sein Bett unberührt war. Auch sei sein Wagen nicht in der Garage gewesen. Daraufhin habe sie die anderen Mitglieder des Haushalts befragt, aber offenbar hatte ihn niemand seit dem letzten Abendessen gesehen. Madame Bonnet, die Köchin, sei jedoch überzeugt, gehört zu haben, wie er gestern kurz nach neun Uhr die Vedette angelassen habe. Demnach *sei* es also *möglich*, dass er fortgefahren und der Wagen eine Panne gehabt habe. Doch wenn dem so gewesen sei, warum habe er dann nicht angerufen, um zu sagen, dass er die Nacht anderswo verbringe? Das sehe ihm gar nicht ähnlich, erklärte Nesta, sie so auf die Folter zu spannen, wo er doch wisse, welche Sorgen sie sich dann mache. Und zu all dem komme jetzt auch noch dieser seltsame Zufall, dass die Polizei erscheine, als sie gerade im Begriff gewesen sei, das Kommissariat anzurufen.

»Was wollen Sie denn von Mr. Shenton?«, fragte Nesta knapp.

»Eine Privatangelegenheit«, sagte Meredith vage. »Wir möchten ihm nur ein paar Fragen stellen – weiter nichts.«

»Nun, das können Sie nicht, weil er ja nicht da ist!«, erwiderte Nesta spitz. Doch dann fuhr sie mit einem jähen Stimmungswandel fort: »Ich frage mich andauernd, ob er einen Unfall hatte. So etwas habe ich immer befürchtet. Aber *sollte* es einen Unfall gegeben haben ...« Nesta merkte, dass die Tür hinter ihr aufgegangen war, sie schaute über die Schulter und fragte schroff: »Ja, Lisette, was gibt's denn?«

»Entschuldigen Sie, Madame, M'sieur Gibaud wird am Telefon verlangt. Es ist das Kommissariat, M'sieur.«

Mrs. Hedderwick stieß einen dünnen Seufzer der Bestürzung aus.

»Na, was habe ich Ihnen gesagt? Ich wusste, ich habe recht! Ich hatte so eine Vorahnung. Etwas Schreckliches ist passiert. Ganz bestimmt.«

Während sein Kollege weg war, tat Meredith sein Möglichstes, die aufgeregte Frau zu beschwichtigen, doch als Gibaud wenige Augenblicke später zurückkam, sah Meredith sofort, dass etwas ganz und gar nicht stimmte.

»Ich habe leider sehr beunruhigende Nachrichten für Sie.«

Nesta schreckte mit einem unartikulierten Schrei auf ihrem Stuhl zurück und ächzte:

»Es ist Tony, nicht? Es hat also doch einen Unfall gegeben. Ich hab's gewusst! Er ist ... Er ist doch nicht ...?«

Gibaud schüttelte den Kopf.

»Nein, von einem Unfall kann man wohl nicht sprechen, Madame. Aber soeben wurde gemeldet, dass man seine Vedette heute Morgen am Cap Martin verlassen aufgefunden hat. Der diensthabende Sergeant wusste, dass ich hier bin, also hat er gleich angerufen.«

»Aber Tony ...«, fragte Nesta matt. »Gibt es keine Nachricht von ihm?«

Gibaud hob die Schultern, zögerte einen Moment und berichtete dann leise:

»Auf den Steinen am Ufer wurde ein Barett gefunden, ungefähr hundert Meter vom Wagen entfernt. Ein schwarzes Barett mit einem roten Bommel und dem silbernen Abzeichen der englischen Air Force.«

Mit einem bebenden Stöhnen vergrub Nesta ihr verzerrtes Gesicht in den Händen.

»Ja ... ja ... das gehört Tony. Eine ... eine Verwechslung ist ausgeschlossen. Was hat das nur zu bedeuten? Was bedeutet das, Inspector?«

»Das«, sagte Gibaud, mitfühlend den Kopf schüttelnd, »müssen wir noch herausfinden. Und wenn es für Sie in Ordnung ist, schlage ich vor, dass wir unverzüglich zum Cap Martin aufbrechen.«

11

Den verlassenen Wagen hatte der Leiter eines der Hotels gemeldet, die oberhalb des Kaps lagen. Ein Angestellter hatte ihn bemerkt, als er morgens gegen halb sieben auf dem Weg zur Arbeit vorbeigeradelt war. Der Hotelier hatte nicht gleich angerufen, da er dachte, der Besitzer des Wagens sei wohl in der Nähe auf einem Morgenspaziergang. Doch als er später selbst hingegangen sei und gesehen habe, dass der Wagen noch immer dort stand, sei er zu dem Schluss gelangt, dass die Sache umgehend gemeldet werden müsse. Ein weiterer Faktor machte seine Entscheidung noch dringlicher: *Das Trittbrett auf der Beifahrerseite war blutbespritzt!*

Daraufhin sprach er mit dem örtlichen Gendarmen, der,

nachdem er die Vedette in Augenschein genommen hatte, das Kommissariat in Menton benachrichtigte. Derselbe Gendarm hatte auch das schwarze Barett entdeckt.

Als Meredith, Gibaud und Strang dort eintrafen, hielt der Mann bei der Vedette Wache. Sie ließen sich von ihm auf den neuesten Stand bringen, und anschließend machten sie sich an eine gründliche Untersuchung des Wagens. Am Wahrheitsgehalt der Aussage des Hotelleiters bestand kein Zweifel. Auf dem Trittbrett der Beifahrerseite waren mehrere kleine Blutspritzer zu sehen, und eine nähere Betrachtung ergab weitere auf der Karosserie unmittelbar darüber. Beim flüchtigen Hinsehen waren diese Flecken aufgrund des tiefroten Lacks praktisch unsichtbar gewesen.

»Na«, fragte Gibaud, »was halten Sie davon?«

»Eigenartig, um das Mindeste zu sagen. Kein Blut im Wagen. Lediglich diese Spritzer außen auf der Beifahrerseite. Sollte hier ein Verbrechen stattgefunden haben ... nun, Sie wissen selbst, was das bedeuten würde.«

»Sie meinen, sollte Shenton tatsächlich angegriffen worden sein, dann müsste es geschehen sein, nachdem er ausgestiegen war?«

Meredith nickte.

»Wenn wir das aber annehmen, haben wir ein anderes Problem.«

»Und zwar?«

»Das Blut ist auf der rechten Wagenseite. Und da Shenton als Fahrer sicherlich auf der linken ausgestiegen ist, hieße das, dass er um den ganzen Wagen herumgelaufen sein muss, bevor er angegriffen wurde. Das ist doch eigenartig, oder? Man sollte doch meinen, der Angreifer hätte ihn beim Aussteigen attackiert – also in einem Moment, da Shenton im Nachteil ist. Zugegeben, das ist nur ein kleiner Punkt, aber man sollte ihn in Erinnerung behalten.«

»Zweifellos«, pflichtete Gibaud ihm bei. »Und angenommen, Shenton wurde erledigt, dann kann man wohl davon ausgehen, dass der Mörder seine Leiche über die Steine geschleppt und ins Meer geworfen hat. *En route* ist dann auch das Barett runtergefallen und ...«

»Nicht so schnell! Nicht so schnell!«, fuhr ihm Meredith scharf ins Wort. »Mal angenommen, der Angriff geschah hier an dieser Stelle, warum ist dann kein Blut auf der Straße?«

»Da ist was dran«, räumte Gibaud ein. »Haben Sie eine Erklärung dafür?«

»Der Mord, *falls* Shenton denn ermordet wurde – und lassen Sie uns dieses ›falls‹ nicht vergessen –, muss anderswo geschehen sein. In dem Fall hat der Mörder die Vedette nur benutzt, um die Leiche hierherzuschaffen. Wahrscheinlich, um sie, wie Sie sagen, ins Meer zu werfen.«

»Das könnte dann auch das Verdeck erklären«, pflichtete Gibaud ihm bei.

»Das Verdeck?«

»Ja. Das ist mir gleich aufgefallen. Ein Cabrio mit geschlossenem Verdeck und hochgekurbelten Fenstern kommt hierzulande selten vor. Soweit ich mich erinnere, hatten wir seit vierzehn Tagen keinen Tropfen Regen. Und letzte Nacht schon gar nicht. Vielmehr war es außergewöhnlich warm und windstill.«

Meredith nickte.

»Ich verstehe, was Sie meinen. Das Verdeck war zu und die Scheiben oben, weil der Mörder nicht wollte, dass man die Leiche auf dem Rücksitz sieht. Da könnte was dran sein. Obwohl er sich den ganzen Aufwand hätte sparen können, wenn er die Leiche einfach in den Kofferraum gelegt und mit einem Mantel zugedeckt hätte. Schließlich war sein einziger Gedanke doch bestimmt, möglichst schnell vom Tatort wegzukommen.«

Strang, der dem Gespräch mit weit aufgesperrten Ohren zugehört hatte, warf nun respektvoll ein:

»Da wäre noch was, Sir.«

»Was denn, Sergeant?«

»Also ... der Gedanke, dass die Leiche ins Meer geworfen wurde ...«

»Der gefällt Ihnen nicht, wie?«

»Nein, ums Verrecken nicht. Sehen Sie, als Miss Westmacott und ich über die Steine hier gelaufen sind, fanden wir das ganz schön beschwerlich. Und das war am Tag. Einer, der hier nachts mit einem Gewicht von, sagen wir, fünfundsiebzig Kilo auf dem Buckel rumläuft ... also, der könnte von Glück sagen, wenn er sich nicht den Hals bricht!«

Meredith nickte beifällig.

»Sehr intelligent, mein Junge.« Und an Gibaud gewandt: »Sehen Sie das auch so?«

»Ja«, sagte Gibaud, »ich habe inzwischen sowieso Zweifel an meiner Theorie.«

»Inwiefern?«

»Die Gezeiten. An diesem Küstenstreifen gibt es praktisch keine. Jedenfalls keine, die mit denen in England vergleichbar sind. Selbst wenn die Leiche daher vom Ufer weggetragen wurde, wäre sie mit ziemlicher Sicherheit wieder zurückgespült worden.«

»Ein weiterer vernünftiger Gedanke. Und dann ist da noch ein Umstand, der ihre Theorie vollends erledigt.«

»Welcher denn, Sir?«, fragte Strang.

»Menschenskind, sehen Sie das denn nicht? Die Vedette! Falls der Mörder versucht hat, die Leiche auf diese Weise loszuwerden, warum lässt er dann den Wagen nur hundert Meter entfernt stehen? Das ist doch verrückt! Damit lenkt er doch den Verdacht genau auf das, was er zu verbergen sucht.«

»*Exactement!*«, rief Gibaud aus. »Aber das Barett? Mrs. Hedderwick war doch sicher, dass es Shentons ist.«

»Das ist es vermutlich auch«, sagte Meredith. »Aber wäre es nicht auch möglich, dass das Barett *bewusst* auf die Steine gelegt wurde?«

»Sie meinen, als falsche Spur, Sir?«

»Ganz genau, Sergeant. Wie ich es sehe, lief die Sache so: An Punkt A geschieht ein Mord. An Punkt B wird der Wagen abgestellt. An Punkt C wird die Leiche versteckt. Immer vorausgesetzt«, ergänzte Meredith mit seiner üblichen Vorsicht, »dass tatsächlich ein Mord begangen wurde. Und dass das Opfer *nicht* zwangsläufig Tony Shenton sein muss.«

III

Ungeachtet Merediths Überzeugung, dass die Leiche *nicht* im Meer gelandet war, waren sie so vernünftig, die Küste rund um den äußersten Punkt des Kaps lange und gründlich abzusuchen. Doch sie fanden nichts. Nicht einmal einen Blutfleck, der darauf hindeutete, dass die Leiche von der Straße zum Wasser geschleppt worden war. Aber etwas anderes hatten sie ja auch nicht erwartet.

Gibaud setzte sich ans Steuer der Vedette, Meredith und Strang ins Polizeiauto, und so fuhren sie die Küstenstraße entlang zur Villa Paloma. Während Gibaud per Telefon Blampignon über die neuesten Entwicklungen informierte, nutzte Meredith die Gelegenheit zu einem weiteren Gespräch mit Nesta Hedderwick.

Absolut sicher, dass ihre Vorahnung sie nicht getrogen hatte, stand die arme Frau kurz vor einem Nervenzusammenbruch. Denn obwohl der Inspector sämtliche Andeutungen vermied, begriff sie schnell, dass die Polizei nach ihrem Besuch am Cap Martin von einem Verbrechen ausging. Nur mit Mühe vermochte sie, sich zusammenzureißen und Merediths Fragen einigermaßen gefasst zu beantworten.

Aus dessen Sicht war die Befragung äußerst erfolgreich. Sie ergab eine Menge bedeutsamer Informationen, denn Mrs. Hedderwicks Aussage, niemand habe Shenton seit dem letzten Abendessen gesehen, schien nun nicht mehr ganz zutreffend zu sein. Sie räumte ein, dass sie, nachdem sie festgestellt habe, dass Shentons Bett unberührt gewesen sei, durchs Haus gezogen sei und alle gefragt habe, ob sie ihn gesehen hätten. Zwei Bewohner habe sie allerdings nicht befragen können, aus dem einfachen Grund, weil sie nicht da waren. Unmittelbar nach dem Frühstück waren Kitty Linden und dieser Dillon in dessen Wagen in die Berge gefahren, um den Tag dort zu verbringen. Mrs. Hedderwick zufolge hatten sie Essen für ein Picknick mitgenommen – es sah daher ganz so aus, als stünden sie erst wieder irgendwann am Abend zur Verfügung.

Zu der Beziehung zwischen diesen jungen Leuten hatte die unglückliche Frau etwas wahrhaft Bedeutsames zu sagen.

Während der letzten Tage war das Verhältnis zwischen Kitty Linden und Tony Shenton, die davor mehr oder weniger unzertrennlich gewesen waren, merklich abgekühlt. Für Mrs. Hedderwick stand fest, dass Kitty hoffnungslos in Shenton verknallt war, ein Gefühl, das dieser bis zu einem gewissen Grad auch erwidert hatte. Dann aber hatten sie offenbar einen heftigen Streit gehabt, und am Morgen war Kitty dann mit Dillon weggefahren. War das von Bedeutung?, fragte sich Meredith. Jedenfalls lag hier wieder einmal eine Dreiecksbeziehung vor, die nicht selten auch ein Mordmotiv geliefert hatte. Lag es denn jenseits aller Vernunft, dass Dillon, von Eifersucht verzehrt, mit seinem Rivalen gestritten und ihn in einem Anfall blinder Leidenschaft erstochen hatte? So etwas hatte es schließlich schon gegeben und würde es auch weiterhin geben. Es wäre also interessant zu wissen, ob Dillon am Vorabend mit Shenton in Kontakt getreten sein konnte, möglicherweise irgendwo außerhalb der Villa.

Doch hier erwies sich Mrs. Hedderwick als unsichere Kantonistin. Gleich nach dem Essen hatte sie sich wegen Kopfschmerzen auf ihr Zimmer zurückgezogen. Daher hatte sie keine Ahnung, ob Dillon im weiteren Verlauf des Abends das Haus verlassen hatte. Aber warum nicht ihre Nichte fragen? Die wusste es eventuell.

Er fand die junge Frau auf der Terrasse, mehr oder weniger eng umschlungen mit Acting-Sergeant Strang. Von diesem sichtbaren Indiz abgesehen, zeigte schon ihre Verlegenheit ob seines unangekündigten Erscheinens, dass sie keine Zeit verloren hatten. Und Meredith war ebenso entschlossen, keine zu verlieren! Einige geschickte Fragen später war sein Interesse an Dillon als möglichem Verdächtigen mit neuem

Leben erfüllt. Dilys Aussagen waren klar und auf den Punkt. Vom Inspector im Notizbuch zusammengefasst lauteten sie wie folgt:

21 Uhr (circa) – Madame Bonnet, die Köchin, hört Shenton in der Vedette wegfahren.

21.30 Uhr (circa) – Dillon von Dilys W. gesehen, wie er das Haus verlässt. Antwortet auf ihre Frage, wohin, Spaziergang ans Meer, um frische Luft zu schnappen.

22.40 Uhr – Dillon zurück, geht zu Dilys W. und Kitty Linden in den Salon und nach kurzer Unterhaltung und einem Glas Wein zu Bett.

23.10 Uhr – Dilys und Kitty gehen zu Bett. Dilys hört Geräusch von fließendem Wasser im Waschbecken in Dillons Zimmer. Sie ruft »Gute Nacht«. Dillon antwortet.

Meredith dankte der jungen Frau für ihre Mitarbeit und ging, etwas widerstrebend gefolgt von seinem Untergebenen, zum Wagen, wo Gibaud schon am Steuer saß.

»Und?«, fragte Meredith. »Wie hat unser Freund Blampignon auf die Nachricht reagiert?«

»Er kommt unverzüglich her. Immerhin hatte *er* eine gute Nachricht. Bourmin wurde ohne jeden Ärger festgenommen. Aber diese letzte Entwicklung hat den armen Blampignon ziemlich durchgeschüttelt. Er meint, wir sollten uns nach einem schnellen Mittagessen um halb zwei in meinem Büro treffen. Schaffen Sie das?«

Meredith schaute auf seine Uhr.

»Fünf nach eins.« Er grinste. »Fünf Minuten bis zum Hotel, bleiben uns noch zwanzig für ein Vier-Gänge-Menü. Keine Sorge, mein Lieber, wir werden dort sein.«

Kapitel 17

TÖDLICHER STURZ

I

Pünktlich auf die Minute trafen Meredith und Strang, nachdem sie auf das Vier-Gänge-Menü zugunsten eines herrlich fluffigen *omelette aux fines herbes* verzichtet hatten, in Gibauds Büro ein. Auffällig war, dass ausnahmsweise einmal das Lächeln auf Blampignons Mondgesicht fehlte. Er hing auf seinem Stuhl und betrachtete seine hochgelegten Füße mit der mürrischen Miene eines kleinen Jungen, dem in letzter Minute eine lang erwartete Köstlichkeit versagt worden war. Ohne jede Vorrede grummelte er:

»Das sind schlechte Nachrichten, *mes amis*. Diese Komplikation haben wir nicht vorausgesehen. Sie haben also keinen Zweifel, dass Shenton ermordet wurde?«

»Nun, nach dem Blut am Wagen zu urteilen, wurde *jemand* ermordet – oder wenigstens ziemlich schwer verletzt. Aber ich sage nicht, dass dieser Jemand Shenton ist.«

»Was haben Sie erfahren, seit Gibaud mich von der Villa aus angerufen hat?«

Meredith erzählte ihm, was er durch seine Befragungen von Mrs. Hedderwick und ihrer Nichte in Erfahrung gebracht hatte und sagte dann:

»Wenn wir davon ausgehen, dass Shenton tot ist, dann

können wir die Augen nicht vor der Bedeutung von Miss Westmacotts Aussage bezüglich Dillons Verhalten nach dem gestrigen Abendessen verschließen. Denn sollte sich der Bursche in diese Linden verliebt haben ... na, dann hätten wir doch ein mögliches Mordmotiv.«

»*Mais oui*«, stimmte ihm Blampignon zu. »Aber wie steht's mit dem Modus Operandi? Der Wagen wird am Cap Martin gefunden, und von der Avenue St. Michel zum Cap Martin ist es ein weiter Weg. Sie sagen, Dillon verließ die Villa um halb zehn und kehrte kurz nach halb elf zurück. Ist es möglich, diese Strecke in einer Stunde zweimal zu gehen?«

Meredith verzog das Gesicht.

»Auf den ersten Blick – nein. Aber wenn wir alle bekannten Fakten berücksichtigen, können wir das Verbrechen meiner Ansicht nach dennoch plausibel rekonstruieren. Und zwar folgendermaßen: Angenommen, Dillon hat sich mit Shenton vor der Villa verabredet – vielleicht, um über ihre Beziehung zu dieser Linden zu sprechen. Und angenommen, Shenton stand neben seinem geparkten Wagen, als Dillon kam. Die Straßen um die Villa herum dürften nachts wohl recht dunkel und verlassen sein. Nun gut. Dillon zieht ein Messer, ersticht Shenton, versteckt die Leiche irgendwo in der Nähe, behält aber das schwarze Barett. Er rast mit der Vedette zum Cap Martin, stellt sie an der Straße ab und legt das Barett auf die Steine als Hinweis, dass die Leiche ins Meer geworfen wurde.« Meredith wandte sich an Gibaud. »Was schätzen Sie, wie weit ist es von der Avenue St. Michel bis zu der Stelle, wo der Wagen gefunden wurde?«

Gibaud führte eine rasche Kopfrechnung durch und erklärte dann:

»Grob geschätzt zweieinhalb Kilometer. Also etwas mehr als anderthalb Meilen.«

»Um zehn Uhr dürfte sich Dillon dann auch schon wieder auf den Heimweg gemacht haben, wofür ihm fünfunddreißig Minuten blieben.«

»Ohne Auto«, warf Blampignon ein.

»Stimmt«, nickte Meredith. »Aber selbst wenn niemand ihn mitgenommen hat und er keinen Bus erwischt hat, könnte er die Strecke locker zu Fuß bewältigt haben … Er ist ein sportlicher Typ, und soweit ich gesehen habe, ziemlich gut in Form.« Meredith schaute sich fragend um. »Nun, Gentlemen, was meinen Sie? Irgendwelche Einwände?«

»Also, ich will Ihnen ja nicht reinreden, Sir«, meldete sich Freddy respektvoll.

»Ja, Sergeant?«

»Wenn Shenton neben seinem Wagen erstochen wurde, wären dann dort nicht Blutflecken auf der Straße oder dem Trottoir?«

»Vielleicht gibt's ja welche«, wandte Meredith ein. »Bislang haben wir noch nicht danach gesucht. Wäre also nicht schlecht, wenn wir das täten.«

»Dann könnten wir auch gleich noch die Umgebung der Villa nach der Leiche absuchen«, meinte Gibaud. »In jedem Fall gibt uns Ihre Theorie genug zu tun, mein Lieber.« Und an Blampignon gewandt: »Sind Sie einverstanden, Sir?«

Blampignon zögerte kurz, dann sagte er mit kummervoller Zurückhaltung:

»Ich bin mir da nicht so sicher, Gibaud. Es gibt dabei so viel zu bedenken. Das Blut auf den Kleidern von M'sieur Dillon, *par exemple*. Mam'selle Westmacott hat nichts dergleichen erwähnt, aber *sacré nom!*, das hätte es doch geben müssen! Ebenso wenig hat Mam'selle Westmacott erwähnt, dass er in großer Aufregung war, als er in die Villa zurückgekehrt ist. Aber ein Mann, der gerade einen Mord begangen hat und vielleicht zweieinhalb Kilometer …« Es klopfte an der Tür. »*Entrez!*«, rief Blampignon. »*Eh bien?*«

»M'sieur Meredith wird am Telefon verlangt. Es ist Mam'selle Westmacott, M'sieur.«

»Oh, Ihre Angebetete, Sergeant«, sagte Meredith mit einem maliziösen Seitenblick. »Was die wohl von *mir* will? Entschuldigen Sie mich bitte kurz, Gentlemen. Bin gleich wieder da.«

Doch Meredith unterschätzte die Dauer seiner Abwesenheit. Erst fünf Minuten später kehrte er in Gibauds Büro zurück. Er blickte langsam und finster in die Runde der erwartungsvollen Gesichter.

»*Eh bien?*«, entfuhr es dem ungeduldigen Blampignon. »Was gibt's? Sie sehen aus, als hätten Sie schlechte Nachrichten.«

»Allerdings«, sagte Meredith knapp.

»Und?«, fragte Gibaud.

»*Vor ungefähr einer Stunde hat unser Freund Dillon Selbstmord begangen!*«

»Selbstmord!«, rief Blampignon und sprang entsetzt auf.

Meredith nickte.

»Er hat sich von einem Berg gestürzt!«

II

Blampignon erholte sich als Erster von dem Schock.

»Wie hat Mam'selle Westmacott davon erfahren?«

»Gerade wurde Kitty Linden zur Villa gebracht; sie hatte einen Zusammenbruch. Irgendwo an einem Ort namens Col de Braus hat sie ein amerikanischer Tourist der Ohnmacht nahe aufgelesen. Anscheinend konnte sie ihm gerade noch sagen, was passiert war und wo sie wohnt, dann ist sie weggetreten.«

»*Tiens!*«, rief Blampignon aus. »Und der Amerikaner?«

»Der kommt gleich hierher. Er hat Miss Westmacott versprochen, uns zum Unglücksort zu führen. Bislang ist die Leiche noch nicht geborgen. Die arme junge Dame hat heute einiges zu verdauen – die Tante am Rande der Hysterie, diese Linden halb ohnmächtig auf dem Sofa. Sie wusste einfach nicht, an wen sie sich wenden sollte, deshalb hat sie mich angerufen.«

»Selbstmord also«, warf Gibaud weise nickend ein. »Wenn wir von Ihrer Theorie ausgehen, dass Dillon für Shentons Verschwinden verantwortlich ist, könnte das die logische Folge seiner Tat sein.«

»Tod wegen schlechten Gewissens, meinen Sie?«, fragte Meredith. »Den Gedanken hatte ich auch schon. Aber erst, wenn wir ...«

Alle weiteren Spekulationen fanden ein Ende, als der diensthabende Sergeant mit der Nachricht hereinkam, ein Amerikaner namens M'sieur Bucknell wolle Inspector Meredith sprechen.

»*Très bien*«, sagte Blampignon. »Der Inspector kommt gleich.« Und an Meredith gewandt: »Ich muss jetzt dringend zurück nach Nizza zu einer Besprechung, *mon ami*. Sie werden mir berichten, ja? Auch, welche Fortschritte Sie im Fall des vermissten Shenton gemacht haben. Nachdem Sie Cobbett verhaftet haben, ist Ihr Auftrag hier ja eigentlich offiziell beendet. Aber ich rufe gleich beim Yard an und bitte den Commissioner um seine Einwilligung, dass Sie und Sergeant Strang bleiben, bis wir das Rätsel um Shenton gelöst haben. Wäre Ihnen das recht?«

»Nichts wäre mir lieber, mein Bester.«

»*Bon!* Das wäre dann also geregelt«, sagte Blampignon und wandte sich Gibaud zu. »Ich möchte, dass Cobbett zu meinem Wagen gebracht wird – mit Haube und in Handschellen. Vielleicht verrät er uns ja, wo wir Latour finden, wenn wir ihm ein wenig Feuer unterm Hintern machen. Latour dürfen wir nämlich nicht vergessen. Ebenso wenig die Möglichkeit, dass *er* Shenton erstochen hat. Aus Gründen«, schloss Blampignon, »die uns bislang noch nicht ersichtlich sind.«

III

Bucknells Wagen, eine lange, schnittige, schimmernde Limousine, nahm die Steigungen hinter Menton wie ein Vollblut. Der Amerikaner lenkte den Wagen mit der Lässigkeit eines Mannes, der sein ganzes Leben damit zugebracht hat, Kontinente und Berge am Steuer zu überqueren. Er war ein zwangloser, gesprächiger Bursche, und schon nach zehn Minuten hatte Meredith eine ganze Menge über ihn erfahren. Er war auf dem Weg nach Rom zu einer Tagung von *hoteliers*, nachdem er über Grenoble die Alpes Maritimes überwunden hatte. Dass seine Reise gen Süden von diesem unerwarteten Zwischenfall unterbrochen wurde, kümmerte ihn nicht im Mindesten.

Ein Stück hinter Castillon drosselte Bucknell das Tempo

und zeigte auf die Stelle, wo die junge Frau zusammengesackt an der Straße gesessen hatte.

»Der abgestellte Wagen ist mir rund eine Meile die Straße hoch aufgefallen. Dort dürfte dieser Dillon dann wohl auch über die Kante sein.«

»Warum sie wohl nicht den Wagen genommen hat?«, bemerkte Meredith.

»Das habe ich sie auch gefragt. Anscheinend kann sie nicht fahren. Wenn Sie mich fragen, war es verdammtes Glück, dass ich zufällig vorbeikam. Hier oben staut es sich nicht gerade.«

Damit hatte Bucknell recht. Es war eigenartig, bereits nach einer vergleichsweise kurzen Fahrt das bunte Treiben der Küstenstädte hinter sich zu lassen und sich inmitten der erhabenen Trostlosigkeit der Berge wiederzufinden. Als Bucknell wenige Minuten später neben dem abgestellten Wagen anhielt und Meredith ausstieg, raubte ihm das Panorama, das sich vor ihm ausbreitete, den Atem. Indem sie einen Bergvorsprung umkurvte, bildete die Straße eine Art natürlichen Aussichtspunkt. Dillons Stanmobile stand in einer günstig gelegenen Ausbuchtung an der Innenseite der Straße, und die große Tartan-Decke, die neben dem Wagen ausgebreitet war, wies darauf hin, dass die beiden sich diese Stelle für ihr Picknick ausgesucht hatten. Meredith bemerkte einen niedrigen Holzzaun, der, vermutlich von der Ortsverwaltung, an der Außenseite der Straße angebracht war. Als Strang, der hinten im Wagen gesessen hatte, zu ihm trat, sagte Meredith:

»Das schließt die Möglichkeit eines Unfalls im Grunde aus. Gut, der Zaun ist nicht besonders hoch, trotzdem fällt da niemand runter, ohne vorher über den Zaun gestiegen zu sein.

Ich habe erst nicht verstanden, wie die Frau so sicher sein konnte, dass Dillon sich absichtlich hinabgestürzt hat. Jetzt ist es klar.«

Meredith stieg über den Zaun, näherte sich vorsichtig der Kante und schaute hinab. Der Inspector kam mit Höhen gut zurecht, aber selbst ihm wurde vorübergehend schwindelig, als er auf der Suche nach der Leiche den Blick über das von Steinbrocken übersäte Tal schweifen ließ. Wieder klar im Kopf, sah er vor dem graubraunen Hintergrund aus Fels und Unterholz plötzlich etwas Weißes schimmern.

Grimmig verkündete er:

»Da liegt der arme Teufel. Aber wie zum Henker sollen wir ...« Er unterbrach sich aufgeregt. »Nein – halt! Da scheint so was wie ein Weg zu sein. Sieht mir aus wie eine Art Saumpfad.« Meredith stieg zurück über den Zaun und zog die Landkarte hervor, die Gibaud ihm klugerweise in die Tasche gesteckt hatte. Eine Weile betrachtete er sie konzentriert, dann sagte er: »Ja, das ist ein Saumpfad. Sehen Sie – er ist deutlich eingezeichnet.«

»Und so wie's aussieht, Sir«, warf Strang ein, der sich neben Meredith über die Karte beugte, »führt er zu der Straße nach L'Escarène.«

»Hören Sie, Mr. Bucknell«, sagte Meredith zu dem Amerikaner. »Es ist nicht nötig, Ihre Zeit weiter zu beanspruchen. Wir dürften hier noch mindestens zwei Stunden beschäftigt sein. Und falls wir es tatsächlich zur Leiche runter schaffen ... na ja, das wird kein besonders angenehmer Anblick sein. Und da wir ja nun Dillons Wagen haben ...«

»Wahrscheinlich haben Sie recht«, nickte Bucknell. »Sinnlos, dass ich noch länger hierbleibe.« Er streckte ihm freundlich seine große Hand entgegen. »Also, hat mich sehr gefreut, Sie kennenzulernen, Inspector. Zu Hause werden sie völlig aus dem Häuschen sein, wenn ich ihnen erzähle, dass ich einem echten Mann von Scotland Yard begegnet bin.«

Nachdem sie Bucknell für seine Mitarbeit gedankt und dieser seinen Wagen gewendet hatte, eilten Meredith und Strang zurück zu Dillons Stanmobile. Strang legte die Decke zusammen und warf sie auf die Rückbank, dann setzte er sich neben Meredith, der schon am Steuer saß. Ein paar hundert Meter weiter bogen sie an einem verwitterten Wegweiser links ab und fuhren langsam die kurvenreiche Straße Richtung L'Escarène hinab. Zeitweilig schien die Straße von der steilen Felswand geradezu wegzuschwingen, dann lief sie zu Merediths Befriedigung wieder zurück und strebte direkt auf ihre Basis zu. Gleich darauf bremste Meredith stark ab und brachte das Stanmobile schlitternd zum Stehen.

»Da ist unser Saumpfad, Sergeant. Könnte sogar breit genug für das Auto sein, schätze ich, aber das riskieren wir lieber nicht. Sollte er schmaler werden, können wir nicht mehr wenden.«

Sie sprangen aus dem Wagen, Strang auf Merediths Vorschlag hin mit der zusammengelegten Decke über dem Arm, und marschierten den von losen Steinen übersäten Weg hinauf. Sie mussten noch eine dicke Felsnase umrunden, dann standen sie vor der Leiche des unglücklichen Dillon.

Er lag mit dem Gesicht nach unten da, ein Arm war ausgestreckt, der andere klemmte unter der Brust. Er trug ein gebleichtes Khaki-Buschhemd, weiße Shorts und Schuhe mit Gummisohlen. Auf dem Rücken hing, noch sicher festgezurrt, ein großer, solider Rucksack.

Behutsam drehte Meredith die Leiche um, und gemeinsam betrachteten sie das, was einst das Gesicht gewesen war. So abgehärtet er auch war, was derartige Grausigkeiten betraf, vermochte Meredith doch einen Ekelschauer nicht zu unterdrücken.

»Puh«, bemerkte er und musste schwer schlucken, »kein schöner Anblick, was, Strang?«

»Furchtbar, Sir. Aber viel wird er davon nicht gemerkt haben. Immerhin ein kleiner Trost. Der arme Teufel hat den richtigen Ort gewählt, um sich zu verabschieden.«

»Da haben Sie recht«, pflichtete Meredith ihm bei, »alles deutet darauf hin, dass er nicht spontan gehandelt hat. Wenn Sie mich fragen, kannte Dillon die Gegend um den Col de Braus, und als er heute Vormittag mit der Frau aufbrach, fuhr er *bewusst* hierher ...« Meredith brach abrupt ab, kniete sich hin und hielt das Ohr ans linke Handgelenk des Toten. »Nun sehen Sie sich das mal an, Sergeant! Seine Uhr geht noch – nicht mal das Glas ist zerbrochen.« Meredith löste das schweinslederne Armband und betrachtete die Uhr genauer. Dann richtete er sich wieder auf und rief: »Großer Gott! Lesen Sie mal die Inschrift auf der Rückseite.«

»*Für Bill von seiner Frau Kitty, in Liebe*«, las Strang. »Aber ... was zum Donner hat das zu bedeuten, Sir?«

»Zweifelsohne genau das, was da steht, Sergeant. Wenn sie sich in der Zwischenzeit nicht haben scheiden lassen, bedeutet es, dass Miss Kitty Linden *Bill Dillons Frau* ist. Wenigstens«, korrigierte sich Meredith und nickte in Richtung der entstellten Gestalt zu seinen Füßen, »*war* sie es, bis ihr Mann beschloss, sich die Felswand da hinabzustürzen!«

Kapitel 18

DIE ABGESTELLTE VEDETTE

I

Nachdem sie die sterblichen Überreste Bill Dillons, in die Tartan-Decke gehüllt, auf die Rückbank seines Wagens gelegt hatten, traten sie die Heimfahrt an. Strang, der um die unberechenbaren Stimmungsschwankungen seines Vorgesetzten wusste, war so taktvoll, eine Erörterung der neuesten Entwicklungen in dem schnell fließenden Ereignisstrom dieses Tages zu vermeiden. Es war offenkundig, dass der Inspector hinter seiner gut ziehenden Pfeife unter Hochdruck nachdachte.

Tatsächlich schossen Merediths Gedanken nur so dahin. Die völlig unerwartete Entdeckung, dass Bill Dillon und Kitty Linden Mann und Frau waren, zwang ihn, seine vorigen Meinungen bezüglich des Selbstmordmotivs des jungen Mannes zu überdenken. Was, wenn er falsch lag? Wenn Dillons tödliche Entscheidung gar nichts mit Shentons Verschwinden zu tun hatte? Kurz gesagt, wenn sie gar nicht mit Shenton, sondern nur mit Kitty in Verbindung stand?

Das war eine explosive Lage, die einen ehrlichen Kerl wie Dillon durchaus in den Selbstmord treiben konnte: Kitty war in Shenton verknallt (so viel stand immerhin fest, zumal Mrs. Hedderwick dies ganz besonders hervorgehoben hatte);

Dillon erfährt, dass seine Frau in der Villa Paloma lebt, und reist sofort nach Menton, zweifellos in der Hoffnung, diese unzulässige und für ihn hassenswerte Verbindung zu beenden; er versucht, Kitty dazu zu bewegen, zu ihm zurückzukommen; sie weigert sich. O. k. - was dann? Dillon überredet sie, mit ihm in die Berge zu fahren, wahrscheinlich unter dem Vorwand eines letzten verzweifelten Versuchs, den Bruch zwischen ihnen zu kitten; auf dem Col de Braus zwingt er dann die Frau mit einer letzten perversen, melodramatischen Geste, das ultimative Ergebnis ihrer Untreue mit anzusehen. Kurzum: Dillon hatte nicht Selbstmord begangen, um einem quälenden schlechten Gewissen zu entrinnen, sondern um sich aus einer Lage zu befreien, die für ihn unerträglich geworden war.

Hm, dachte Meredith, da könnte was dran sein. Kittys Weigerung, zu ihm zurückzukehren, könnte gut und gern das *prima-facie*-Motiv für den Selbstmord gewesen sein. Etwas anderes war aber auch denkbar: Was, wenn Dillon in dem Wissen, dass er sich bald das Leben nehmen würde, beschlossen hatte, vor seiner eigenen Auslöschung auch noch Shenton zu beseitigen? Das Motiv war natürlich Eifersucht – der Wunsch, sich an dem Mann zu rächen, der seine Ehe zerstört hatte und mehr oder weniger mit seiner Frau durchgebrannt war.

Angenommen, Dillon hatte Shenton tatsächlich getötet, dann hatten sie den möglichen Modus Operandi des Mordes ja schon erörtert. Und Gibaud hatte, indem er Merediths Theorie zustimmte, der zufolge Shenton im Umkreis der Villa Paloma erstochen worden war, versprochen, eine sofortige Untersuchung der umliegenden Straßen und Gärten zu veranlassen. Zweifellos war diese bereits im Gange. Dabei hatten sie drei klare Ziele im Blick: A) Feststellen, ob sich auf der Straße oder auf dem Trottoir Blutflecken befanden, die auf den Tatort schließen ließen. B) In den benachbarten Villen Befragungen durchführen, ob jemandem die geparkte Vedette aufgefallen war oder etwas anderes, was ihre Theorie bestätigte. C) Sämtliche potenziellen Verstecke in der Nähe durchkämmen in der Hoffnung, auf die Leiche des vermissten Shenton zu stoßen.

Es war durchaus möglich, dachte Meredith, dass Gibaud, wenn sie zurück in Menton waren, bereits etwas Hilfreiches zutage gefördert hatte.

II

Als er im Kommissariat ankam, erfuhr er von dem diensthabenden Sergeant jedoch, dass Gibaud sowie zwei Zivilbeamte noch immer auf der Jagd waren. Er wollte darauf dringen, dass Dillons sterbliche Überreste von der Rückbank des Stanmobile ins Leichenschauhaus gebracht wurden, da der Sergeant aber kein Wort Englisch sprach, stand er vor einem Dilemma. Er unternahm zwei, drei gestelzte Versuche in seinem grauenhaften Französisch, doch der Sergeant zeigte zu seiner Bestürzung keinerlei Reaktion. Ein hastiges Blättern in seinem Wörterbuch für Touristen überzeugte Meredith davon, dass der Verlag kläglich daran gescheitert war, einen diesem Anlass entsprechenden Satz bereitzustellen. Ein Taxi rufen, nach der Uhrzeit fragen, das Wetter kommentieren, mit einem uneinsichtigen Portier diskutieren – ja! Aber wenn es darum ging, einen Toten ins Leichenschauhaus zu überführen, hatte sich der Verlag sträflich zurückgehalten.

Meredith versuchte es gerade mit »*Voulez-vous transporter le cadavre dans l'automobile au le mortuary publique*«, als Gibaud zu seiner großen Erleichterung forsch in die Dienststelle geschritten kam. »Ah, Gott sei Dank, dass Sie da sind!«, rief Meredith.

»Warum – was gibt's?«, erkundigte sich Gibaud.

Mit wenigen Sätzen umriss Meredith die Ergebnisse ihres Ausflugs zum Col de Braus und erklärte ihm, dass die Leiche des bedauernswerten Dillon noch immer im Wagen lag.

»Und sie soll ins Leichenschauhaus, nehme ich an, ja?« Meredith nickte. »O. k., ich kümmere mich darum. Gehen Sie schon mal in mein Büro. Ich komme gleich nach. Ich habe heiße Neuigkeiten für Sie.«

Meredith hatte kaum Zeit, seine Pfeife zu stopfen und anzuzünden, als Gibaud hereinkam und sich mit einem Seufzer der Erschöpfung auf seinen Stuhl sacken ließ.

»Puh! Endlich kann ich mal die Beine ausstrecken. Seit Sie losgefahren sind, war ich pausenlos unterwegs.«

»Und?«, fragte Meredith ungeduldig.

»Und ... was?«

»Na, Ihre heißen Neuigkeiten.«

»Ach, das!«, kicherte Gibaud. »Wir haben zwar nirgendwo in der Umgebung der Villa Blutspuren entdeckt, schon gar keine Leiche, dafür haben wir ein paar ziemlich nützliche Informationen erhalten.«

»Dann heraus damit, Mensch!«, explodierte Meredith. »Welche denn?«

»Nun, gegen elf Uhr gestern Abend bemerkte ein gewisser

M'sieur Picard, dem eine Villa nicht weit von der Hedder-wickschen gehört, einen geparkten Wagen an der Ecke Avenue St. Michel und Avenue St. Jeannet. Der Mann war zu Fuß auf dem Heimweg nach einem Besuch bei Freunden in der Avenue Thier.«

»Und?«

»Der Wagen war eine karmesinrote Vedette.«

»Eine karmesinrote Vedette!«

»Ja, und das ist noch nicht alles«, lächelte Gibaud mit einer gewissen vertretbaren Selbstgefälligkeit. »Sie fiel Picard aus zwei Gründen auf: A) das Verdeck war geschlossen. Und B) die Seitenscheiben ebenso.«

»Teufel auch! Wie sind Sie an die Information gekommen?«

»Eine Befragung von Haus zu Haus. Glücklicherweise habe ich Picard erwischt, als er gerade vom Büro nach Hause gekommen war.«

»Sie halten seine Aussage für glaubwürdig?«

»Absolut.«

»Hat er im Wagen jemanden gesehen?«

»Ja, danach habe ich ihn auch gefragt. Er möchte es nicht beschwören, weil sich die Straßenlampen in den Scheiben spiegelten und es daher schwierig war, ins Innere zu blicken. Außerdem hat er auch nur im Vorbeigehen flüchtig hineingeschaut.«

»Und?«

»Er meint, jemanden auf einem der Vordersitze gesehen zu haben. Aber wie gesagt, er möchte sich da nicht festlegen.«

Eine Weile schaute Meredith, der am Fenster stand, sinnend auf die belebte Straße. Dann drehte er sich unvermittelt um und erklärte verwirrt:

»Ich kapier's einfach nicht. Falls das wirklich Shentons Wagen war – und nach Lage der Dinge *muss* er es gewesen sein –, was zum Henker machte er dann um elf Uhr nachts an der Ecke Avenue St. Michel?«

»Ich kann Ihnen nicht folgen.«

»Ja, verstehen Sie denn nicht? Wenn die Vedette um diese Zeit ein paar hundert Meter von der Villa Paloma entfernt stand, dann ist meine schöne Theorie, dass Dillon Shenton ermordet und dann den Wagen zum Cap Martin gefahren hat, im Eimer. Sowohl Kitty Linden als auch die Westmacott haben geschworen, dass Dillon um zwanzig vor elf wieder im Haus war. Und meiner Rekonstruktion des Verbrechens zufolge muss der Wagen irgendwann um zehn Uhr am Kap abgestellt worden sein. Wie gesagt, ich kapier's nicht.«

»Falls Picard tatsächlich eine Person in dem Wagen gesehen hat, glauben Sie dann, es war Shenton?«

Meredith nickte.

»Wer könnte es sonst gewesen sein? Verflucht, Gibaud, schließlich war es Shentons Wagen.«

»Aber wenn der Kerl um elf Uhr noch quicklebendig war, *wann* wurde er dann ermordet?«

»Fragen Sie mich was Leichteres. Um ehrlich zu sein, bin ich mir inzwischen nicht mehr sicher, ob wir nicht einen riesigen Bock geschossen haben.«

»Womit?«

»Dass wir uns eingeredet haben, weil Shenton verschwunden ist, muss er *eo ipso* auch ermordet worden sein.«

Gibaud starrte seinen Kollegen verblüfft an.

»*Mon Dieu!* Glauben Sie denn, er lebt noch?«

»Nach Picards Aussage ... ja. Das einzige Indiz, das auf

einen Mord hindeutet, ist das Blut auf der Karosserie und dem Trittbrett der Vedette. Lassen wir das beiseite, was bleibt dann noch? Ein verlassener Wagen und diese lächerliche, offensichtlich falsche Spur des schwarzen Baretts.«

»Hören Sie«, sagte Gibaud mürrisch, »vielleicht bin ich gerade nicht der Hellste, aber wenn Shenton noch lebt und sich bester Gesundheit erfreut, wer hat dann seine Vedette auf der Landspitze abgestellt? Und wer hat sein Barett auf die Steine gelegt?«

»Ich habe den sehr starken Verdacht«, sagte Meredith bedächtig, »dass es Shenton selbst war.«

»Shenton!«, rief Gibaud aus. »Aber warum?«

»Weil er allen glauben machen wollte, dass er *umgebracht* wurde. Aber wer weiß, vielleicht liege ich damit ja genauso falsch wie mit meiner letzten Theorie. Viel hängt von Kitty Lindens Verhalten in den nächsten Tagen ab.«

»Worauf wollen Sie hinaus?«, fragte Gibaud. »Was hat denn die Linden mit dem Fall zu tun?«

»So wie ich es sehe ... alles. Sie war in Shenton verknallt. Mrs. Hedderwick zufolge erwiderte der Kerl ihre Gefühle mehr oder weniger. Das sind zwei Seiten des ewigen Dreiecks. Die dritte ist natürlich Dillon. Ich habe nämlich heute Nachmittag entdeckt, dass Dillon und die Linden verheiratet waren.«

»Verheiratet!«, rief Gibaud. »Wie haben Sie denn das ...«

Eilig beschrieb Meredith, wie er auf diese unerwartete Information gestoßen war. Dann fuhr er fort:

»Angenommen, die Frau und Shenton wollten heiraten, und angenommen, Dillon hat sich gegen eine Scheidung gewehrt, das wäre doch eine recht dynamische Ausgangslage, nicht? Mit nur einem logischen Ausweg aus der Sackgasse – begreifen Sie jetzt?«

»*Mon Dieu,* ja! Sie vermuten, dass Dillon gar nicht Selbstmord begangen hat.«

»Genau. Shenton hatte die Frau veranlasst, Dillon zu dieser Stelle zu locken, wo er schon auf der Lauer lag. Daher auch sein Versuch, uns glauben zu machen, er selbst sei Opfer eines Verbrechens geworden. Denn Tote, Gibaud, morden schließlich nicht. Können Sie alle davon überzeugen, dass Sie tot sind, haben Sie so ziemlich das beste Alibi, das es gibt. Aber natürlich hat dieses Alibi einen unentrinnbaren Nachteil – nach der Tat müssen Sie auch tot *bleiben*. Mit anderen Worten, Sie müssen sich von der Gegend, wo das Verbrechen geschah, verabschieden und irgendwo anders unter anderem Namen neu anfangen. Deshalb meine ich, dass uns Kitty Lindens Verhalten während der nächsten Tage einen Hinweis darauf liefern müsste, ob wir in die richtige Richtung denken. Packt die Dame plötzlich ihre Sachen und verlässt die Villa auf Nimmerwiedersehen, dann steht die Quote bei einem Penny zu hundert Pfund, dass sie sich mit diesem außerordentlich toten Mann trifft, mit Tony Shenton.« Meredith hielt inne, zog ein Taschentuch hervor und tupfte sich energisch die Stirn. »Na, was meinen Sie dazu? Irgendwelche Einwände?«

»Haken eins«, grinste Gibaud. »Was ist mit dem Blut auf dem Wagen?«

»Vielleicht wie das Barett auf den Steinen ... inszeniert. Wahrscheinlich ist es Tierblut, von einer Katze oder einem Hund.«

»Also, *das* können wir ja herausfinden. Das ist für die Laborratten in Lyon ein Kinderspiel. Möchten Sie, dass ich das veranlasse?«

»Wenn möglich, sofort, ja. Weitere Einwände?«

»Ja – und leider ist es ein ziemlich heftiger. Hat Mrs. Hedderwick nicht betont, dass Shenton und die Frau sich in den letzten Tagen in den Haaren lagen? Womöglich sogar einen handfesten Streit hatten? Also, wenn sie wirklich eine Auseinandersetzung hatten, würden sie sich da plötzlich wieder vertragen und gemeinsam ein Kapitalverbrechen verüben? Klingt mir nicht besonders plausibel.«

»Hmm«, machte Meredith, dessen Stimmung von diesem vollkommen logischen Argument etwas gedämpft wurde. »Da haben Sie leider nicht ganz unrecht, verflixt! Das war mir entfallen.« Doch dann hellte sich seine Miene wieder etwas auf, und er setzte hinzu: »Natürlich könnten sie auch das inszeniert haben. Jedenfalls wäre es verrückt, meine hübsche Theorie nur deshalb zu verwerfen. Wir müssen die Frau befragen, je früher, desto besser. Am besten sofort. Wäre das für Sie in Ordnung?«

»Selbstverständlich«, nickte Gibaud. »Und was ist mit der Identifizierung der Leiche? Gut, Sie und Strang sind Dillon mehr als einmal begegnet, um es offiziell zu machen, sollten wir aber die Bestätigung von jemandem haben, der nicht bei der Polizei arbeitet, nicht?«

»Gütiger Himmel!«, protestierte Meredith. »Sie wollen die Ärmste doch nicht ernsthaft ins Leichenschauhaus zerren, damit sie sich den Toten ansieht? Eine Identifizierung anhand des Gesichts kommt ohnehin nicht infrage. Denn wenn die Frau *gesehen* hat, wie er hinabflog ... Sie verstehen, was ich meine?«

»Ja, natürlich«, pflichtete ihm Gibaud bei. »Es sollte genügen, wenn sie detailliert beschreibt, was er anhatte, seine Haar- und Augenfarbe, besondere Merkmale und so weiter. Dann können wir ihre Angaben mit denen in seinem Pass vergleichen. Den müssten wir allerdings erst noch auftreiben. Bei der Leiche war er nicht.«

»Wir sollten auch Kontakt mit seinen Verwandten aufnehmen«, meinte Meredith. »Dabei kann uns der Yard sicher helfen. Ich rede mit Blampignon, sobald ich die Frau befragt habe. Wissen Sie«, setzte er mit einem bitteren Lächeln hinzu, »es ist durchaus möglich, dass der AC mich zu Hause braucht, jetzt, wo wir Chalky einkassiert haben. Diese Shenton-Dillon-Geschichte ist ja quasi nur ein Nachtrag zu meinem ursprünglichen Auftrag. Aber jetzt rufe ich erst mal in der Villa an.«

Kapitel 19

WESSEN LEICHE?

I

Nachdem Meredith von Dilys Westmacott erfahren hatte, dass Kitty von den Erlebnissen des Vormittags zwar noch stark erschüttert, aber zu einer Aussage bereit sei, wies er Strang an, die Habe des Toten zu holen, und eilte zur Villa Paloma. Dort lag die Frau teilnahmslos auf einem Sofa im Salon, in den großen dunklen Augen ein gehetzter Ausdruck, die Züge in der hellen Abendsonne, die durch die Terrassentür hereinfloss, bleich und abgehärmt. Sie strahlte etwas so Verlorenes und Wehrloses aus, dass Meredith Mitleid empfand, als er durch den Raum schritt, um sie zu begrüßen.

Nachdem sich Dilys zurückgezogen und die Tür hinter sich geschlossen hatte, zog er sich einen Stuhl heran, schob seine Gefühle beiseite und begann mit der Vernehmung. Einen Zeugen zu befragen, der noch unter Schock stand, war ihm immer ein Gräuel gewesen. Doch Pflicht war Pflicht, und wenn es denn getan werden musste, dann war es besser, es schnell über die Bühne zu bringen. Gleichwohl weigerte er sich, die Frau kopfscheu zu machen. Nach einigen leisen Worten des Mitgefühls bewegte er sie sanft dazu, ihm den Ablauf der Tragödie zu schildern.

Nach und nach kam alles heraus – die Fahrt in die Berge,

der Halt am Col de Braus, um zu picknicken, wie Dillon danach über die Straße ging, vorgeblich, um die Aussicht zu genießen, wie Kitty auf der Decke neben dem Auto eine Zigarette rauchte, wie sie plötzlich sah, dass Dillon über den Zaun gestiegen war und direkt am Abgrund stand, ihr Warnruf, wie sie zu ihm wollte, bevor er fiel, sein gequälter Schrei, als er hinabstürzte, und wie sie dann voller Entsetzen und Panik Hilfe suchend die Straße entlangwankte, bis sie zusammenbrach und Bucknell glücklicherweise mit seinem Wagen daherkam.

So ungefähr hatte er es erwartet. Die Einzelheiten ihrer Geschichte deckten sich genau mit denen, die er selbst schon gesammelt hatte. Doch warum erwähnte sie die Beziehung nicht, die zwischen ihr und dem Toten bestanden hatte? Ruhig und unaufgeregt, fast ohne dass die Frau es merkte, begann Meredith mit seinem Verhör.

»Sie kannten Mr. Dillon schon eine Weile, Miss Linden?«

Unsicher, ob der Inspector das als Feststellung oder Frage gemeint hatte, blickte Kitty erschrocken auf. Sie zögerte kurz und sagte dann tonlos:

»Nein – erst seit er in der Villa eingezogen war.«

»Warum genau hat Mr. Dillon sie gebeten, Sie heute Vormittag zu begleiten?«

»Weil er dachte, ich würde mich über den Ausflug freuen. Es war bloß eine zwanglose, freundliche Einladung.«

»Er hatte keinen bestimmten Grund, Sie einzuladen?«

»Einen Grund?« Wieder war da dieser ängstliche Schimmer in ihren dunklen Augen. »Wie meinen Sie das?«

»Nun, ich vermute, dass Mr. Dillon Sie eingeladen hat, weil er unbedingt etwas mit Ihnen besprechen wollte. Eine äußerst intime Angelegenheit, die er mit Ihnen nur erörtern konnte, wenn Sie allein waren.«

In dem jämmerlichen Versuch, sich durchzumogeln, zeigte Kitty dem Inspector ein fahles Lächeln.

»Wirklich, Inspector, ich weiß nicht, wie Sie auf so etwas Abwegiges kommen.«

»Durch Beobachtung und Schlussfolgerung«, sagte Meredith mit bedeutungsvollem Blick. »Indem ich zwei und zwei zusammenzähle, Miss Linden. Indem ich Fragen stelle. Indem ich meine Polizistennase in die Angelegenheiten anderer Leute stecke, wie Sie das vielleicht nennen würden. Beispielsweise in Ihre Beziehung zu Mr. Shenton.«

Kitty sah ihn durchdringend an und zeigte plötzlich neue Lebensgeister:

»Was wissen Sie über Tony Shenton? Was hat er denn damit zu tun? Ich verstehe wirklich nicht, warum Sie Tony ...«

»Nun seien Sie mal vernünftig, Miss Linden. Sie waren in den Mann verliebt. Ich sage ›waren‹, weil ich zufällig weiß, dass Sie sich vor Kurzem gestritten haben. Und das ist noch nicht mal die Hälfte dessen, was ich weiß.« Meredith griff in die Tasche, zog die silberne Armbanduhr heraus und hielt sie ihr auf der Hand hin. »Haben Sie die schon mal gesehen?«

Kitty stieß einen Schrei aus und drückte sich in die Kissen.

»Ja ... die gehört Bill ... Mr. Dillon! Wo ... wo haben Sie die gefunden? Hat er sie getragen, als Sie ... als Sie ...?«

Meredith nickte und meinte ruhig:

»Ich habe sie ihm vom Handgelenk gestreift, Mrs. Dillon.«

»Mrs. Dillon!«, ächzte Kitty entgeistert. »Dann haben Sie ...?«

»Ja, ich habe die Inschrift auf der Rückseite gelesen«, sagte

Meredith trocken. »Also schlage ich vor, wir beenden diese Spiegelfechterei, junge Dame, und reden Tacheles. Warum haben Sie mir nicht gleich gesagt, dass Sie und Bill Dillon verheiratet waren?«

»Ja, das war wohl dumm von mir. Ich war es nur schon so gewöhnt, Miss Linden zu sein ... eine Rolle zu spielen, dass ... dass ...«

»Sie es nicht fertigbrachten, die Wahrheit zu sagen, wie?«, half Meredith ihr auf die Sprünge. »Aber jetzt können Sie mich ja ins Vertrauen ziehen. Machen Sie reinen Tisch.«

»Also gut«, murmelte Kitty. »Wo Sie eh schon alles herausgefunden haben, hat's wohl wenig Sinn, wenn ich den Mund halte.«

Und dann erzählte sie: von ihrer unglücklichen Ehe, ihrer Beziehung mit Tony Shenton, wie sie seine Einladung annahm, zu ihm nach Menton zu kommen, wie ihr Mann unerwartet die Szene betrat, um sie zurückzugewinnen, von der schrecklichen Gewissheit, dass sie ein Kind bekam und Shenton der Vater war, von Dillons Bereitschaft, sich scheiden zu lassen, wie sie Shenton anflehte, sie zu heiraten, wo sie doch ein Kind von ihm erwartete, von seiner groben, zornigen Weigerung und von der bitteren Erkenntnis, dass sie zwar verzweifelt in ihn, er aber nie richtig in sie verliebt war.

»Und Ihr Mann wusste von Ihren Gefühlen für Shenton, und auch von dem Kind, Mrs. Dillon?« Sie biss sich auf die Lippen und senkte den Kopf. »Es war ein schwerer Schlag für ihn, wie?«

»Ja, natürlich«, sagte Kitty mit erstickter Stimme. »Aber er liebte mich so aufrichtig, dass er sogar da noch ... bereit war, sich von mir scheiden zu lassen, wenn Tony mich heiraten würde.«

»Verstehe. Und Sie bleiben dabei, dass Ihr Mann den Ausflug nicht vorschlug, um diese Dinge zu besprechen?«

»Nein – da habe ich Sie angelogen«, gestand Kitty. »Anscheinend hatte Tony meinem Mann gesagt, dass er mich nicht heiraten will. Und Bill war sowieso schon furchtbar unglücklich. Er hat mich noch mal gefragt, ob ich nicht zu ihm zurückkommen wolle.« Vom Kummer überwältigt, stiegen ihr Tränen in die Augen, und sie schluchzte: »Aber das konnte ich nicht, Inspector! Werfen Sie mir vor, dass ich ehrlich zu ihm war? Wäre ich nur wegen des Kindes zu ihm zurückgegangen, hätte ich eine Lüge gelebt, weil ich doch wusste, dass ich ihn nicht liebte, nie geliebt habe ... es nie können würde! Ach, ich war so gemein zu ihm. Sonst wäre das alles nicht passiert. Verstehen Sie, Inspector? Er hat sich das Leben genommen, weil ... weil er wusste, dass ich, egal was passiert, niemals zu ihm zurückgehen würde!«

Die Frau weinte nun bitterlich, sie sank schlaff in die Kissen und vergrub ihr verzerrtes Gesicht in den Händen. Meredith schwieg einen Augenblick und sagte dann langsam:

»Nur noch eine letzte Frage. Haben Sie irgendwann heute Morgen Tony Shenton gesehen?«

»Tony!«, rief Kitty gebrochen aus. »Wie hätte ich ihn denn sehen können? Er ist doch ...«

»Verschwunden, wie? Ja, durchaus. Aber Sie haben meine Frage nicht beantwortet, Mrs. Dillon.«

»Ich habe Tony seit dem Abendessen gestern nicht mehr gesehen. Das schwöre ich, Inspector. Ich habe keine Ahnung, wo er ist oder was mit ihm geschehen ist. Das ist die Wahrheit. Das müssen Sie mir glauben, Inspector!«

Meredith sah, dass die Frau am Ende ihrer Kräfte war, und war so vernünftig, die Befragung abzuschließen. Bevor er sich von ihr verabschiedete, notierte er sich noch die für die Identifizierung der Leiche nötigen Details und erkundigte sich nach Dillons nächsten Angehörigen. Offenbar waren seine Eltern bereits tot, und der einzige Verwandte, den er je erwähnt hatte, war ein Onkel, der auf der Isle of Man lebte. Er dankte ihr für ihre Offenheit und machte sich auf die Suche nach Mrs. Hedderwick. Er brauchte noch dringend Dillons Pass. Im Flur begegnete er Dilys, von der er erfuhr, dass ihre Tante sich unter dem Schock der Ereignisse ins Bett zurückgezogen hatte. Daher führte Dilys ihn selbst in Dillons Zimmer und half ihm bei der Suche nach dem Pass. Doch zu Merediths Überraschung war das Dokument nirgends zu finden.

»Merkwürdig«, dachte er. »Irgendwo muss das verdammte Ding doch sein. Ohne den Pass hätte er ja gar nicht nach Frankreich einreisen oder in der Bank seine Schecks einlösen können. Und da er nicht bei seiner Leiche war, wo könnte er dann ...?«

II

In dem Wunsch, dem Strudel der Ereignisse ein paar ruhige Minuten abzuringen, ließ sich der Inspector auf dem Rückweg zum Kommissariat Zeit. Wie viel an der Geschichte der Frau hatte gestimmt, was daran waren sorgfältig kalkulierte Ausflüchte? Dass sie ein Kind bekam, bezweifelte Meredith nicht, ebenso wenig ihre Erklärung, dass Shenton der Vater war. So etwas würde sich eine junge Frau einfach nicht ausdenken wollen. Nein – bezüglich der explosiven Lage zwischen ihr und den beiden Männern war sie fraglos ehrlich gewesen. Aber war sie genauso offen gewesen, was den Ablauf von Dillons Selbstmord betraf? Gut, die Einzelheiten ihrer stockenden Schilderung passten zu dem, was er selbst in Erfahrung gebracht hatte. Dennoch blieb die Frage: War Shenton dort, als Dillon in den Abgrund stürzte, war er gar verantwortlich für den Sturz?

Denn schließlich *musste* Shenton ja irgendwo sein. Meredith war überzeugt, dass es Shenton war, den M'sieur Picard in der Vedette gesehen hatte. Am gestrigen Abend um elf Uhr war der Bursche also offensichtlich noch quicklebendig gewesen. Und da war Dillon schon wieder zurück in der Villa gewesen und nach einem kurzen Plausch mit Dilys und Kitty zu Bett gegangen. Sollte Shenton also irgendwann nach elf Uhr ermordet worden sein, war Dillon, wie es aussah, nicht der Täter. Aber wer dann? Latour? Der war Sonntagnacht aus der Villa verschwunden und seitdem nicht mehr gesehen worden. Er war somit ein möglicher Verdächtiger. Motiv unbekannt.

Dann wiederum konnte man natürlich erst mit Sicherheit sagen, dass Shenton überhaupt ermordet worden war, wenn man seine Leiche fand. Das war der Stolperstein bei der Suche nach einer plausiblen Schlussfolgerung.

»Nun gut«, dachte Meredith, »vorerst gehe ich davon aus, dass der Kerl noch lebt und dass er Dillon getötet hat, indem er ihn in den Abgrund stieß. Das Motiv: Er musste Dillon aus dem Weg schaffen, damit er die Frau heiraten konnte. Aber ist das wirklich ausreichend? Passt Kittys Erklärung, dass er sich *weigerte*, sie zu heiraten, nicht viel besser zu Shentons Charakter? Zumindest würde das ihre gegenseitige Frostigkeit in letzter Zeit erklären. Außerdem behauptet sie ja, dass Dillon, als er von ihrer Schwangerschaft erfuhr, sogar anbot, den Weg freizumachen und in die Scheidung einzuwilligen, damit Shenton sie heiraten *konnte*. Und das entspricht wohl auch Dillons Wesen. Was also? Stimmt Kittys Geschichte, dann hätte Shenton kein Motiv gehabt, Dillon zu töten. Wenn jedoch Dillon *wusste*, dass Shenton Kitty nicht heiraten wollte, dann hätte Dillon weiß Gott ein Motiv gehabt, Shenton zu erledigen!«

Meredith blieb unvermittelt stehen und verharrte einen Augenblick lang mitten auf dem Trottoir, ohne die neugierigen Blicke der Passanten zu bemerken. Ihm war ein unglaublicher Gedanke durch den Kopf geschossen, ein so fantastischer, dass er ein weiteres Nachdenken kaum lohnte. Und dennoch dachte er noch einmal darüber nach und dann noch mal und noch mal und noch mal. Von diesem Augenblick an bis zu seinem Eintreffen im Kommissariat, wo Gibaud ihn schon in seinem Büro erwartete, analysierte und erweiterte Meredith diesen jähen, elektrisierenden Einfall.

»Hallo! Wachen Sie auf, mein Alter«, sagte Gibaud. »Was ist? Haben Sie ein Gespenst gesehen? Oder eine Offenbarung gehabt?«

»Eine Offenbarung!«, rief Meredith aus. »Das kann man wohl sagen! Gibaud, ist Ihnen klar, dass wir womöglich einem unverzeihlichen Irrglauben unterliegen?«

»Inwiefern?«

Meredith schritt zum hinteren Fenster des Büros und zeigte mit dramatischer Geste in den Innenhof.

»Die Leiche, die dort im Leichenschauhaus auf dem Tisch liegt.«

»Sie meinen, Dillons Leiche?«

»Ja – aber ist sie das auch?«, rief Meredith und wirbelte unvermittelt zu seinem verdutzten Kollegen herum. »*Ist es denn wirklich Dillons Leiche?*«

Gibaud zog ironisch die Brauen hoch und sagte:

»Kommt das vom übermäßigen Weingenuss, oder waren Sie zu lange in der Sonne? Verdammt! Sie haben die Leiche doch selbst hergebracht. Wollen Sie etwa andeuten, ich hätte durch einen wundersamen Trick Dillons Leiche gegen eine andere ausgetauscht, als ich sie ins Leichenschauhaus bringen ließ?«

Meredith sagte grimmig:

»Es ist mein voller Ernst, Gibaud. Könnte es nicht sein, dass der Mann, der in den Abgrund stürzte, gar nicht Dillon *war*?«

»Aber seine Kleider«, protestierte Gibaud. »Sie haben von der Frau doch eine vollständige Beschreibung von Dillons Sachen erhalten, oder etwa nicht?«

»Ja, schon. Und sie stimmt auch genau mit dem überein, was die Leiche trug. Khaki-Buschhemd, weiße Shorts, Sportschuhe und so weiter. Aber bedenken Sie, mein Lieber, Kleider machen keine Leute. Das Zeug mag aus Dillons Garderobe stammen, aber daraus folgt nicht automatisch, dass der Mann auch Dillon ist. Denken Sie an das Gesicht des armen Teufels.«

Gibaud erschauerte.

»Praktisch unkenntlich, das ist wahr.«

»Nein – nicht ›praktisch‹«, korrigierte ihn Meredith. »Vollkommen unkenntlich. Vergessen Sie nicht, dass ich Dillon kenne, und müsste ich die Leiche allein anhand des Gesichts identifizieren ... ganz ehrlich, das könnte ich nicht. Ebenso wenig Mrs. Dillon oder sonst jemand.«

Offensichtlich noch immer nicht überzeugt, kicherte Gibaud:

»Sie lesen zu viele Krimis – das ist Ihr Problem.«

»Wie meinen Sie das?«

»Na, das ist doch so ein abgedroschenes Doppelspiel, oder etwa nicht? Jedes Mal, wenn in einem Krimi eine Leiche auftaucht, deren Gesicht bis zur Unkenntlichkeit entstellt ist, können Sie darauf wetten, dass es nicht der ist, für den man sie hält. Hier aber haben wir es mit Fakten zu tun, nicht mit Fiktion.«

»Absolut. Und trotzdem glaube ich, ich könnte recht haben.«

»Aber wenn da im Leichenschauhaus nicht Dillon liegt, wer denn dann?«, fragte Gibaud, plötzlich gereizt.

»Shenton«, sagte Meredith knapp.

»Shenton! Wie das?«

»Ganz einfach!«, bellte Meredith. »Shenton wird vermisst, ist mutmaßlich ermordet worden. Keine Spur von der Leiche. Und momentan gibt es auch noch keinen Hinweis auf den echten Tatort. Angenommen, die Frau hat mich angelogen, als sie schwor, sie habe Shenton seit gestern Abend nicht mehr gesehen. Angenommen, Shenton ist tatsächlich am Col de Braus aufgetaucht, es hat eine heftige Auseinandersetzung gegeben, und Dillon hat ihn in den Abgrund gestoßen. Nicht mal unbedingt, um ihn zu töten. Ergebnis – Panik. Die Absicht, möglichst alle Spuren der Tragödie zu verwischen. Mithilfe seiner Frau fährt Dillon zu der Stelle, wo die Leiche liegt, sieht, dass Shentons Gesicht nicht zu identifizieren ist, und erkennt auf einmal den perfekten Ausweg aus dem Dilemma.« Meredith hielt einen Moment inne, tupfte sich den Schweiß von der Stirn und fuhr fort: »Vergessen Sie nicht, dass ich Shenton in der Villa gesehen habe und mir auffiel, wie überaus ähnlich sich die beiden in ihrer Statur und allgemeinen Erscheinung waren. Die Haare gleich blond, die Augen gleich blau und so weiter. Nun, das könnte auch Dillon aufgefallen sein. Also entkleidet er Shentons Leiche und zieht ihr die eigenen Klamotten an. Dann nimmt er seine Armbanduhr ab, bindet sie Shenton ans Handgelenk und setzt ihm auch noch seinen Rucksack auf die Schultern. Anschließend fährt er den Wagen wieder hinauf zum Col de Braus, macht sich in Shentons Kleidern zu Fuß über die Berge davon und lässt die Frau die Mär von seinem Selbstmord verbreiten. Kurzum, die junge Frau hat ein sehr schlaues und überzeugendes Stück für uns aufgeführt.«

»Aber hat sie das denn wirklich?«, wandte Gibaud ein. »Ich dachte, sie hasst ihren Mann. Hat sie ihn nicht sogar wegen Shenton verlassen?«

»Mag sein, aber als sie merkte, dass Shenton, selbst nachdem er sie geschwängert hatte, nicht bereit war, sie zu heiraten, hatte sie vielleicht einen jähen Sinneswandel.«

»Wie? Geschwängert?«

»Ach, das hatte ich ganz vergessen«, sagte Meredith. »Das hat sie mir vorhin selbst erzählt.« Rasch skizzierte er Gibaud die wesentlichen Punkte von Kitty Dillons Aussage und schloss: »Und dann ist da noch eine weitere Kleinigkeit, die meine Theorie stützen könnte.«

»Ach?«

»Dillons Pass scheint unauffindbar zu sein. Und wenn er versuchen sollte, sich ins Ausland abzusetzen, dann wäre ihm der doch am wichtigsten, oder? Das war das Einzige, das er *nicht* bei der Leiche lassen konnte. Na, wie finden Sie meine kleine These jetzt?«

»Mäßig«, sagte Gibaud knapp. »Sie *könnte* stimmen, aber ich glaube es nicht. Zunächst einmal ist da der Zeitfaktor. Man tauscht seine Kleidung nicht in wenigen Sekunden. Versuchen Sie mal, eine Leiche auszuziehen.«

»Aber wir wissen doch gar nicht, wann Dillon und die Frau auf dem Col de Braus angekommen sind«, argumentierte Meredith. »Wir wissen aber, dass sie die Villa gleich nach dem Frühstück verlassen haben, und wenn sie auf direktem Weg zu der Stelle gefahren sind, wo wir den Wagen gefunden haben, dann hätten sie mehrere Stunden Zeit gehabt. Vergessen Sie nicht, dass Bucknell die Frau erst am frühen Nachmittag an der Villa abgesetzt hat.«

»Aber wie passen dann die verlassene Vedette und das schwarze Barett ins Bild – die Indizien, von denen Sie meinen, sie seien nur inszeniert worden, um uns davon zu überzeugen, dass Shenton am Cap Martin verschwunden ist? Ihre Theorie war doch, dass er sich verdünnisiert hat, weil er Dillon ermorden wollte. Jetzt sagen Sie, dass Dillon *ihn* ermordet hat. Sie können nicht beides haben.«

»Stimmt. Aber Shenton könnte ja dennoch am Col de Braus gewartet haben, um dort einen Mord zu begehen. Aber dann hat er den Kürzeren gezogen – weiter nichts.«

Gibaud schüttelte den Kopf und erklärte störrisch:

»Das gefällt mir trotzdem nicht. Dass sich Dillon spontan

so ein kompliziertes Alibi ausgedacht hat, überzeugt mich nicht. So oder so hängt alles von der Identifizierung der Leiche ab. Sie mögen ähnlich aussehen, aber vielleicht hatte Dillon ja eine Blinddarmoperation und Shenton nicht? Oder umgekehrt.«

»Also, da gibt es nur eine Zeugin, die uns über solche körperlichen Besonderheiten aufklären könnte ... ich meine, in beiden Fällen. Und *die* wird wahrscheinlich nicht reden.«

»Kitty Dillon?«

Meredith nickte.

»Aber verdammt will ich sein, wenn ich die Ärmste heute Abend noch mal piesacke. Überschlafen wir meine neueste Theorie doch erst mal. Vielleicht sieht sie morgen früh schon ganz anders aus. Das ist doch oft so. Jedenfalls rufe ich gleich im Yard an, die sollen mir einen Kontakt zur Hawland Aircraft Company herstellen. Die können mir sicher etwas über Dillons Vorgeschichte sagen. Er hat dort in der Forschungsabteilung gearbeitet.« Meredith griff nach seinem Hut. »Übrigens, haben Sie schon zu Abend gegessen?« Gibaud schüttelte den Kopf. »Dann kommen Sie doch mit zu uns ins Hotel. Strang wird sich schon wundern, wo ich abgeblieben bin.«

»Danke, gern«, sagte Gibaud. »Aber nur unter einer Bedingung.«

»Und die wäre?«

»Dass wir ein gutes Essen nicht mit Fachsimpeleien ruinieren!«

Kapitel 20

DIE BAR ST. RAPHAEL

I

Nach einem hervorragenden Mahl im Hotel Louis schlug Meredith eine Zusammenkunft in seinem Zimmer vor, um zu dritt einen kurzen, informellen Kriegsrat abzuhalten, bevor sie auseinandergingen. Dazu war Gibaud sogleich bereit, doch als sie durchs Vestibül gingen, lauerte ihnen der Mann vom Empfang auf.

»M'sieur Gibaud?«

»Ja, das bin ich«, nickte der Inspector.

»Sie werden am Telefon verlangt, M'sieur.«

»Danke«, sagte Gibaud und drehte sich zu Meredith: »Das dürfte der Diensthabende sein. Ich habe ihm gesagt, wo er mich erreichen kann. Ich komme gleich nach.«

Auf dem Zimmer dann fragte Meredith:

»Übrigens, Strang, was ist nun mit den Effekten, die bei der Leiche waren?«

»Ich habe alles aufgelistet, wie Sie gesagt haben, Sir. In den Taschen war praktisch nichts – ein weißes Taschentuch, ein kleines Taschenmesser, Streichhölzer und eine Schachtel französische Zigaretten. Das war's.«

»Und im Rucksack?«

»Der ist auf meinem Zimmer, Sir. Leere Thermosflasche,

etwa ein Liter, zwei, drei zerknüllte Papiertüten und ein paar Orangenschalen.«

»Oh, auf Sauberkeit bedacht, der Bursche, wie? Wollte die Landschaft nicht verschandeln. Seltsam, dass er ein paar Momente, bevor er sich in den Abgrund stürzte, noch an so etwas dachte.« Er drehte sich um. »Ah, nur herein, mein lieber Gibaud! Sie müssen doch hoffentlich nicht weg. Ich habe eigens zu Ihren Ehren eine Flasche Cognac kommen lassen.«

»Nein, es ist nicht dringend. Der Diensthabende, wie vermutet. Ich hatte einen meiner Leute durch die Mentoner Bars und Cafés geschickt, zur Kontrolle. Und der hat jetzt einen ziemlich spannenden Bericht abgeliefert.«

»Eine Kontrolle? Wozu?«

»Shenton«, erwiderte Gibaud knapp. »Mir kam der Gedanke, dass er nach dem gestrigen Abendessen eventuell eins der schickeren Lokale angesteuert haben könnte.«

»Und? Hat er?«

»Ja, die Bar St. Raphael.«

»Wo ist das?«

»Das ist ein kleiner verchromter Schuppen bei der Rue Partouneau. Dem Besitzer zufolge ist sie eine von Shentons bevorzugten Tränken. Und gestern ist er gegen zehn nach neun aufgetaucht, er muss also direkt von der Villa aus hingefahren sein.«

»Aber wie genau hilft uns das?«

»Abwarten!«, beschied ihn Gibaud lächelnd. »Dazu komme ich noch. Gegen zwanzig vor zehn kam einer rein und setzte sich zu Shenton an die Bar. Sie tranken ein paar Gläser und verließen den Laden gegen halb elf.«

»Aber«, sagte Meredith gereizt, »ich kapiere immer noch nicht ...«

»Nicht?«, grinste Gibaud selbstzufrieden. »Dann sag ich's Ihnen. Der Typ, der sich zu ihm setzte, *war zweifelsfrei unser lieber Dillon!*«

»Dillon?«, riefen Meredith und Strang unisono.

»Verstehen Sie jetzt, was das bedeutet? Shenton fuhr Dillon mit der Vedette zurück zur Villa und wartete dann aus irgendeinem Grund im Wagen an der Ecke Avenue St. Michel. Als Picard gegen elf daran vorbeiging, saß Shenton drin. Warum? Wartete er auf jemanden? Wenn ja, auf wen? Dillon? Dillons Frau? Die Westmacott? Und warum zum Donner traf sich Dillon mit Shenton in der Bar St. Raphael?«

»Das kann ich, glaube ich, beantworten«, sagte Meredith prompt. »Dillon hat sich mit Shenton verabredet, um ihre Beziehung zu Kitty zu besprechen. Wahrscheinlich wollte er herausfinden, ob Shenton bereit war, sie zu heiraten, wenn die Scheidung durch wäre.«

»Das wäre denkbar«, gab Gibaud zu. »Der Besitzer berichtete von einer hitzigen Unterhaltung. Einmal dachte er sogar, gleich springen sie sich an die Gurgel. Shenton wirkte anscheinend widerborstig. Und als sie dann gingen, war er bestimmt ein bisschen angeschickert.«

»Vielleicht ist er ja deshalb nicht gleich in die Villa, Sir«, meinte Strang. »Er hat im Wagen gewartet, um auszunüchtern. Vielleicht hat er geschlafen, als dieser Picard ihn sah.«

»Nicht schlecht, Sergeant. Aber soweit wir wissen, hat er die Villa letzte Nacht gar nicht mehr betreten. Als Nächstes wurde die Vedette erst wieder draußen am Cap Martin gesehen.«

»Nicht so schnell«, kicherte Gibaud. »Ich bin noch nicht ganz fertig. Bevor der Diensthabende mich informieren konnte, wurde er noch vom Dorfpolizisten aus Monti angerufen.«

»Monti? Wo zum Teufel ist das denn?«, fragte Meredith.

»Das ist ein kleines Bergdorf auf halbem Weg zwischen Menton und Castillon.«

»Und?«

»Kurz vor zwei Uhr heute Morgen fuhr eine rote Vedette durch Monti, Richtung Menton.«

Meredith pfiff.

»Sie hatten deswegen einen Rundruf gestartet, wie?«

»Ja – samt Kennzeichen und Beschreibung des Wagens.«

»Aber was hat das denn jetzt schon wieder zu bedeuten?«, fragte Meredith verwirrt. »Hat der Gendarm gesehen, ob außer dem Fahrer noch jemand im Wagen war?«

»Oh ja«, grinste Gibaud. »Nur der Mann am Steuer – sonst niemand. Anscheinend ist er wie der Teufel durchs Dorf gerast.«

»Keine Hoffnung auf eine Beschreibung?«

»Keine.«

»In Ordnung«, sinnierte Meredith, »Shenton steht also an der Ecke Avenue St. Michel und setzt sich plötzlich in den Kopf, in die Berge zu fahren. Wozu?«

»Also, Sir«, warf Strang zögernd ein, »vielleicht ist da ja nichts dran ... aber wenn er auf der Straße nach Castillon unterwegs war ...«

»Der Col de Braus!«, unterbrach ihn Meredith aufgeregt. »Natürlich, Sergeant. Aber was machte Shenton mitten in der Nacht dort oben? Ich kapier's einfach nicht. Je mehr wir erfahren, desto weniger wissen wir, so kommt's mir jedenfalls vor! Lebt Shenton, oder ist er tot? Das ist die erste ungelöste Frage. Falls er tot ist, war es dann seine Leiche, die wir am Fuß des Col de Braus gefunden haben? Oder, wie wir naturgemäß annahmen, die von Dillon? Hat Dillon Selbstmord begangen, nachdem er Shenton ermordet hatte? Oder hat Shenton Dillon umgebracht? Oder Latour Shenton?« Meredith kicherte ironisch. »Mein Gott! Das könnte ich die ganze Nacht so weitertreiben.« Er zeigte auf die Gläser. »Vielleicht trinken wir erst mal einen, bevor wir uns aufs Neue den bekannten Fakten zuwenden. Vielleicht fällt uns ja dann eine Theorie ein, die nicht gleich einstürzt, wenn wir sie auch nur anhauchen!« Er hob sein Glas. »Also, auf uns und die Lösung dieses verdammt quälenden Problems!«

II

Meredith hatte noch nicht einmal die Hälfte seines Frühstücks hinter sich gebracht, da war er schon zweimal ans Telefon des Hotelleiters gerufen worden. Der erste Anruf kam von Blampignon aus Nizza. Er hatte mit dem Assistant Commissioner beim Yard gesprochen, und der AC war bereit, Merediths Auftrag im Midi zu verlängern. Ob Meredith im Fall des vermissten Shenton schon Fortschritte erzielt habe? Und falls ja, ob er dann noch am Vormittag nach Nizza kommen und ihm einen aktuellen Bericht liefern könne?

Der zweite Anrufer war Gibaud. Ob Meredith schnell zum Kommissariat kommen könne. Es seien Informationen hereingekommen, die eine von Merediths Lieblingstheorien todsicher sprenge. Und welche?, fragte Meredith. Doch Gibaud legte mit einem aufreizenden Lachen auf und ließ ihn zappeln.

Der Inspector lief in den Speisesaal zurück, kippte eine letzte Tasse Kaffee und schickte Strang in die Garage, um den Wagen zu holen. Zehn Minuten später saßen sie in Gibauds Büro und warteten wie auf glühenden Kohlen darauf, dass er ihnen die neuesten Informationen mitteilte.

»Tut mir leid, Sie so früh herzuholen, aber es sieht ganz so aus, als hätten wir einen wirklich sensationellen Hinweis erhalten. Vor einer Stunde rief ein Kollege vom Präsidium in Monte Carlo an und fragte, ob wir etwas von einem Selbstmord auf dem Col de Braus wüssten. Ich erklärte ihm, wir seien schon an dem Fall dran, und fragte, wie er von der Sache gehört habe. Und dann kam's!«

»Und zwar?«, drängte Meredith ungeduldig.

»Er sagte, sie hätten einen Zeugen da, der alles mit angesehen hat!«

»Was!«, rief Meredith aus.

Gibaud nickte.

»Ja, ein junger Kerl namens Edouard Hamel. Sie bringen ihn gerade her. Aber ich dachte, Sie möchten vielleicht die wichtigsten Punkte seiner Aussage wissen, bevor er da ist. Der Mann ist übrigens ein eifriger Amateurbotaniker. Vermutlich war er gestern deshalb schon so früh am Col de Braus.«

»Aber warum ist er denn erst jetzt zur Polizei gegangen?«, fragte Meredith.

»Dazu komme ich gleich. Entscheidend ist, dass Hamel rund zweihundert Meter oberhalb der Stelle saß, wo Dillon abgestürzt ist. Er schaute gerade mit seinem Fernglas in die Landschaft und konnte dabei auch die Außenseite der Straße unter ihm einsehen. Die Innenseite war allerdings durch den Felsvorsprung blockiert, um den herum die Straße verläuft.«

»Dann konnte Hamel den abgestellten Wagen also nicht sehen – wollen Sie darauf hinaus?«

»Genau«, nickte Gibaud. »Daher dachte er, als Dillon in sein Blickfeld trat, er sei allein. Er hatte keine Ahnung, dass die Frau neben dem Wagen saß. Können Sie mir folgen?«

»Ich bin Ihnen sogar voraus!«

»Schön! Der langen Rede kurzer Sinn: Hamel beachtete Dillon erst, als er ihn über den Zaun steigen sah. Aber nicht einmal da war er beunruhigt. Dennoch richtete er mit einer durchaus natürlichen Neugier das Fernglas auf Dillon und sah, wie er sich umdrehte, kurz zurückschaute, die Arme hochwarf und sich in den Abgrund fallen ließ. Und jetzt kommt das Entscheidende. Als der Mann sich umdrehte, konnte Hamel sein Gesicht genau erkennen. Sehen Sie nun, warum ich diesen Hinweis sensationell genannt habe?«

»Großer Gott – ja!«, rief Meredith und sprang auf. »Er ist in der Lage, den Mann zu identifizieren. Wir müssen ihm nur die Fotos von Dillon und Shenton vorlegen, dann wissen wir zweifelsfrei, mit wessen Leiche wir es zu tun haben! Aber warum hat er sich denn nicht gleich gemeldet, verdammt? Das hätte uns einen Haufen müßige Spekulationen erspart.«

»Tatsächlich ist das nicht seine Schuld. Als er kapierte, was passiert war, sprang er auf und rannte hastig den Berg hinunter. Aber schon nach ein paar Metern stolperte er über einen Stein und verdrehte sich den Knöchel. Das muss so schmerzhaft gewesen sein, dass er davon ohnmächtig wurde. Jedenfalls hat er sich eine hässliche Wunde an der Schläfe zugezogen, wahrscheinlich wird er also auch noch eine Gehirnerschütterung abgekriegt haben. Das erklärt natürlich auch, warum er keinen Kontakt mit der Frau aufgenommen hat. Als er wieder zu sich gekommen und zu seinem Wagen gehumpelt war, war die Frau schon unterwegs nach Menton. Dummerweise konnte Hamel mit seinem Fuß nicht fahren, also ist er nach L'Escarène losgelaufen, um Hilfe zu holen. Irgendwann erreichte er ein abgelegenes Häuschen, machte Pause und wurde erneut ohnmächtig. Er blieb dann die Nacht über dort, und heute Morgen hat ihn der Bauer, dem die Hütte gehört, auf seinem Eselskarren nach Monte Carlo gefahren. Und das ist mehr oder weniger ...« Gibaud brach ab, trat ans Fenster und warf einen Blick auf die Straße. »Da kommt ein Streifenwagen, das wird er sein. Haben Sie die Fotos zufällig dabei?«

»Ja, in meiner Brieftasche. Aber Moment noch! Ich will ganz sicher gehen, dass wir uns auf Hamels Identifizierung verlassen können. Könnten Sie aus Ihrer Verbrecherkartei noch ein halbes Dutzend andere Porträts beschaffen?«

»Selbstverständlich«, sagte Gibaud, schon auf dem Weg zur Tür. »Ich hole sie kurz und bringe Hamel erst danach rein. Er spricht übrigens kein Englisch, ich müsste ihm also erklären, was wir wissen wollen.«

Bei Gibauds Rückkehr hatte Meredith die Fotos auf dem Schreibtisch nebeneinander hingelegt, und wenige Augenblicke später kam Hamel in Begleitung des Sergeant, der ihn von Monte Carlo hergefahren hatte, langsam ins Büro gehumpelt. Er war ein schwächlicher, gelehrtenhafter Bursche mit hellen intelligenten Augen unter einer hohen Stirn. So wie er sein blasses Gesicht bei jedem Schritt verzog, schmerzte sein Knöchel offensichtlich noch immer. Mithilfe zweier Stöcke und dem kräftigen rechten Arm des Sergeant ließ er sich mit einem Seufzer der Erleichterung auf den Stuhl sinken, den Meredith ihm bereitgestellt hatte.

Meredith wandte sich an Gibaud:

»O. k., Inspector. Fangen Sie an.«

Mit wenigen kurzen Sätzen erklärte Gibaud dem jungen Mann, warum man ihn nach Menton gebeten hatte. Er möge die Fotos auf dem Schreibtisch doch einmal ganz genau betrachten und sagen, ob darunter der Mann sei, den er auf dem Col de Braus gesehen habe. Mühsam drehte sich Hamel auf seinem Stuhl und schaute sich die Bilder sorgfältig an. Dann tippte er plötzlich mit dem Finger auf das dritte Porträt von rechts.

»*Voilà, M'sieur.*«

Meredith reckte den Hals und wechselte mit Gibaud einen bedeutsamen Blick.

»Dann ist meine Shenton-Theorie also im Eimer, wie? Es war eben doch Dillon, und die Frau hat *nicht* gelogen. Und er ist sich ganz sicher?«

Gibaud schoss stakkatoartig einige Fragen auf Hamel ab, der diese prompt und nachdrücklich beantwortete.

»Er lässt sich nicht davon abbringen«, sagte Gibaud auf Englisch. »Er ist sich sicher. Und ich sehe keinen Grund, an seiner Aussage zu zweifeln. Sie?«

Meredith nickte verdrießlich und fragte sich mit verständlichem Ärger: Wie sollte es denn jetzt verflucht noch mal weitergehen? Durch diese Information hatte sich die einzig noch verbliebene aussichtsreiche Theorie erledigt. Es stand nun fest, dass Shenton nichts mit Dillons Tod zu tun hatte. Aber war es vielleicht nach wie vor möglich, dass Dillon Shenton umgebracht hatte, bevor er Selbstmord beging? Und falls ja – wann? Um zwei Uhr morgens war Shenton vom Col de Braus Richtung Menton gefahren, oder vielmehr Richtung Cap Martin, da seine rote Vedette dort um halb sieben, also rund viereinhalb Stunden später, verlassen aufgefunden worden war. Falls Dillon Shenton tatsächlich getötet hatte, musste der Mord also irgendwann zwischen zwei und halb sieben begangen worden sein. Konnte Dillon sich aus der Villa geschlichen und es getan haben? Aber woher sollte er wissen, wo Shenton zu dem Zeitpunkt war? Schließlich hatte der Mann offenbar mit völlig verantwortungslosem Karacho eine Spritztour durch die Gegend unternommen. Und selbst wenn Dillon Shenton gefunden und ermordet hatte, wo war dann die Leiche? Vor allem aber: Was hatte Shenton zu der rätselhaften Fahrt in die Berge veranlasst, nachdem er so lange im Wagen an der Ecke Avenue St. Michel gewartet hatte?

Meredith fand, dass er hier mit einem der größten Probleme seiner langen und anstrengenden Karriere konfrontiert war. Sie hatten massenhaft Informationen. Eine Fülle erstklassiger Indizien. Jede Menge Hinweise. Und doch keine einzige Theorie, auf die er die nächste Phase der Ermittlungen gründen konnte!

Kapitel 21

DAS RÄTSEL DES RUCKSACKS

I

»Übrigens«, sagte Gibaud, nachdem Hamel zu dem warten-
den Wagen gehumpelt war, »ich habe den Bluttest in Auftrag
gegeben. Das Ergebnis sollte noch heute Vormittag da sein.«

»Bluttest?«, fragte Meredith irritiert.

»Wegen der Flecken an der Vedette. Sie meinten doch, sie
könnten dort platziert worden sein, um uns auf eine falsche
Fährte zu locken – dass es Tierblut sein könnte.«

»Ah, richtig«, nickte Meredith. »Meine Theorie, dass Shenton uns glauben machen wollte, er sei umgebracht worden,
damit er ein wasserdichtes Alibi für den Mord an Dillon hat.
Aber jetzt wissen wir ja, dass er Dillon gar nicht getötet haben *kann*.«

»Also ist es wahrscheinlich«, sagte Gibaud, »dass es tatsächlich menschliches Blut ist.«

»Genau.«

»Und wie ist es dann auf den Wagen gekommen?«

»Wie?«

»Sie haben mich schon verstanden«, grinste Gibaud.

Meredith kratzte sich unfein mit dem Pfeifenstiel am Kopf.

»Hmm, das ist in der Tat mysteriös und führt uns zurück
zu unserer alten Annahme, dass Dillon Shenton umgebracht

und sich dann das Leben genommen hat. Immerhin wissen wir mittlerweile, dass er den Mord wenn, dann gestern zwischen zwei und halb sieben Uhr morgens begangen haben kann.«

»Richtig. Und während dieser Zeit schlief er tief und fest in seinem Bett in der Villa. Jedenfalls müssen wir das aufgrund der Informationslage annehmen.«

»Also gut«, sagte Meredith forsch. »Angenommen, wir vergessen das und gehen stattdessen davon aus, dass sich Dillon in aller Frühe hinausschlich, es irgendwie schaffte, Shenton aufzutreiben, und ihn dann erstach. Wäre es in dem Fall nicht möglich, dass jemand aus dem Hedderwickschen Haushalt gehört hat, wie der Mann sich hinausschlich?« Meredith wandte sich an Strang: »Hören Sie, Sergeant, ich muss jetzt zu Blampignon nach Nizza. Da brauchen Sie nicht mitzukommen. Gehen Sie doch unverzüglich zur Villa Paloma und unterziehen Sie die Leute einer akribischen Befragung. In Ordnung?«

»Jawohl, Sir.«

»Wir treffen uns zum Mittagessen im *Poisson d'Or*, da können Sie mir dann berichten. Um dreizehn Uhr.«

»O. k., Sir. Nur noch eine Kleinigkeit ... Dillons Sachen, der Rucksack, die Thermosflasche und ...«

»Ach, geben Sie sie einfach Miss Westmacott. Die soll sie zusammen mit seiner übrigen Habe in Verwahrung nehmen, bis wir einen Verwandten von ihm aufgespürt haben.«

»Alles klar, Sir.«

Es war eigenartig, dass diese beiläufige Entscheidung dazu bestimmt war, die gesamte Perspektive auf ihre Ermittlungen zu verändern. Tatsächlich war es die Thermosflasche, die Meredith schließlich zur Lösung des Rätsels führte. Es war nämlich so, dass Madame Bonnet, die Köchin, die Flasche nicht erkannte, als Dilys sie in die Küche brachte. Das behauptete sie standhaft. Die Thermosflasche, die sie am vorigen Morgen, bevor das junge Paar zu der verhängnisvollen Fahrt zum Col de Braus aufbrach, mit Kaffee gefüllt hatte, fasste zwar ebenso wie diese einen Liter – aber sie war nicht rot, sondern *blau!* Im ganzen Haus gab es keine rote.

»Ach, die irrt sich einfach!«, erklärte Freddy glattweg, nachdem Dilys wieder bei ihm auf der Terrasse war. »Es *muss* die Flasche sein. Sie hat ihnen doch ihr Mittagessen mitgegeben, nicht?«

»Ja, in Bill Dillons Rucksack. Kitty hatte ihn mir gegeben, und ich bin damit selbst in die Küche gegangen.«

»Und es war dieser Rucksack?«, fragte Freddy.

»Ja – oder einer, der genau gleich aussieht.«

»Hör mal«, sagte Freddy, nun plötzlich ernst, »würde es dir was ausmachen, Madame Bonnet für mich mit ein paar Fragen zu löchern? Wir müssen der Sache auf den Grund gehen. Da ist doch was faul.«

Und als Freddy die kurze Befragung mithilfe seiner reizenden Dolmetscherin beendet hatte, hatten sich zwei neue Fakten ergeben, die das Rätsel nur noch vergrößerten. Gewiss, Madame Bonnet erkannte den Rucksack als denjenigen, den Miss Westmacott ihr gegeben hatte, aber die zerknüllten Papiertüten und die Orangenschalen ... wie die da rein-gekommen waren, konnte sie sich nicht erklären. Sie hatte die Sandwiches in Pergamentpapier eingewickelt und noch eine Schachtel mit *gâteau* und *petits fours* dazugelegt, aber ganz sicher keine Orangen. Falls das wirklich der Rucksack war, den man bei dem armen M'sieur Dillon gefunden hatte, wie konnte dann die blaue Kanne gegen eine rote und das Perga-mentpapier gegen Papiertüten getauscht worden sein?

Nachdem Freddy erfahren hatte, dass Kitty den Vormittag im Bett verbrachte, bat er Dilys, sie aufzusuchen. Er wollte un-bedingt Madame Bonnets Aussage bestätigt haben. Schließ-lich musste doch Kitty den Rucksack vor ihrem Imbiss am Col de Braus geöffnet haben.

Zehn Minuten später kam Dilys zu ihm in den Salon.

»Und? Was hatte sie dazu zu sagen?«

»Dasselbe wie Madame Bonnet«, sagte Dilys, während sie den Rucksack auf einen Stuhl stellte. »*Blaue* Thermosflasche, Sandwiches in Pergamentpapier und *keine* Orangen. Als sie fertig gegessen hatten, legte Kitty die Thermosflasche samt dem Abfall in den Rucksack und gab ihn Bill.«

»Und der hat ihn sich dann gleich wieder aufgesetzt?«

»Das habe ich sie auch gefragt. Soweit Kitty sich erinnern konnte, nicht. Er sei damit zum Wagen gegangen.«

»Und dabei hatte er ihn in der Hand?«

»Ja. Kitty hat noch eine Weile auf der Decke gesessen und eine Zigarette geraucht. Als Bill dann ein paar Minuten spä-ter wiederkam, hatte er den Rucksack auf dem Rücken.«

Freddy schüttelte den Kopf.

»Weißt du, Darling, je tiefer wir bohren, desto verrückter wird es. Wenn Dillon vorhatte, sich in die Tiefe zu stürzen, warum hat er sich dann vorher die Mühe gemacht, den Rucksack überzuziehen? Warum hat er das blöde Ding nicht einfach in den Wagen geschmissen? Und die Sache wird noch verrückter, weil ich schlicht nicht kapiere, wie es *derselbe* Rucksack sein konnte. Dieses Thermosding kann doch nicht einfach so die Farbe gewechselt haben. Nein – aus irgendeinem Grund muss er den ursprünglichen Rucksack gegen den, den wir bei der Leiche gefunden haben, ausgetauscht haben. Kitty ist nicht aufgefallen, dass es ein anderer war?« Dilys schüttelte den Kopf. »Dann müssen wir davon ausgehen, dass die beiden Rucksäcke identisch waren. Aber warum? Das ist die Frage. Warum *zwei* Rucksäcke?«

»Sieh mich nicht an«, lächelte Dilys. »Für mich ist das ebenso rätselhaft wie für dich.«

»Was ist mit Dillons Wagen – steht der noch in der Garage?« Dilys nickte. »Gut! Dann werfen wir doch mal einen Blick in die Kiste.«

Es dauerte genau viereinhalb Minuten, bis Freddy bewiesen hatte, dass seine Theorie mit den zwei Rucksäcken ein Volltreffer war! Er fand den zweiten unter der abnehmbaren Lederauflage des Fahrersitzes. Als er diese vom Metallrahmen löste, blickte er in einen Hohlraum zwischen der Sitzfläche und dem Bodenblech, der groß genug war, um den fraglichen Gegenstand aufzunehmen. Und in diesem Rucksack waren eine *blaue* Thermosflasche, mehrere Stücke Pergamentpapier, eine zerknüllte Schachtel mit dem Aufdruck eines bekannten Mentoner *pâtissier* und *keine* Orangenschalen!

Meredith saß schon in dem freundlichen kleinen Innenhof des *Poisson d'Or*, als Strang eintraf. Der Inspector hatte sich auf seinem Stuhl zurückgelehnt, die Beine ausgestreckt und die Hände tief in den Hosentaschen vergraben, auf seinem sonnengebräunten Gesicht lag eine trübsinnige, gedankenverlorene Miene. Als er den Sergeant sah, schaute er auf seine Uhr und blaffte los:

»Zehn Minuten zu spät! Früher konnten sie sich wohl nicht von der jungen Frau loseisen, was? Und mich lassen Sie hier so lange Däumchen drehen ...«

›Tut mir leid, Sir«, fiel Strang ihm ins Wort, während er sich etwas beklommen auf seinen Stuhl pflanzte. »Aber ich verspreche Ihnen, es war keine Zeitverschwendung. Ich bringe nämlich neue Informationen mit.«

»Sie meinen, man hat Dillon tatsächlich mitten in der Nacht aus der Villa schleichen hören?«

»Nein, Sir. Das war ein Schlag ins Wasser. Falls er wirklich rausgeschlichen ist, hat ihn niemand gehört.«

»Was sind denn dann die ›neuen Informationen‹, von denen Sie faseln?«

»Also, Sir, es ist folgendermaßen ...«

Und dann teilte Freddy ihm mit, was er im Verlauf seiner vormittäglichen Ermittlungen herausgefunden hatte. Und je länger er sprach, desto mehr wich Merediths säuerliche Miene wachsendem Interesse. Er zog die Hände aus den Taschen, richtete sich auf seinem Stuhl auf und beugte sich aufmerksam über den Tisch, ganz in Anspruch genommen von dem, was sein Untergebener zu sagen hatte.

»Meine Güte!«, rief er aus, nachdem Strang seinen Bericht beendet hatte. »Das ist doch vollkommen lächerlich. Welchen Sinn hat es, ein paar Minuten, bevor man sich in die Tiefe stürzt, einen Rucksack gegen einen anderen auszutauschen?«

»Daran knabbere ich auch, seit ich die Villa verlassen habe, Sir. Könnte es ein Versehen gewesen sein?«

»Wie meinen Sie das?«

»Na, Dillon war wahrscheinlich ziemlich aufgewühlt. Vielleicht hat er den ersten Rucksack ja reingeschmissen und etwas später den zweiten genommen und sich ...«

»Papperlapapp!«, unterbrach Meredith ihn barsch. »Rucksack Nummer eins wurde nicht einfach in den Wagen geschmissen, sondern sorgfältig unterm Fahrersitz versteckt. Die Theorie können wir ausschließen.« Meredith nahm die Speisekarte zur Hand. »Aber jetzt bestellen wir erst mal, und dann analysieren wir Ihre Erkenntnisse Punkt für Punkt. Sinnlos, die Sache übers Knie zu brechen. Wir brauchen belegbare Kausalitäten, keine verstiegenen Eventualitäten.«

Doch während des Essens schwieg Meredith größtenteils, über bloße Ansätze kamen sie nicht hinaus. Dennoch hatte er das Gefühl, dass irgendwo in dem Gefüge dieser neuen Erkenntnisse die endgültige Antwort auf das mysteriöse Verschwinden Shentons lag. Vor allem zwei Fragen hämmerten in seinem Hirn. Wozu hatte Dillon sich die Mühe gemacht, den ersten Rucksack zu verstecken und ihn gegen den zweiten auszutauschen? Und warum hatte er sich überhaupt noch die Mühe gemacht, ihn anzulegen? Immer wieder kehrte er zu diesen beiden Punkten zurück. Und als sie sich vom Tisch erhoben, musste er sich eingestehen, dass er keinen Schritt weitergekommen war.

Nachdem er Strang am Hotel abgesetzt hatte, wo dieser einen offiziellen Bericht über die Ermittlungen des Vormittags erstellen sollte, machte sich Meredith zu einer gemächlichen Fahrt die Promenade entlang Richtung Cap Martin auf. Er beabsichtigte, sich an eine schattige, abgeschiedene Stelle auf der Landzunge zu setzen, in Ruhe seine Pfeife zu rauchen und lange und ohne Unterbrechung konzentriert nachzudenken. Doch dazu kam es nicht.

Denn auf halbem Weg schoss ihm jäh ein elektrisierender Gedanke durch die Gehirnwindungen. Eigentlich war es keine neue Idee, vielmehr die Variation eines älteren Themas. Sie ging nämlich auf seine frühere Annahme zurück, dass die Leiche am Fuß des Steilhangs nicht Dillon, sondern Shenton war. Doch sein neues Konzept war so verblüffend, dass Meredith den Wagen in eine stille Seitenstraße lenkte, anhielt und die Wahrscheinlichkeit dieser Theorie durchdachte.

Angenommen, Shenton war, obwohl die Frau dies bestritt, eben doch schon oben in den Bergen, als Dillon und sie zu dieser verhängnisvollen Fahrt aufbrachen. Und angenommen, Dillon spazierte aus irgendeinem Grund allein umher und begegnete dabei Shenton, ohne dass die Frau etwas davon bemerkte – vielleicht hatten sie sich ja sogar dazu verabredet. Ferner angenommen, sie trafen sich nicht oben am Col de Braus, sondern *am Fuß der Felswand*, von der Dillon sich angeblich später in den Tod stürzte! Das änderte doch alles.

Vielleicht wurde Shenton nur wenige Meter von der Stelle, an der die Leiche lag, ermordet – vermutlich mit einem stumpfen Gegenstand, sodass seine Gesichtszüge unkenntlich wurden. Danach kehrte Dillon zu seiner Frau zurück, und sie fuhren gemeinsam zum Col de Braus hinauf, wo sie dann picknickten. So weit, so gut.

Nun zu Dillons Alibi. Angenommen, Dillon hatte bei seinen früheren Ausflügen in die Berge sorgfältig die Stelle erkundet, wo er später hinabsprang. Angenommen, er hatte ein, zwei Meter unterhalb der Kante einen Felsvorsprung bemerkt, auf dem er sicher landen und von dem aus er auf einem vergleichsweise flachen Stück weiterklettern konnte. Er konnte ja davon ausgehen, dass die Frau nicht in den Abgrund blicken würde. Überdies konnte er sich darauf verlassen, dass sie alle davon überzeugen würde, er habe sich absichtlich das Leben genommen.

Zugegeben, diese Rekonstruktion des Verbrechens erklärte nicht die Blutflecken auf der am Cap Martin zurückgelassenen Vedette und auch nicht Dillons merkwürdiges Verhalten mit den zwei Rucksäcken. Aber auch *dafür* gab es eine mögliche Erklärung. Nach seinem Verschwinden wäre Dillon auf der Flucht gewesen. War es da nicht möglich, dass er, um nur ja keine Spekulationen aufkommen zu lassen, sämtliche Geschäfte und Cafés mied und sich selbst versorgte? Kurzum – war der zweite Rucksack vielleicht mit so viel Proviant versehen, dass er es damit außer Landes schaffte? Na ja, es war zumindest eine Möglichkeit, und unter diesen Umständen ...

Meredith stieß einen leisen Fluch aus. Was dachte er denn da, verdammt? Der zweite Rucksack war doch bei der Leiche gefunden worden. Und wenn es Shentons Leiche *war*, musste es einen *dritten* gegeben haben. Aber warum? Gab es darauf nicht eine vollkommen logische Antwort? Kitty Dillon würde sich vermutlich erinnern, dass ihr Mann, als er in den Abgrund stürzte, einen Rucksack auf dem Rücken hatte. Also musste die Leiche am Fuß der Felswand *ebenfalls* einen Rucksack bei sich tragen. Alles andere wäre verdächtig gewesen.

Je länger Meredith an diesen frischen Folgerungen kaute, desto mehr akzeptierte er ihre Plausibilität. Sie sprachen für die Ausführung eines von Dillon sorgfältig durchdachten Plans. Beispielsweise brauchte er eine zweite, im Wagen versteckte Garnitur Kleidung, die er der Leiche nach dem Mord anziehen konnte. Drei mehr oder weniger identische Rucksäcke. Ein paar raffinierte Argumente, mit denen er Shenton überreden konnte, sich mit ihm zu einer bestimmten Uhrzeit an einer bestimmten Stelle zu treffen. Einen exakten Zeitplan. Einen Vorwand, unter dem er sich von der Frau entfernen und mit Shenton treffen konnte. Sicher, auf den ersten Blick schien es verrückt, die Frau überhaupt mitzunehmen, aber natürlich war sie ein wesentlicher Faktor seines Alibis. Es war von entscheidender Bedeutung, dass sie dabei war, damit sie den vorgeblichen Selbstmord mit ansehen konnte.

So viel dazu. Doch wie sollte er seine Theorie überprüfen?

Na, dachte Meredith, immerhin das war einfach. Alles hing von einer zentralen Annahme ab – *dass es unterhalb der Kante einen Felsvorsprung gab*. Gab es keinen, dann war auch der Rest seiner Theorie wertlos. Nun gut, er musste also zum Col de Braus und diesen Punkt ein für alle Mal klären.

Und binnen einer Stunde *war* dieser Punkt geklärt. Meredith stellte den Wagen an dem niedrigen Holzzaun ab, stieg darüber, trat vorsichtig an die Kante und blickte hinab. In aller Ruhe suchte er die glatte, schimmernde Felswand ab. Dann machte er mit einem deftigen Fluch kehrt und schritt niedergeschlagen zum Wagen zurück.

Die Felswand ragte über hundert Meter steil und unge-
brochen auf. *Ohne* jeden Vorsprung. Und im Bruchteil einer
Sekunde war ihm seine neueste Theorie sozusagen zwischen
den Fingern zerbröselt.

Kapitel 22

MORDMOTIV

I

Zurück im Hotel Louis, erfuhr Meredith von Strang, dass sein direkter Vorgesetzter, Chief Inspector Cox, angerufen habe. Meredith solle ihn sofort nach seiner Rückkehr kontaktieren.

»Eine Ahnung, worum's geht, Sergeant?«

»Ja, Sir. Es ist wegen der Informationen über Dillon, die Sie haben wollten. Offenbar hat der Chief mit den Leuten von Hawland Aircraft gesprochen.«

»Schön«, nickte Meredith. »Ich rufe gleich zurück.«

Für ein Ferngespräch war Meredith verblüffend schnell mit Whitehall 1212 verbunden. Es dauerte kaum zehn Minuten, bis ihm das vertraute Bellen des Chief Inspectors durch die Leitung ins Ohr drang. Auf Merediths Anfrage hin hatte er mit dem Leiter der Forschungsabteilung von Hawland Aircraft gesprochen und eine ganze Menge über Dillon in Erfahrung gebracht. Falls der Inspector sein Notizbuch »griffbereit« habe, werde er ihm das Wesentliche im Diktattempo übermitteln. Fünf Minuten genügten, dann hatte Meredith alles notiert, und nach dem Austausch einiger Nettigkeiten legte er auf und ging auf sein Zimmer.

Noch immer von seinem Besuch auf dem Col de Braus

deprimiert, befasste er sich nun näher mit dem Bericht des Chief. Neben einer kurzen Bewertung von Dillons Wesen und Fähigkeiten drehte er sich vor allem um dessen letzte Arbeit im firmeneigenen Labor, unter besonderer Berücksichtigung der technischen und wissenschaftlichen Aspekte seines Fachgebiets, der Aerodynamik. Offenbar hatte Dillon, obwohl noch vergleichsweise jung, dabei beträchtliche Originalität bewiesen. Er galt als einer der verlässlichsten und verheißungsvollsten jungen Wissenschaftler. So viel dazu.

Sein Privatleben konnten seine Arbeitgeber dagegen nur in den gröbsten Zügen skizzieren – mit Details, wie sie üblicherweise auf dem offiziellen Formular zu finden waren, das man beim Eintritt in eine Firma ausfüllte: Bildungsgang, Kriegsdienst, Familienstand und so weiter. Sein nächster Verwandter war als Charles K. Dillon, Mullion House, Sealand Road, Douglas, Isle of Man, angegeben.

Nach der Durchsicht dieses doch etwas mageren Berichts wandte sich Meredith wieder den bereits bekannten Daten des Falls zu. Über eine Stunde saß er am Tisch und mühte sich, aus der Masse von Hinweisen die wirklich wichtigen herauszulösen. Dann traf er schlagartig eine Entscheidung, griff nach seinem Hut und marschierte durch die Stadt zum *Commissariat de Police*.

Dort erfuhr er von Gibaud, dass die Ergebnisse der Bluttests eingetroffen und die Flecken auf der Vedette fraglos menschlichen Ursprungs waren. Anschließend ging er ins Leichenschauhaus, wo er nochmals eine lange und gründliche Untersuchung der Leiche vornahm. Diese, befand er, stellte doch das wahre Problem dar. Obwohl alle Indizien in eine andere Richtung wiesen, plagten ihn weiterhin Zweifel.

War es wirklich Dillon oder nicht doch Shenton? Vordergründig gab es auf diese Frage nur eine logische Antwort. Ein unbeteiligter Zeuge (Hamel) hatte gesehen, wie Dillon in den Abgrund stürzte, also *musste* auch die Leiche am Fuß der Felswand Dillon sein. Dennoch sagte er sich versuchsweise, dass es Shenton war. Wer war wohl am besten geeignet, die sterblichen Überreste zu identifizieren? Zu allererst natürlich Dillons Frau, und danach vermutlich Mrs. Hedderwick. War es nicht unumgänglich, die beiden unglücklichen Damen ins Leichenschauhaus zu schleppen, um seine quälenden Zweifel ein für alle Mal aus der Welt zu schaffen?

Gerade als Meredith zu diesem Schluss gelangt war, sah er, dass schräg über die Innenseite des linken Unterarms eine blasse Narbe verlief. Sie war gut fünf Zentimeter lang – ein dünner, weißer Strich, nur sichtbar, weil die umliegende Haut von der Sonne gebräunt war. Sie war gewiss schon alt, aber war es nicht gerade deshalb möglich, dass Kitty Dillon oder Mrs. Hedderwick die Narbe kannten? Und wenn ja ...? Merediths Laune hellte sich ein wenig auf. Es war immerhin eine Spur, der zu folgen sich lohnte. Sollte eine der beiden Frauen die Narbe wiedererkennen, wäre er in der Lage, den Leichnam unwiderlegbar zu identifizieren.

II

Im Rückblick auf diesen denkwürdigen Tag staunte Meredith immer wieder aufs Neue, wie eine Ermittlung, die scheinbar in eine Sackgasse geraten war, so schnell zur vollständigen Aufklärung führen konnte.

Den ersten Anstoß dazu gab Mrs. Hedderwick – eine

verstörte, hysterische Mrs. Hedderwick, die vor Sorge und Angst so verzweifelt war, dass Meredith sie im Bett befragen musste. Wie sie so schlaff in den Kissen lag, bar jeder Tatkraft und Selbstsicherheit, war es kaum zu glauben, dass dieselbe Frau nur wenige Tage zuvor mit solch ungeheurer Wucht ins chinesische Zimmer gerauscht war. Meredith fand sie bereit, ja begierig zu reden – richtiggehend erpicht darauf, alles in ihrer Macht Stehende zu tun, um der Anspannung, die ihr die Sinne raubte, ein Ende zu setzen. Es war offensichtlich, dass Dillons Selbstmord sie zwar naturgemäß erschreckte, aber nicht allzu tief berührte. Ihren Zusammenbruch hatte vielmehr das ominöse, unerklärliche Verschwinden Tony Shentons bewirkt. Daher war sie willens, ausführlich und vor allem mit so verblüffender wie erhellender Offenheit über Tony zu sprechen.

Als Meredith die Villa wieder verließ, lief er wie benommen durch die Stadt. Denn obwohl Mrs. Hedderwicks überraschende Aussage letztlich eine wichtige Frage beantwortet hatte, hatte sie doch auch erneut eine Menge ebenso wesentlicher Fragen aufgeworfen, die er schon mehrmals ohne den mindesten Erfolg zu lösen versucht hatte. Wie ein Huhn, das in einem bereits zerwühlten Fleckchen Erde ein weiteres Mal herumscharrt, begann Meredith zum x-ten Mal, die bekannten Indizien zu überprüfen.

Ohne darauf zu achten, dass seine übliche Abendessenszeit längst vorbei war, steckte der Inspector seine Pfeife an und brach mit langen, lockeren Schritten zu einem ausgedehnten Gang am Strand auf. Und da traf ihn einer jener erhellenden Deduktionsblitze, die nicht einer Eingebung entsprangen, sondern einer klaren und logischen Beurteilung der Fakten. Und kaum hatte er die volle Bedeutung dieses winzigen Beweisschnipsels erfasst, lösten sich, wie so oft, mit einem Schlag auch alle anderen Unklarheiten in Luft auf. Plötzlich lag die Abfolge der Ereignisse, wie sie sich am Mittwochabend zugetragen haben mussten, auf der Hand, und mit einem unhörbaren Triumphgeheul erkannte er, dass Shentons Verschwinden nach wenigen weiteren Erkundigungen praktisch gelöst war! Bis zum Mittag des folgenden Tages sollte er in der Lage sein, seinem guten Freund Blampignon einen vollständigen Abschlussbericht zu liefern.

Zunächst aber musste er Gibaud kontaktieren und zusehen, dass die polizeiliche Maschinerie zur Ergreifung des Mörders unverzüglich in Bewegung gesetzt wurde. Mit etwas Glück hielt sich der Verbrecher noch »irgendwo in Frankreich« auf. Und da eine detaillierte Beschreibung des Gesuchten an jeden Polizisten und Gendarm im Land übermittelt werden konnte, bestand die berechtigte Hoffnung, dass binnen vierundzwanzig Stunden die Verhaftung erfolgen würde!

III

Pünktlich um zwölf Uhr am folgenden Tag versammelten sich Blampignon, Gibaud, Strang und Meredith zu ihrer letzten Unterredung im Büro des Inspector von Menton. Zwar hatte sich Meredith gezwungen gesehen, Gibaud die Identität des Mörders preiszugeben, Blampignon jedoch ließ er über die letzte Phase seiner Ermittlungen noch im Dunkeln. Blampignon war die ganze Nacht wegen eines Einbruchs in Fréjus unterwegs gewesen und direkt von dort nach Menton gefahren. Daher wusste er nicht, dass bereits ein allgemeiner Haftbefehl für den Gesuchten ausgegeben worden war. Er hatte demnach keine Ahnung von der wahren Bedeutung ihres Treffens. Selbst Gibaud kannte noch nicht alle Einzelheiten, die Meredith letztlich zur Lösung des Rätsels geführt hatten.

»*Eh bien*«, fragte Blampignon, nachdem die kleine Runde es sich um Gibauds eindrucksvollen Schreibtisch herum bequem gemacht hatte, »warum haben Sie mich hergerufen? Sie sagten, *mon ami*, es sei nötig, dass wir uns schnellstmöglich unterhalten. Sie haben also Fortschritte erzielt?«

Meredith zwinkerte Gibaud zu und sagte mit einem listigen kleinen Lächeln:

»Nun, das hängt davon ab, was Sie unter ›Fortschritte‹ verstehen, mein Lieber. Jedenfalls habe ich die Antwort auf Shentons Verschwinden gefunden, wenn Sie das meinen.«

»*Qu'est-ce-que vous dites?*«, donnerte Blampignon, sprang auf und starrte Meredith perplex an. »Sie wissen, was mit Shenton passiert ist? Sie wissen, wo er ist?«

»Allerdings«, nickte Meredith.

»*Mon Dieu!*«, flehte Blampignon, vor Ungeduld fast den Tränen nah. »Warum sagen Sie es mir dann nicht? Wo steckt er?«

Meredith lächelte noch immer.

»Er ist nicht weit weg.«

»Nicht weit weg?«, ächzte Blampignon. »Wo denn? Wo?«

Den Effekt seiner sensationellen Verkündigung mit bewusster Untertreibung verstärkend, sagte Meredith:

»Er liegt steif und kalt auf dem Tisch im Leichenschauhaus, nur einen Steinwurf entfernt!«

»Shenton!«, rief Blampignon ungläubig aus. »Dann war die Leiche, die Sie am Fuß der Felswand gefunden haben, also gar nicht Dillon? Aber wie kann das sein, *mon vieux?* Wie haben Sie ihn identifiziert?«

»Durch eine kaum sichtbare Narbe auf der Innenseite des linken Unterarms«, erläuterte Meredith. »Geklärt wurde das letztlich von Mrs. Hedderwick. Sie erinnerte sich sofort an die Narbe. Und sogar daran, dass sich Shenton an einer Glasscherbe geschnitten hat.«

»Sie meinen, es ist erst kürzlich passiert?«, fragte Gibaud.

»Kürzlich?« Meredith lachte. »Nein. Mrs. Hedderwicks Berechnungen zufolge muss es passiert sein, als Shenton sieben Jahre alt war. Er hat das Glas eines Gurken-Frühbeets zerbrochen.«

»Aber ... wie kann sie das wissen?«, fragte Blampignon und ließ sich auf seinen Stuhl zurückfallen. »Ich dachte nicht, dass Madame Hedderwick ...«

»Ich auch nicht«, warf Meredith ein. »Ich hatte geglaubt, dass sie sich erst seit drei, vier Jahren kannten. Aber das war nur eine meiner vielen irrigen Annahmen. Mrs. Hedderwick weiß von dem Unfall aus dem ganz einfachen Grund, weil sie dabei war.«

»Aber wie ...? Warum?«, fragte Gibaud.

»*Weil Tony Shenton ihr Sohn ist.*«

»Ihr Sohn!«, ächzte Blampignon.

»Aus erster Ehe. Das erklärt auch, warum ihr sein Verschwinden so nahe ging, nicht? Es war die ganz natürliche mütterliche Besorgtheit um das Wohlergehen ihres Kindes. Als sie Hedderwick heiratete, war Tony ungefähr achtzehn, und da er und sein Stiefvater einander auf den ersten Blick hassten, ging Tony ihm aus dem Weg. Um es kurz zu machen, Shenton bekam Probleme mit der Polizei. Vielleicht erinnern

Sie sich, dass mir sein Gesicht bekannt vorkam, weswegen ich beim Yard anfragte, ob man dort eine Akte über ihn hat. Sechs Monate wegen Diebstahls, 1939. Angeklagt unter dem Namen Anthony Shenton, wobei man das für einen Decknamen hielt.«

»Und so war es auch?«, fragte Gibaud.

»Ja – wohl das einzig Anständige, was der Junge je gemacht hat, könnte ich mir denken. Seine Mutter hieß durch ihre erste Ehe Fenman-Smith. Das kann man sich nur allzu leicht merken. Als er festgenommen wurde, gab er daher Shenton als seinen Namen an – ein Pseudonym, das er seither beibehalten hat.«

»Aber sagen Sie, Sir«, hakte Freddy nach. »Wusste Miss Westmacott denn nicht, dass Shenton der Sohn ihrer Tante war?«

»Mitnichten. Mrs. Hedderwick machte sie glauben, dass der Junge im Krieg umgekommen war. Er und Miss Westmacott waren sich nie begegnet, und als er in der Villa als Tony Shenton auftauchte ...«

Blampignon wurde hitzig:

»Ja, gut ... das ist ja alles sehr interessant, *mon ami*, aber doch von geringer Bedeutung. Was ich wissen will, ist ...«

»Wer Shenton umgebracht hat, wie? Aber das dürfte doch nun klar sein, oder nicht?«

»Sie meinen, es war Dillon?«

»Natürlich«, nickte Meredith. »Wer sonst?«

»Und das Motiv?«, warf Gibaud ein.

»Ein außerordentlich starkes, wie Sie vielleicht nachvollziehen können. Dillon liebte seine Frau abgöttisch, und Shenton hatte sich nicht nur zwischen sie gedrängt und die Frau in die Villa seiner Mutter gelockt, sondern die Ärmste auch noch geschwängert. Doch sosehr er Shenton auch verabscheute, hätte das für Dillon, wie ich meine, noch nicht ausgereicht, um gewalttätig zu werden. Er dachte nur an seine Frau, die, wie er erkennen musste, in Shenton verliebt war. Wäre Shenton bereit gewesen, Kitty zu heiraten, hätte Dillon sogar in eine Scheidung eingewilligt. Doch Shenton weigerte sich. Und das brachte das Fass zum Überlaufen. Von diesem Moment an plante Dillon das Verbrechen, das um ein Haar perfekt gewesen wäre. Und beinahe wäre er auch damit durchgekommen.«

»Aber wie kamen Sie darauf, dass Dillon der Mörder ist?«, fragte Blampignon. »Wie sind Sie zum Modus Operandi gelangt? Was brachte Sie auf die Idee, dass der Tote nicht Dillon ist?«

»Eins nach dem anderen, mein Lieber«, kicherte Meredith. »Fangen wir mit der letzten Frage an. Sagen wir so: Wäre Dillon klein gewesen und hätte er dunkle Haare gehabt, hätte sich die Frage nach der Identität nie gestellt, selbst wenn das Gesicht völlig entstellt gewesen wäre. So aber sahen sich Dillon und Shenton in ihrer äußeren Erscheinung erstaunlich ähnlich. Beide breitschultrig, gut gebaut, blond und blauäugig. Und da das Gesicht nicht mehr zu erkennen war, schlich sich bei mir von ganz allein ein Element des Zweifels ein. Denn vergessen Sie nicht, bis Hamel seine Aussage machte, hatten wir nur eine Zeugin, die Dillons Sturz gesehen hatte – und zwar seine Frau. Mir ist gleich in den Sinn gekommen, dass das Paar bei Shentons Mord unter einer Decke gesteckt haben *könnte* – nachdem bei der Frau nach Shentons Weigerung, sie zu heiraten, natürlich ein jäher Sinneswandel eingetreten war. Das alles erklärt mehr oder weniger meinen Verdacht, dass die Leiche am Fuß der Felswand Shenton sein könnte.« Meredith machte eine Pause, um hektisch an seiner erlöschenden Pfeife zu ziehen, dann fuhr er fort: »Nun zu Ihrer ersten Frage. Warum setzte ich Dillon ganz oben auf meine Liste der Verdächtigen? Antwort A: Weil er ein verdammt gutes Motiv hatte. Antwort B: Weil er der Letzte war, der Shenton lebend gesehen hat.«

»Aber woher wollen Sie das wissen?«

»Durch dieses etwas unerwartete und heimliche Treffen Mittwochabend in der Bar St. Raphael«, erklärte Meredith. »Sehen Sie, nachdem Shenton das Lokal verlassen hatte, wurde er erst wieder von uns als Leiche unterhalb des Col de Braus gesehen. Wobei wir da natürlich noch nicht wussten, dass er es war.«

»Moment!«, rief Gibaud. »Was ist mit M'sieur Picard? Der hat ihn doch später noch in der geparkten Vedette an der Ecke Avenue St. Michel gesehen.«

»Hat er das wirklich?«, fragte Meredith. »Zugegeben, er behauptet, jemanden in dem Wagen gesehen zu haben, aber diesen Jemand hat er nicht als Shenton identifiziert. Vielmehr war Picard gar nicht mal sicher, dass *überhaupt* jemand in dem Wagen saß.«

»*Eh bien*«, warf Blampignon ein, »und Sie haben die Antwort auf diese kleine Frage?«

»Inzwischen *ja*«, sagte Meredith prompt. »Und Picard hat sich auch gar nicht geirrt. Im Wagen saß tatsächlich jemand, und dieser Jemand war auch tatsächlich Shenton.«

»Und es war natürlich auch Shenton, der am Donnerstag um zwei Uhr morgens durch Monti raste«, bemerkte Gibaud.

Meredith blinzelte und sagte mit quälender Unbestimmt-
heit:

»Ach, wirklich? Also, ich weiß nicht ...«

»Himmelherrgott, Mann!«, rief Gibaud. »Sie könnten ruhig ...«

»Nein, nein«, fiel ihm Blampignon ins Wort. »Soll er seine
Geschichte doch auf seine Weise erzählen. Soll er sich nur auf
unsere Kosten amüsieren, *mon cher* Gibaud. Bestimmt wird er
unsere Neugier früher oder später befriedigen. Gönnen Sie
ihm doch seine kleine Stunde des Triumphs, auch wenn ich
ihm im Grunde meines Herzens am liebsten den Hals um-
drehen würde!«

Meredith lächelte liebenswürdig.

»O. k., o. k. Ich komme ja schon zur Sache. Der Modus Operandi, hm, Gentlemen? Darüber rätseln Sie. Genauso wie ich
darüber gerätselt habe, bis ich über den einen alles entschei-
denden Hinweis gestolpert bin. Aber da ich nun mal ein stu-
rer Bock mit einem etwas abseitigen Humor bin, hebe ich mir
diesen Leckerbissen bis zum Schluss auf und beginne meine
Rekonstruktion des Verbrechens stattdessen damit, dass Bill
Dillon am Mittwochabend gegen zwanzig vor zehn die Bar
St. Raphael betritt ...«

Kapitel 23

FALL ABGESCHLOSSEN

I

»Warum ist er dort hingegangen? Zufällig, oder waren sie verabredet? Na, es liegt doch auf der Hand, dass er nicht zufällig aufgetaucht ist. Ich war mir schnell sicher, dass er sich mit Shenton zu einer letzten Aussprache getroffen hat. Entweder Shenton versprach, sich der Frau gegenüber anständig zu verhalten, oder ... Sie verstehen?« Meredith wandte sich an Blampignon: »Gestern Abend war ich in der Bar St. Raphael und habe mich selbst mit dem Besitzer unterhalten. Gibaud war so freundlich, als Dolmetscher mitzukommen. Und dabei sind wir auf einen überaus bedeutsamen Hinweis gestoßen. Hivert, der Besitzer, hat bemerkt, dass Shenton, als er die Bar verließ, kaum noch einen Fuß vor den anderen setzen konnte. Dillon musste den armen Teufel praktisch zum Wagen schleifen. Aber der Punkt ist, dass Shenton zwar etliche Cognacs intus hatte, Hivert jedoch darauf verwies, dass er ihn schon oft doppelt so viel hatte trinken sehen, ohne dass er davon großartig beeinträchtigt gewesen wäre. Hivert zufolge wirkte er nicht wie ein Betrunkener, sondern wie einer, der unter Drogeneinfluss stand!«

»Drogen!«, rief Blampignon. »Drogen, sagen Sie? Dann ist es doch möglich, dass er ...?«

Meredith lachte.

»Exakt. Sie reagieren auf diese Beobachtung genauso wie wir. Shenton *wurde* betäubt. Offensichtlich hat ihm Dillon eine recht ordentliche Dosis Morphium in den Cognac getan.«

»Morphium?«, fragte Blampignon. »Woher wissen Sie das? Hat M'sieur Hivert gesehen ...?«

Meredith schüttelte den Kopf.

»Nein, so einfach war es nicht. Hivert hat an Dillons Verhalten nichts Verdächtiges bemerkt. Aber als Gibaud und ich Verdacht schöpften, haben wir eine Autopsie der Leiche veranlasst. Vor einer Stunde kam der ärztliche Befund, der Rechtsmediziner hat die ganze Nacht durchgearbeitet. Und das Ergebnis der Obduktion beweist, dass wir richtig lagen und der verwendete Stoff Morphium war.«

»*Eh bien!*«, drängte Blampignon ungeduldig. »Bitte fahren Sie fort.«

»Nun, als Dillon Shenton schließlich im Wagen hatte – Shentons Wagen, wohlgemerkt –, fuhr er direkt zur Ecke Avenue St. Michel. Bis dahin dürfte Shenton dann wahrscheinlich vollständig weggetreten sein. Dann ging Dillon zu Fuß zur Villa und zu Miss Westmacott und seiner Frau in den Salon.«

»Das war«, setzte Gibaud hinzu, »um zwanzig vor elf.«

»Exakt«, nickte Meredith. »Wobei wir zehn Minuten von der Bar St. Raphael zur Villa ansetzen. Nach einem kurzen Geplauder und einem Glas Wein ging Dillon zu Bett. Und wenig später zogen sich auch die beiden Frauen zurück. Da war es dann kurz nach elf. Und das sind mehr oder weniger alle *definitiven* Informationen, die wir bezüglich Dillons Verhalten in der Nacht von Mittwoch auf Donnerstag haben. Zugegeben, alles Weitere sind Mutmaßungen, die aber natürlich auf einer Kette hinreichender Annahmen basieren. Meine Rekonstruktion der weiteren Ereignisse sieht jedenfalls wie folgt aus.« Meredith hielt inne, um seine Pfeife neu zu entfachen, räusperte sich und fuhr mit unverminderter Energie fort: »Dillon wartete ab, bis in der Villa alles ruhig war, schlich nach unten, verließ das Haus und kehrte zu der geparkten Vedette zurück. Von der Avenue St. Michel fuhr er direkt zum Fuß des Col de Braus.«

»Zu der Stelle, wo Sie die Leiche entdeckt haben, ja?«, fragte Blampignon.

»Genau. Dorthin, wo der Saumpfad auf die Straße nach L'Escarène trifft. Der Sergeant und ich bemerkten, dass der Pfad, jedenfalls so weit, wie wir ihm folgten, durchaus breit genug für ein Auto ist. Meiner Ansicht nach fuhr Dillon *rückwärts* auf dem Pfad bis zu der Stelle direkt unterhalb der Felswand.«

»Während Shenton weiterhin im Betäubungsschlaf lag?«, fragte Gibaud, der diesen Teil von Merediths Rekonstruktion zum ersten Mal hörte.

Der Inspector nickte.

»Tja, was dann folgte, muss grauenhaft gewesen sein. Ich stelle es mir so vor, dass Dillon Shenton aus dem Wagen zerrte, ihn entkleidete und ihm das Buschhemd, die Shorts und die übrigen Sachen anzog, die er eigens dafür mitgebracht hatte. Kleider, die identisch mit denen waren, die er selbst am nächsten Morgen trug. Auch vergaß er nicht, dem armen Teufel einen Rucksack anzulegen – denjenigen natürlich, der die *rote* Thermosflasche enthielt. Danach *schlug er den*

Mann tot, und zwar in so grausiger Art und Weise, dass Shentons Gesicht völlig verunstaltet wurde!«

»*Mon Dieu!*«, murmelte Blampignon erschauernd.

»Nicht gerade eine Gutenachtgeschichte, wie? Aber ich bin
mir ziemlich sicher, dass es genau so abgelaufen ist. Gerade
habe ich gesagt, Dillon müsse *rückwärts* auf dem Saumpfad
gefahren sein. Das ist nicht nur geraten. Ich dachte dabei an
die Blutflecken auf der Karosserie und dem Trittbrett der
Vedette. Diese befanden sich, wie Sie sich erinnern, auf der
Beifahrerseite. Und es besteht nun kein Zweifel mehr, wie sie
dorthin kamen. Als Dillon sich mit dem stumpfen Gegenstand an die Arbeit machte, muss Shenton neben dem Wagen gelegen haben. Und das«, sagte Meredith und hielt kurz
inne, um sich die Stirn abzutupfen, »wäre mehr oder weniger
der erste Teil meiner Rekonstruktion. Gibt es dazu Fragen,
Gentlemen?«

»Nur eine«, meldete sich Gibaud prompt.

»Und die wäre?«

»Was halten Sie von einem *apéritif* und einer kurzen Atem-
pause, bevor Sie mit dem zweiten Teil Ihres Berichts beginnen?«

Meredith drehte sich breit grinsend zu Strang um.

»Um einen Lieblingsspruch des Sergeant zu gebrauchen –
Volltreffer, Mann!«

11

»Und nun, meine Herren«, fuhr Meredith fort, von der zehn-
minütigen Pause erheblich erfrischt, »kommen wir zu der
brillanten Idee, die das eigentliche Fundament von Dillons

Alibi bildete. Zunächst aber lassen Sie uns noch einen kurzen Blick auf Dillons weitere Schritte in jener schicksalhaften Nacht werfen.« Er wandte sich an Gibaud und sagte: »Sie haben mich vorhin gefragt, ob der Mann, der in Monti am Steuer der Vedette gesehen wurde, Shenton war. Natürlich nicht. Es war Dillon. Der Kerl raste offenbar wie der Teufel vom Col de Braus Richtung Cap Martin. Die Zeit – Donnerstag zwei Uhr morgens. Am Cap Martin ließ er, wie wir wissen, die Vedette stehen, legte das Barett des Toten als falsche Fährte auf die Steine und stiefelte zurück zur Villa. Grob geschätzt, kam er dort gegen vier Uhr morgens an, würde ich sagen.«

»Nur ein kleiner Punkt, *mon ami*«, warf Blampignon ein. »Was wurde aus den Kleidern, die er Shenton ausgezogen hat? Glauben Sie, er hat sie irgendwo auf dem Berg versteckt?«

Meredith wechselte mit Gibaud einen bedeutungsvollen Blick.

»Daran haben wir auch schon gedacht. Gibaud hat zwei Leute hingeschickt, um das Gebiet um den Fundort der Leiche gründlich abzusuchen.«

»*Bon!*«, rief Blampignon beifällig nickend. »Sehr vernünftig. Bitte fahren Sie fort.«

»Gut, dann kommen wir nun zu dem Ausflug in die Berge, den Dillon und seine Frau am Donnerstagvormittag unternahmen. Wie die junge Frau uns sagte, überredete er sie, ihn zu begleiten, um ein letztes Mal über die scheußliche Lage zu sprechen, in der sie steckten. Für ihn war es unabdingbar, dass seine Frau in den Ausflug einwilligte. Der Grund dafür liegt natürlich auf der Hand. Er wollte, dass sie seinen Selbstmord-Sprung mit ansah.«

»Aber warum?«, fragte Blampignon verwirrt. »Da Sie nur

die Leiche von Shenton gefunden haben, ist doch jetzt klar, dass er sich *nicht* hinabgestürzt hat.«

»Eben doch!«, entgegnete Meredith mit Nachdruck. »Die Aussage der Frau ist bis ins letzte Detail korrekt. Er überquerte die Straße, stieg über den Zaun und warf sich in den Abgrund. Vergessen Sie nicht, dass wir dafür noch einen weiteren Zeugen haben.«

»Hamel, wie?«, sagte Gibaud. »Weil er ihn auf dem Foto identifiziert hat?«

»So ist es. Sie sehen nun, was das bei mir auslöste, als ich ohne jeden Zweifel erkannte, dass Shenton in der Leichenhalle lag. Zwei voneinander unabhängige Zeugen *sahen*, wie Dillon vom Col in den Abgrund stürzte. Was bedeutet, dass wir unten zwei Leichen hätten finden müssen. Es gab aber nur eine!«

»Aber *mon Dieu!*«, stammelte Blampignon. »Wie ist das zu erklären? Gab es dort vielleicht einen ... einen ... Wie sagen Sie? *Un corniche?*«

»Einen Felsvorsprung?«, kicherte Meredith. »Daran hatte ich auch gedacht. Aber nein. Ich bin extra noch einmal hingefahren und habe mir die Felswand genau angeschaut. Glatt wie der *derrière* eines Babys, mein Lieber.«

»*Sacré nom!* Was ist dann die Antwort?«

»Erinnern Sie sich noch, was ich Ihnen über die drei Rucksäcke erzählt habe? Der bei Shentons Leiche mit der roten Thermosflasche. Der mit der blauen Thermosflasche und dem Picknick, das die Köchin in der Villa vorbereitet hatte. Das ist der, den der Sergeant unter dem Fahrersitz von Dillons Wagen entdeckt hat. Und dann gab es noch einen dritten, und den hatte Dillon auf dem Rücken, als er in den Abgrund sprang.« Meredith hielt inne und blickte erwartungsvoll in die Gesichter seiner Kollegen. »Großer Gott, begreifen Sie denn nicht? *Der dritte Rucksack enthielt einen Fallschirm!*«

»Einen Fallschirm!«, riefen die drei unisono aus.

Meredith nickte.

»Einen Spezialfallschirm für geringe Höhen. Sehen Sie, Dillon hat in seiner Freizeit an der Entwicklung eines solchen Fallschirms gearbeitet. Der Yard hat mir die Information von der Hawland Aircraft Company weitergereicht, der Firma, in der Dillon bis vor Kurzem angestellt war. Aerodynamik – das war sein Fachgebiet. Und was der Bursche nicht über Aerodynamik weiß, passt auf einen Stecknadelkopf. Sagt jedenfalls sein Chef in der Forschungsabteilung. Dillon hatte sich mit ihm über seine Experimente mit Fallschirmen für geringe Höhen unterhalten. Anscheinend hatte er sich ein völlig neues Prinzip ausgedacht und gehofft, ein Patent dafür zu bekommen. Und das brachte mich dann auf den Modus Operandi seines Alibis – dazu kommt noch, dass er im Krieg bei einer Luftlandeeinheit war. Eins muss man Dillon auf jeden Fall lassen, er hat Mumm. Denn es steht außer Frage, dass seine jüngsten Ausflüge in die Berge mit diesen Experimenten zusammenhingen.«

»Sie meinen, er hat vorher Testsprünge durchgeführt?«, fragte Gibaud.

»Ja – er war sein eigenes Versuchskaninchen. Und wenn Sie mich fragen, dann hat er sich für seine Tests die Felswand am Col de Braus ausgesucht. Dadurch war er auch mit dem Gelände vertraut. Und dadurch kam er auch auf die erstaunliche Idee für sein Alibi. Einfach, aber teuflisch clever.« Meredith zuckte die Achseln. »Tja, meine Herren, das ist mehr oder weniger meine Rekonstruktion des Verbrechens. Bei manchen Details könnte ich falsch liegen, aber ich bin mir sicher, dass ...«

Es klopfte an der Tür.

»*Entrez!*«, rief Gibaud.

Ein Gendarm kam herein und legte ein schmutziges Bündel Kleider auf Gibauds Schreibtisch.

»*Voilà, M'sieur!*«

»Was will man mehr«, flüsterte Meredith. »Genau zur rechten Zeit!« Und an Gibaud gewandt: »Fragen Sie ihn doch bitte, wo er sie gefunden hat.«

Nach einer kurzen Befragung auf Französisch beglückwünschte Gibaud den Gendarm, ließ ihn abtreten und sagte zu Meredith:

»Unter ein dichtes Gebüsch an der Straße gestopft, ungefähr auf halbem Weg zwischen dem Saumpfad und dem Col. Er sagt, in den Taschen sind ein paar Sachen, darunter auch eine Brieftasche.« Während die anderen sich um den Schreibtisch drängten, untersuchte Gibaud schweigend die Kleider – ein cremefarbenes Seidenhemd, eine amerikanische Holzfällerjacke, eine hellbraune Kammgarnhose, karierte Seidensocken, weiß-braune Schuhe. Aus der Gesäßtasche der Hose zog er die Brieftasche und entnahm ihr einen dicken Packen Scheine, mehrere Visitenkarten und einen internationalen Führerschein. »Also«, erklärte er, wobei er den Führerschein hochhielt und auf das Foto des Toten zeigte, »damit wäre die Frage der Identifikation geklärt. Das sind eindeutig Shentons Klamotten.«

»Einen Moment noch!«, bellte Meredith und griff nach den Scheinen. »Schauen wir uns die doch mal etwas genauer an.«

Ein Lächeln breitete sich auf seinen Adlerzügen aus – das Lächeln wurde zu einem Grinsen und schließlich zu einem ausgedehnten und hemmungslosen Lachanfall. »Bei allen ...!«, sprudelte er hervor. »Was sagt man dazu? Ich schätze mal, M'sieur Hivert von der Bar St. Raphael wird sich auf eine ziemlich böse Überraschung gefasst machen müssen.«

»Wie meinen Sie das, *mon ami?*«, fragte Blampignon.

Meredith wedelte mit den Scheinen.

»Diese Moneten, meine Herren, stammen garantiert allesamt aus der Werkstatt des Meisters! Paradebeispiele aus Cobbetts später Periode! Will jemand wetten, Gentlemen?«

Kapitel 24

AU REVOIR

I

»Also«, sagte Freddy und seufzte melancholisch, »das war's dann wohl! Sinnlos, sich gegen das Schicksal zu stemmen. War schön, solange es gedauert hat. Morgen früh bei Tagesanbruch reisen wir ab.«

Er und Dilys lehnten, behaglich aneinandergeschmiegt, über der Terrassenmauer des Rocher de Monaco und blickten über das stille Wasser des Hafens hinweg auf die Lichter Monte Carlos.

Dilys fragte ein wenig bang:

»Da bist du bestimmt ... froh, wieder nach Hause zu kommen?«

»Was! ... Nach Willesden, NW2? Nach all dem?« Er zeigte auf das unwirkliche Märchenland, das zwischen Meer und Himmel wie ein besternter, unfassbar romantischer Prospekt zu hängen schien. »Sei kein Unmensch, Darling!« Wieder seufzte Freddy. »Dir ist doch sicher klar, dass du mich total umgehauen hast. Ich bin als unbekümmerter, bodenständiger Kerl hergekommen. Und jetzt sieh mich an! Vernebelt, verhext, verwirrt. Das ist alles nur deine Schuld, Miss Westmacott.«

»Tut mir leid.«

»So siehst du aber gar nicht aus!«, schnob Freddy und betrachtete mit gequälter Bewunderung ihr emporgerecktes Gesicht.

»Ach ja? Und wie *sehe* ich aus?«

»Unglaublich«, hauchte Freddy. »Wie nicht von dieser Welt.«

Dilys lachte.

»In einer Woche erinnerst du dich an diesen Satz und errötest bis in die Haarspitzen.«

»In einer Woche«, widersprach Freddy, »sitze ich in meinem einsamen Junggesellenzimmer und schreibe dir einen zehnseitigen Brief.«

Ihre Hand drückte die seine.

»Du schreibst mir doch *wirklich*, ja?«, fragte sie ernst.

»Jeden trostlosen Tag, bis wir uns wiedersehen. Und weiß der Himmel«, setzte er düster hinzu, »wann das sein wird.«

»Na, vielleicht, wenn ich nach London komme?«

»Was!«, juchzte Freddy und wirbelte sie so heftig herum, dass er sie fast von den Beinen riss. »Du kommst nach London? Warum zum Henker hast du mir das nicht gesagt? Warum? Wann? Wie lange?«

»Also, ganz genau weiß ich das noch nicht. Aber Tante Nesta will die Villa mindestens für ein halbes Jahr vermieten. Wahrscheinlich kommen wir schon in ein paar Wochen nach England. Du kannst dir ja vorstellen, wie schlimm es ihr wegen dem armen Tony geht.«

Freddy nickte und fuhr etwas sachlicher fort:

»Ja – böse Geschichte, das. Ich wollte eigentlich nicht darüber reden – aber jetzt, wo du es ansprichst ... na, da kann ich's dir auch gleich sagen.«

»Was denn?«

»Sie haben Dillon heute Morgen in Paris am Gare du Nord verhaftet. Er wollte sich wohl über den Kanal verdrücken. Weißt du, Darling, irgendwie tut mir der Kerl doch auch ein bisschen leid. Alles in allem hat ihm das Leben ziemlich übel mitgespielt. Er hat mehr Unrecht erlitten als begangen, meinst du nicht?«

»Und jetzt ...«, fragte Dilys traurig, »jetzt, wo sie ihn verhaftet haben ...?«

Freddy zuckte die Achseln.

»Schwer zu sagen. Er hatte wahrlich genug Gründe für das, was er getan hat. Hier nennt man so was wohl ein *crime passionel*. Vielleicht brummen sie ihm deshalb keine allzu harte Strafe auf.« Zum dritten Mal seufzte Freddy. »Schon komisch, wie es manche ganz hart trifft, während andere ...« Er brach ab und schüttelte langsam den Kopf. »Nein – vielleicht bin ich doch ein wenig zu optimistisch.«

»Wegen was?«

»Wegen dir, Darling. Weißt du, wenn du nach London kommst ...«

»Ja?«

»Na ja, ich hab mir grade überlegt, ob wir dann nicht vielleicht ... zusammen durch die Gegend ziehen könnten – uns die Sehenswürdigkeiten ansehen, ins Kino gehen und so.«

»Warum denn nicht? Allein wäre ich in London doch verloren.«

»Ja, schon, aber ich meine ... äh ... offiziell. Ich habe mir nämlich überlegt, ob du und ich ...« Freddy schluckte, riss sich aber zusammen und platzte heraus: »Großer Gott, Darling, weißt du, ich bin vollkommen verrückt nach dir! Meinst du, wir könnten es wagen ... Ich meine, irgendwie so ... äh ... zusammen.«

»Ist das ein Heiratsantrag? Das klingt mir nämlich ganz bedrohlich danach.«

»Also, *ja* ... eigentlich schon«, brummelte Freddy mit einem Armesünderblick.

»Das habe ich mir fast gedacht«, sagte Dilys.

»Und was ist deine ... äh ... Antwort auf diese Idee?«

Sie warf ihm einen provokanten Seitenblick zu.

»Als Detektiv musst du das schon selbst rausfinden.«

»Rausfinden? Wie denn?«

»Indem du deine wohlgeübten Fähigkeiten der Beobachtung und Deduktion einsetzt.«

Freddy warf einen einzigen verliebten Blick auf das Gesicht, das ihn lächelnd anschaute, und schloss sie in die Arme.

»O. k.«, murmelte er. »O. k. Das genügt mir. Fall abgeschlossen!«

Martin Edwards

NACHWORT

Mord an der Riviera verknüpft eine muntere Jagd nach einer Geldfälscherbande mit einem raffiniert ersonnenen Mord. Dafür stellt John Bude dem gutmütigen, aber entschlossenen Inspector Meredith vom CID den eifrigen jungen Acting-Sergeant Freddy Strang zur Seite und schickt die beiden nach Südfrankreich, um mit der dortigen Polizei zusammenzu-arbeiten. Die französischen Ermittler glauben nämlich, dass die Bande von einem Engländer geführt wird, zudem gibt es Hinweise, wonach die gefälschten Tausend-Franc-Scheine, von denen die Côte d'Azur gerade überschwemmt wird, das Werk eines talentierten englischen Graveurs sind: Chalky Cobbett.

Das Buch beginnt mit einer Zufallsbegegnung der Detek-tive mit einem Landsmann, Bill Dillon, der ebenfalls an die südfranzösische Küste fährt. Bald schon kreuzen sich ihre Wege erneut. Bill zieht es zur Villa Paloma in Menton, einem reizenden Städtchen am Mittelmeer nahe der italienischen Grenze. Die Besitzerin der Villa ist Nesta Hedderwick, eine reiche Witwe, die die verschiedensten Gäste in ihrem Heim aufgenommen hat, darunter ihre Nichte Dilys, den mysteriö-sen Tony Shenton, dessen Freundin Kitty Linden und einen Künstler namens Paul Latour. Mehr als nur einer von ihnen hat etwas zu verbergen – und Bills Eintreffen erweist sich als Auslöser für einen Mord.

Mord an der Riviera erschien 1952, zu einer Zeit, als John Bude auf dem Höhepunkt seines Schaffens war. Bereits seit zwei Jahrzehnten veröffentlichte er Kriminalromane, etwas mehr als einen pro Jahr, und die Sicherheit, mit der er die Handlungsstränge dieses Buchs verflicht, zeigt seine Erfahrung und sein Selbstbewusstsein als Schriftsteller. Die Figuren sind fein gezeichnet, die Atmosphäre an der französischen Riviera wird plastisch zum Leben erweckt, und die Methode, mit der der Mörder die Polizei täuschen will, ist genial gewählt. Vor allem aber erzählt Bude eine gute Geschichte, und er hält sie von Anfang bis Ende im Fluss.

Der Schauplatz spielt bei Bude immer eine Hauptrolle: Am Anfang seiner Karriere siedelte er seine Fälle in reizvollen englischen Gegenden wie Cornwall, dem Lake District, den Sussex Downs oder Cheltenham an. Nach dem Zweiten Weltkrieg, in Zeiten massiver Entbehrungen, erkannte er die Sehnsucht seiner Leser nach ein wenig Exotik, und das Ergebnis war *Mord an der Riviera*. Aber wer war John Bude eigentlich?

Bis vor Kurzem war über diesen einst so populären Autor kaum etwas bekannt. Er erhielt einen Eintrag in der ersten Ausgabe der *Twentieth Century Crime and Mystery Writers*, erschienen 1980, der in den nachfolgenden Ausgaben jedoch fehlte, als wollte man damit zum Ausdruck bringen, dass seine Zeit vorüber war. Erfreulicherweise verkauften sich seine ersten drei Kriminalromane in der *Crime Classics*-Reihe der *British Library* hervorragend, was das Interesse an John Bude und seinem Werk neu entfachte. Dank der Informationen, die mir seine Tochter Jennifer freundlicherweise zur Verfügung gestellt hat, ist es nun möglich, ein paar Wissenslücken zu diesem unterschätzten Autor zu füllen.

John Bude war das Pseudonym von Ernest Carpenter Elmore (1901-1957), der sich dem Kriminalroman zuwandte, nachdem er unter eigenem Namen Bücher mit kuriosen Titeln wie *The Steel Grubs* (1928) veröffentlicht hatte. Seine frühen Krimis erschienen bei Skeffington, einem kleinen Verlag, der hauptsächlich Büchereien belieferte. Daher sind Erstausgaben heute kaum noch zu finden, und falls doch einmal eine auf dem Markt auftaucht, erzielen sie hohe Preise. Nach einer kurzen Zeit bei einem anderen Verlag, der ebenfalls vornehmlich für Büchereien produzierte, wechselte er erst zu Cassell und dann zu Macdonald, ein Zeichen dafür, dass er die Leiter des prognostizierten Erfolgs immer weiter erklomm. Zwar wurde er nicht in den renommierten *Detection Club* mit seiner Vorsitzenden Dorothy L. Sayers und den schweren (zuweilen idiosynkratischen) Aufnahmekriterien gewählt, doch immerhin war er bei seinen Kolleginnen und Kollegen so angesehen, dass John Creasey ihn 1953 aufforderte, die *Crime Writers' Association* mit zu gründen. Einmal erzählte er Jennifer, seiner Schätzung nach verdiene er »einen Sixpence pro Wort«, jedenfalls war es ihm möglich, das Schreiben zu seinem Hauptberuf zu machen.

Schon als junger Mann hatte er Geschmack an Europareisen gefunden, und in späteren Jahren ergriff er jede Gelegenheit, mit seiner Frau Betty und Jennifer auf den Kontinent zu fahren, besonders in sein geliebtes Frankreich. Betty chauffierte sie die ganze Strecke bis an die Côte d'Azur (Bude selbst besaß nie einen Führerschein), und ihr Lieblingsziel –

das wird die Leser dieses Romans nicht überraschen – war Menton. Auch nach Le Touquet (daher sein *Telegram from Le Touquet*, erschienen 1956) oder Paris fuhren sie gern; ganz besonders mochte er Montmartre, die Oper und das Ballett.

Jennifer erinnert sich, dass ihr Vater sich auf diesen Reisen ständig Notizen machte und lokale Literatur kaufte. Der gesellige Bude plauderte gern mit den Menschen, denen er begegnete – selbst die beiläufigste Unterhaltung kann bei einem Romancier ja einen Inspirationsfunken entfachen –, saß aber genauso gern im Café, betrachtete die Welt, wie sie an ihm vorüberzog, und ließ seine Fantasie schweifen. Wieder zu Hause, schrieb er jeden Vormittag und verbrachte die Nachmittage mit körperlicher Betätigung – vor allem mit Gartenarbeit, aber auch Spaziergängen oder Tennis. Nach einem frühen Abendessen schrieb er noch einmal bis neun Uhr, um dann die Nachrichten zu hören. Er schrieb seine Geschichten zunächst per Hand und tippte sie anschließend mit vier Fingern und einem Daumen ab. So fleißig er war, nahm er sich bei gutem Wetter doch auch manchmal einen Tag frei, ging an den Strand oder gab sich dem Sightseeing hin. Hatte er ein Manuskript an seinen Verlag geschickt, machte er Urlaub, um erst danach ein neues zu beginnen. So bestand immer die Möglichkeit, dass der Urlaub ihm frische Ideen in seinen fruchtbaren Geist pflanzte – und ein Buch wie *Mord an der Riviera* hervorbrachte.

John Bude
Mord in Sussex
Kriminalroman
Aus dem Englischen von Eike
Schönfeld
288 Seiten, bedruckter Leinen-
band
ISBN 978-3-608-96474-5

»Es sah ganz so aus, als hätte die Polizei es mit einem sorgfältig geplanten
und raffiniert ausgeführten Mord zu
tun, und mehr noch, mit einem Mord
ohne Leiche!«

Während der Herzog und die Herzogin von Sussex
regelmäßig für Wirbel in der königlichen Familie
sorgen, geht in der gleichnamigen Grafschaft an
der englischen Südküste alles einen gemütlichen
Gang. Prominent ragen die weißen Kalksteinfel-
sen, das Wahrzeichen der hügeligen Kreideland-
schaft, über dem Meer auf. Doch dann passiert ausgerechnet hier ein Mord und fordert das
Ermittlungsgeschick von Superintendent Meredith
heraus ...

John Bude
Mord in Cornwall
Kriminalroman
Aus dem Englischen von Eike
Schönfeld
304 Seiten, broschiert
ISBN 978-3-608-98320-3

»Mit einer tödlichen Brise Meeresluft -
ein faszinierendes Porträt Cornwalls
vor dem Einsetzen des Massentouris-
mus.« *Daily Mail*

Reverend Dodd ist Vikar in einem sonnigen
Fischerdorf an der Atlantikküste Cornwalls. Die
Abende verbringt er damit, in seinem Lehnsessel
Krimis zu schmökern. Gott bewahre, dass der
Schatten eines echten Verbrechens auf seine kleine
Seegemeinde fällt. Doch der Frieden des Vikars
wird in einer stürmischen Nacht empfindlich
gestört, als der unbeliebte Richter Julius Tregart-
han tot in seinem Haus aufgefunden wird.

www.klett-cotta.de

Nicholas Blake
Mord auf der Kreuzfahrt
Kriminalroman
Aus dem Englischen von Michael
von Killisch-Horn
256 Seiten, bedruckter Leinen-
band
ISBN 978-3-608-98696-9

»Haben Sie jemals versucht, eine erwachsene Frau über die Reling eines Schiffes zu werfen?«

Die renommierte Bildhauerin Clare Massinger hat
eine kreative Flaute. Um sie zu inspirieren, bucht
ihr Partner, der Meisterdetektiv Nigel Strange-
ways, eine Kreuzfahrt in der Ägäis. Mit seinen
griechischen Tempeln und Sandstränden soll dieser malerische Trip der perfekte Kurzurlaub werden. Doch schon als sie auf die anderen Passagiere
treffen, ahnen Nigel und Clare, dass diese Kreuzfahrt böse, ja tödliche Überraschungen bereithalten wird ...